SOZINHA É O DOBRO

SOZINHA É O DOBRO

Patrícia Berton

alameda

Grafia atualizada segundo o Acordo Ortográfico da Língua Portuguesa de 1990, que entrou em vigor no Brasil em 2009.

Edição: Haroldo Ceravolo Sereza e Joana Monteleone
Editora assistente: Danielly de Jesus Teles
Projeto gráfico e diagramação: Danielly de Jesus Teles
Assistente acadêmica: Bruna Marques
Revisão: Alexandra Colontini
Arte da capa: Henrique Theo Möller
Imagem da capa: Arquivo pessoal

CIP-BRASIL. CATALOGAÇÃO-NA-FONTE
SINDICATO NACIONAL DOS EDITORES DE LIVROS, RJ

B462s

Berton, Patrícia
Sozinha é o dobro / Patrícia Berton. - 1. ed. - São Paulo : Alameda, 2019.
; 21 cm.

Inclui bibliografia
ISBN: 978-85-7939-606-9

1. Ficção brasileira. I. Título.

19-55695 CDD: 869.3
CDU: 82-3(81)

ALAMEDA CASA EDITORIAL
Rua 13 de Maio, 353 – Bela Vista
CEP 01327-000 – São Paulo, SP
Tel. (11) 3012-2403
www.alamedaeditorial.com.br

Para os meus filhos, João Gabriel e Lívia

Prefácio

Em outubro de 1928, Virgínia Woolf deu duas conferências sobre literatura na Sociedade das Artes, em Londres. A escritora discorreu sobre as mulheres na literatura através do tempo. No ano seguinte, as conferências foram editadas em forma de livro, A *room of it's one*, traduzido por muitas editoras no Brasil como *Um teto todo seu* ou *Um quarto só para si*. Virgínia fala, com surpreendente leveza e vivacidade, das agruras de ser mulher e escrever. Enquanto homens podem se deparar com a ignorância de seus pares ou o desprezo, ou mesmo as críticas cruéis sobre o que escrevem e publicam, as mulheres se deparam com barreiras quase intransponíveis – o casamento, os filhos, a pobreza, os cuidados com a casa e com os familiares, o preconceito. Charlotte Brontë, com Jane Austen e com Mary Shelley. Para escrever livremente uma mulher precisaria de 500 libras e de um quarto só para si, aonde pudesse se trancar das agruras e das miudezas do cotidiano.

Essa longa explicação se fez necessária para apresentar o livro de Patrícia Berton. Jornalista que escreve finamente, Patrícia, ou Tita, escreveu dois volumes, que agora são publicados pela editora Alameda – um de poesias, *Juro que não vou gritar*, e outro de crônicas, *Sozinha é o dobro*. O de poesia foi prefaciado pela jornalista Joselia Aguiar, outra bamba com as palavras, biógrafa de Jorge Amado. Eu, então, fiquei com o de crônicas, observando as letras, as palavras, os movimentos das frases. Foi quando, relendo tudo, me veio exatamente o que eu queria falar sobre o que ela escreveu.

O livro da Patrícia é um tapa na cara. O cotidiano, sórdido com toda sua pequenez, suas demandas inatingíveis, suas raivas passageiras, as iluminações geniais que caem no vazio, o vinho, o cigarro, as crianças, as interrupções, viagens, desemprego, medo, tédio. Nossa vida do dia a dia, desnudada e jogada na cara para deglutirmos. A vida não é uma foto feliz no Facebook. Pelo contrário – a vida é lavar a louça, reclamar aos filhos, lavar banheiros, ser demitida em looping, despir-se de todas as convicções juvenis do que seria a vida quando nos tornássemos adultas.

Assim, ela escreve, "outro ex-colega de trabalho chega quando já estávamos, eu e o ex-jornalista, decididos a ir embora. e então escuto outra história de mudança de trabalho, um começo numa área nova, um mestrado. tudo novo, um caminho desconhecido e árduo, me conta o segundo ex-colega. eu estava calma, no modo 'economia de palavras', porque não queria vir com meu discurso de asno. quem nunca ficou desempregado? quem nunca criou filho sozinho? quem nunca ficou com medo de não ter dinheiro? helloooooo. fiquei quietinha, e o máximo que falei era que estava procurando trabalho porque tinha sido demitida. Ponto".

O dinheiro ronda o livro e faz parte da transformação da autora/personagem principal. A falta de grana permeia a narrativa como uma nuvem negra ou um espectro fantasmagórico. E é justamente essa falta, sentida no cotidiano da família, que dá ensejo às mudanças internas. O livro conta uma história de trás pra diante, ou seja, de um momento de prosperidade econômica a um despojamento mais ou menos remediado. Pouco a pouco, os símbolos que caracterizam a vida de classe média alta em São Paulo vão acabando. Empregada, carro, roupas, colégio particular, viagens, pizzas e restaurantes, antes valores absolutos da vida, que, perdidos, se transformam em incentivos para o conhecimento de si mesma. Daí, entram em cena a procura por curas espirituais: a medicina chinesa, a meditação, o despojamento, os infinitos bazares e reorganizações de armário.

Outra força latente no volume é a mãe. Ela está lá para criticar constantemente, desde a adolescência, e dizer que tudo estava errado, da roupa ao jeito de ser. A mãe também é a responsável pelos dogmas sobre o papel da mulher: tem que fazer um bom casamento, não pode se separar, é a mulher que cuida dos filhos, cuide sempre de sua aparência. É a mãe que, num telefonema, expõe um dos maiores e mais chocantes segredos de família: um casamento sem amor ou companheirismo é melhor do que uma separação. Melhor para todos, incluindo os filhos. Então, as noites silenciosas dos pais frente à televisão e suas incontáveis novelas, sem conversas ou trocas afetivas, se tornam claros como o dia. É melhor um casamento sem amor. Daí, o próprio casamento e a separação são questionados por essa chave.

As capas mostram mulheres serenas. O livro de poesias, *Juro que não vou gritar*, exibe uma moça branca num quase perfil misterioso, sorrindo levemente com um batom perfeito. Este de crônicas, mostra uma mulher numa imagem antiga, de pé, olhando o horizonte num porto. Em perfeito contraste com o conteúdo, eu diria. Dentro do livro, as tensões se acumulam, ainda que tratadas sarcasticamente, quase com leveza e certamente com um humor ácido à la Sylvia Plath.

A vida das mulheres sempre foi cheia de barulhos, ruídos do cotidiano que enchem o mundo de sons bizarros – filhos, casa, visitas, famílias, doenças, festas, compras. Todos sons pequenos e irritantemente permanentes, tirando o foco do trabalho ou da escrita ou da carreira ou de si mesma. Vidas que giram ao redor de um homem e dos filhos. Quando a "catástrofe" da separação acontece, a primeira e maior perda econômica e psicológica é a do marido. Depois, esses ruídos do cotidiano diminuem a ponto de ela conseguir ouvir a si mesma e começar a escrever.

Se para Virgínia Woolf a criação literária feminina pressupõe um quarto isolado, apartado desses barulhos, com uma renda fixa mensal, que cuidaria da sobrevivência da autora, em *Sozinha é o dobro* esse quarto ideal e essa criação artística apartada da realidade são implodidos. Não existe um quarto para as mulheres escreverem. Nem uma renda fixa. Carolina de Jesus mostrou que a literatura contemporânea está no quarto de despejo, na rua, na miséria – nesses mil sons que fazem o cotidiano de todos nós. As vísceras e entranhas femininas estão expostas. Assim como os sonhos e desejos. Patrícia Berton não tem 500 libras para apenas escrever ficção, e também não está desesperada e com fome, como Carolina de Jesus. Ela escreve naquele lugar mediano, dos dias cinzas, do tédio, da aparente banalidade.

No livro fica claro que os quartos ideais ficaram para os autores em torres de marfim, lidos pelos críticos, e que aparecem em revistas literárias bem comportadas. O resto de nós chafurda na lama e não consegue parar nunca de ouvir as próprias entranhas. Sejam bem-vindos ao mundo da mulher que perdeu o pudor de expor a solidão, a angústia e as alegrias do mundo contemporâneo.

Coragem.

Joana Monteleone é editora e historiadora

eu vou ser feliz. beijo, te amo

ela sempre diz "te amo" quando peço algo que ela não quer fazer. eu tinha voltado da minha caminhada, e ela tinha acabado de acordar e estava tomando café da manhã quando eu perguntei "vamos ao supermercado?" ela respondeu "vou ser feliz. beijo, te amo" e saiu da cozinha, me deixando sozinha. comecei a rir. como ficar brava com uma pessoa que responde "vou ser feliz"?

eu sinto muito tédio. ficar sem trabalho me provoca aflições que começam no estômago, sobem pra cabeça (onde rola o blá-blá-blá destruidor de autoestima) e toma conta do meu corpo inteiro. e então nesses dias em que acordo chafurdando na lama do tédio vou andar – mesmo que na velocidade de uma minhoca cansada. ando feliz com o sol esquentando a minha pele branquela, mas me sentindo mais um saco de batatas bem pesado do que uma pessoa. às vezes tenho a impressão de que uma nuvem preta de cansaço e desânimo veio morar em cima da minha cabeça e aqui ficará para todo o sempre.

a coisa mais maravilhosa que tem nas caminhadas matinais em que o tédio me soca em direção ao asfalto sobre o qual estou caminhando a passos de cágado é poder mandar a mente calar a boca e seguir andando sem nenhum blá-blá-blá. e então consigo sair da sombra dessa nuvem escura e simplesmente repousar no cansaço.

a consciência que eu tenho do cansaço não está cansada. e isso é um alívio. eu posso me sentir cansada e repousar nesse sentimento. aguentar. e saber que vai passar, como tudo.

a vida nos ensina pelo sentimento. o que me parece bem sábio. por isso que não aprendemos quase nada na escola. porque o que é ensinado é um blá que não nos toca. e temos essa qualidade: só aprendemos quando o ensinamento chega ao nosso coração.

"ele nunca estava satisfeito com uma vida entediante", disse o meu professor, ao contar que o professor dele passou a maior parte da vida viajando para ensinar – Polo Norte, Antártica, África, América do Norte, Amazônia. fiquei com isso na cabeça, meio perturbada. vou encher meu saquinho de coragem, colocá-lo embaixo do braço e ser feliz.

haja coragem. pra largar tudo o que não faz sentido e viver uma vida que não é uma vidinha de acordar trabalhar pagar as contas e dormir.

eu vou ser feliz, como diz a doce Lívia.

ninguém mandou ter filho

filhos que moram só com um adulto costumam ter uma vida um pouco mais exposta à, digamos, vida como ela é.

eu sou o único adulto na minha casa. até dois anos atrás, éramos dois: a santa Nalva, que trabalhava de segunda a sexta no meu pequeno apartamento, e eu. então eu tinha, ALÉM DOS MEUS FILHOS, uma interlocutora adulta. eu entrava na cozinha de manhã, antes de sair para o trabalho, e quem tinha de me dizer se a roupa que eu estava usando estava decente? quem escutava meu blá-blá-blá sobre os telefonemas que eu recebia da minha mãe, que adorava contar muitas coisas quando me ligava, mas sempre esquecia de perguntar como eu estava? quem sabia de todas as minhas chateações no trabalho, na escola das crianças? a santa Nalva.

mas os filhos crescem, e as santas nalvas vão embora. e então, por mais que eu me esforce, e eu me esforço muito, meus filhos costumam ser meus ÚNICOS INTERLOCUTORES em alguns, ou melhor, vários dias. é um pouco constrangedor admitir isso e escrever sobre o tema. mas a vida é assim, bem menos cor de rosa do que imaginamos ou queremos que seja.

mas nem tudo está perdido. nessa exposição à vida como ela é, filhos que moram só com um adulto sabem que o adulto fica doente, fica cansado, chora, tem dúvidas, tem medo e faz cagadas. e, consequentemente, aprendem a acender o fogão, ligar o forno, preparar um prato de comida, ir ao supermercado comprar frutas, descer à portaria do prédio para pagar e pegar a pizza.

eu tinha trinta e um anos quando pari pela primeira vez. era uma pessoa-que-acha-que-tudo-pode e tinha certeza de que ter filhos era uma tarefa de duas pessoas adultas, no caso o pai e a mãe da criança. na época, imagino que mais por instinto do que por razão, criei um mantra, do qual jamais me esqueci. *mãe também é gente.*

aos trinta e um anos eu não tinha ideia do que era ser mãe solteira. e se tinha alguma ideia, eu tentava mantê-la distante de mim (imagina, que loucura criar filhos sem marido!). o exemplo real de uma mãe solteira mais próximo que eu tinha era o da minha cunhada, que descobriu estar grávida da segunda filha depois de se separar do marido e, mesmo assim, separou-se. ela é médica, fazia plantão em hospitais, morava em uma cidade pequena do interior, sem família por perto e, hercúlea, manteve a decisão de terminar um casamento que já estava terminado. eu pensava que a Béti era louca. alucinada, psicopata. que ela tinha a fantasia de ser a Mulher-Maravilha.

muitos e muitos anos depois de tudo – do meu nascimento, de achar que a Béti era uma desvairada, de não saber o que é criar filhos sozinha, de ser magra e ganhar bem e me achar invencível, de ter um marido que eu tinha certeza de que seria meu parceiro na empreitada de criar filhos –, eu compreendi que ser mãe solteira não costuma ser uma opção. não é assim: você senta no sofá da sua casa, cruza as pernas, toma um gole de uísque e diz pra si mesma "*voilà*, vou fazer algo diferente e vou dar conta dessa criançada sem a ajuda de ninguém". não, não é assim.

também descobri que ser mãe, casada ou não, é maravilhoso e duro para TODAS as mulheres. e que ser mãe é um ato nobre. e que mãe só é tratada como gente se ela própria souber que ela é gente. e que para criar filhos não são necessárias duas pessoas, mas muitas mais.

o mantra ainda segue vivo e lindo e útil pra mim. e eu imagino que ele poderia ser vivo e lindo e útil para todas as mulheres do mundo, para todos os homens e para todas as crianças também. para que nós tivéssemos esse olhar para todas as mães, independente das circunstâncias.

sim, eu me achava uma pobre miserável quando me vi sozinha com um filho de três anos e uma filha de dez meses. e esse sentimento de ó-vida-ó-céus-que-dureza durou muitos e muitos anos. ainda que uma coragem selvagem me acompanhasse e me desse forças para trabalhar, dormir, acordar, cuidar, alimentar, passear, brincar e fumar, a nuvem cinza-escuro estava sempre sobre a minha cabeça.

mas a vida segue e tudo passa. a nuvem foi-se, e eu entendo que algumas escolhas não são uma escolha entre muitas, mas a única escolha possível. sem culpas, sem idolatria, sem mimimi.

e só assim, feliz da vida, é que consigo escutar as barbáries que filhos são mestres em dizer, como “ninguém mandou ter filho”.

ninguém mandou mesmo. aliás, ninguém nunca mandou eu fazer nada. e quando decidi ter filhos, ou melhor, quando o pai dos meus filhos e eu decidimos tê-los, foi bem decidido, se é que posso dizer isso. eu não acredito muito em planos. talvez porque nunca botei fé nos meus próprios planos. mas um deles deu certo, sim, e eu preciso me lembrar disso para seguir com coragem, que é o que a vida quer de nós.

ninguém mandou ter filho, fui eu que quis.

hoje em dia, em vez de reclamar, quando estou ficando furiosa na minha casa eu começo a rir e digo “ninguém mandou ter filho”. meus filhos, que têm certeza de que vieram parar neste mundo e com esta mãe por acaso, morrem de rir.

aliás, rir é um poderoso remédio pra tudo. inclusive para aliviar o peso, quando temos a impressão de que há toneladas sobre os nossos ombros. e quando isso acontece, além do riso (ou da gargalhada), é bom parar um pouco, respirar e mandar embora a impressão do peso sobre os ombros. se não, corremos o risco de nem nos divertirmos.

o filho que volta

ele voltou.

na minha casa, acordamos cedo todos os dias da semana. as escolas dos meus filhos não ficam longe de casa, mas eu gosto de fazer tudo lentamente, principalmente ao acordar, e meus filhos não são do tipo "a mãe chamou e todos estão fora da cama", como era na casa dos meus pais. o velho nem chegava perto da gente, eu acho. ele só acendia a luz e dizia algo como "tá na hora". quem não saísse da cama perdia a carona e pronto. jamais perdemos.

hoje não foi diferente. o despertador tocou um pouco antes das cinco. eu me atrapalhei na hora de desligar, porque troquei de lado o criado-mudo ontem e estou com a sensação de que tenho um novo quarto, desconhecido. fiz minhas preces diárias e fui acordar as crianças que não são mais crianças.

quando abri a porta do quarto deles, sabia que ia sentir o cheiro da casa cheia, da casa com todo mundo dentro, da casa com o Zé e com a Lívia.

meu filho saiu de casa pela primeira vez aos quatorze anos. foi morar com o pai, a madrasta e a irmã a uns cem quilômetros da nossa casa, ou a duas horas de ônibus, sem contar o metrô para chegar da rodoviária. eu dizia na época que quatorze anos é uma idade insuficiente pra um filho sair de casa. achava que ele tinha de ir morar com o pai, para ver como era, mas também achava que ele era jovem demais para sair de casa. um ano depois ele voltou. o coração cheio de novos sentimentos e ele cheio de novas percepções. foi maravilhoso para todo mundo. não no sentido de perfeito, mas no sentido de preenchedor (fulfilling, eu diria, mas não sei como dizer em português com esse sentido).

passados dois anos, ele saiu de casa outra vez. não queria morar longe de São Paulo, então foi pra casa da avó paterna, que mora num bairro central de São Paulo, de onde é simples sair andando e pegar metrô ou ônibus. ele queria morar com a avó até terminar a faculdade. todos acharam a ideia boa. a avó, o meu filho, a minha filha, eu e o pai deles. mas sendo ou não uma boa ideia, não durou todos os anos esperados. durou um pouco menos de trinta dias.

eu fiquei pensando que tinha sido uma estupidez da minha parte achar que ia dar certo. mas a verdade é que deu certo e durou o tempo que tinha que durar. como é duro e lento esse aprendizado, de que as coisas têm o seu próprio tempo e não o tempo que EU imagino/fantasio/desejo para elas.

ontem o José voltou. ele demorou para tomar a decisão. eu sabia que era bom ele voltar. mas ele não tinha certeza – e não sei se já tem ou se está aqui porque não havia outra possibilidade.

ele disse que voltaria depois da escola. mas não disse o horário. tinha de pegar a mala e eu pensei que isso demoraria um pouco. eu não queria ficar esperando por ele. então fui ver um episódio da linda série *Chef's Table*. a campainha tocou e eu fui abrir. filhos gostam de tocar a campainha em vez de usar a chave que carregam na mochila.

eu estava meio sem jeito. eu entendo o meu filho achar um saco morar comigo, porque eu também achava um saco morar com a minha mãe. por isso que assim que fiz dezoito anos dei um jeito de arranjar um trabalho e arrumar um apartamento. sair da casa dos pais é absolutamente libertador, e criar nossos filhos ensinando isso a eles também é absolutamente libertador.

hoje cedo eu andava feito uma mosca tonta pela cozinha. eu já tinha tomado café, e estava esperando meus filhos tomarem café e saírem para a escola. mas eu estava tão feliz que não sabia o que fazer. queria dizer ao José que ele era bem-vindo de volta, mas não queria sufocá-lo com a alegria desenfreada de mãe. disse algo baixinho para ele, e devagar. estou muito feliz que você está aqui, acho que foi o que eu disse.

a gente precisa de espaço. "nossa fome essencial não é por alimento, mas por intimidade."* mas intimidade de verdade tem espaço. tem conexão e tem ar também. o amor de verdade não sufoca, mas liberta. deixa a gente feliz e livre.

---

* Jan Chozen Bays em *Como domar um elefante*.

e foi isso o que eu aprendi nesses poucos dias em que o José morou fora de casa pela segunda vez.

a mãe louca voltou

R$ 16,65. o valor da corrida de uber apitou no meu celular. eu estava no Rio, a trabalho. meus filhos estavam em São Paulo. e meu filho estava se mudando para a casa da avó dele.

era fim de tarde, eu já tinha voltado para o hotel. e já tinha visto várias mensagens do meu filho reclamando que ele não conseguia chamar um carro da cabify.

eu sempre reclamei muito, e de tudo. e consegui ensinar esse comportamento para o meu filho. e dentro do gigantesco rol de reclamações, ele pediu para ir morar com a avó dele. não era um pedido recente. fazia muito tempo que ele pedia. a avó dele concordou, depois de uma conversa franca, e ele, prontamente, arrumou a mala no domingo e mudou-se na segunda.

antes de ser mãe, eu tive a sorte de ler um texto do Khalil Gibran sobre filhos. e, desde então, sempre tive a certeza de que meus filhos não eram meus coisa nenhuma. eram da vida. ser mãe é o maior exercício de desprendimento que eu conheço.

...

enquanto meu filho se mudava, a minha filha ficava sozinha em casa. não era a primeira vez que isso acontecia. mas pela primeira vez ela teria de acordar sozinha às cinco e meia para ir para a escola. a forma de ela reclamar da minha rápida viagem, indo na manhã da segunda para voltar à noite na terça, foi simples e direta. "ai que saco, vou ter de esquentar o meu almoço e lavar toda a louça." achei engraçado, porque quando eu trabalhava num escritório todos os dias, todos os dias ela esquentava a comida e lavava a louça – mas a mãe não estava viajando, só trabalhando.

...

na segunda à noite, antes de dormir, eu havia pedido à Lívia que me mandasse uma mensagem terça de manhã, para eu saber que ela tinha ido para a escola. mas na terça fiquei trabalhando e, à tarde, quando ia embarcar de volta pra casa, me dei conta de que não tinha recebido mensagem nenhuma. mandei uma mensagem, e nada. liguei, e nada. liguei para o telefone de casa, e ninguém atendeu.

eu estava dentro do avião, e sabia que eu não tinha nada a fazer a não ser esperar. passou pela minha cabeça mandar uma mensagem para o porteiro do prédio que fica na portaria de manhã. mas fiquei com a sensação de que isso era uma bobagem, um exagero, no mínimo. liguei mais uma vez para casa, e então uma voz sonolenta atende. minha filha estava tirando uma soneca depois do almoço enquanto a mãe dela ameaçava entrar em pânico porque a guria não respondia às mensagens do celular.

...

o lado bom de viajar é que viajar é uma delícia, sempre. mas quando você viaja e filhos ficam em casa, a volta é SEMPRE uma surpresa.

ao longo dos anos, as mulheres da casa têm reclamado que "o José isso, o José aquilo". nos acostumamos, minha filha e eu, a pedir tudo mais de uma vez para o José, e por isso ele ficou com a fama do que não faz nada.

mas quando entrei em casa, chegando do aeroporto, o que me esperava? uma filha deitada no sofá, dentro de um apartamento bem bagunçado. comecei a andar freneticamente de um lado para o outro, catando coisas no chão, abrindo janelas, surtando com um saco de lixo que jazia perto da porta de entrada da cozinha desde a manhã anterior, quando eu tinha ido, muito cedo, para o aeroporto, e pedido para que o lixo fosse encaminhado para a lixeira do prédio.

"a mãe louca voltou", pensei. sim, porque todas as mães são loucas. mas isso não é um problema. assim é que é, e melhor saber da loucura do que fingir normalidade e ter cara de esquizofrênica.

por que eu não podia chegar de viagem e sentar? por que eu tinha de arrumar tudo o que estava fora do lugar? a Lívia, linda, olha pra mim e diz: "mas a louça está lavada". sim, a louça estava lavada e eu sorri e disse: "que bom".

o esforço para ser MENOS louca é hercúleo. achei engraçado estar em casa e saber que o meu filho não iria chegar. consegui não mandar nenhuma mensagem pra ele, porque mãe chata é *over* e desnecessário – eu conseguiria evitar. e consegui.

...

a casa está quase em ordem. e hoje foi um dia como outro, a Lívia na escola, eu trabalhando em casa, o José morando na avó. um agasalho segue jogado no canto da sala. deve haver também pelo menos um par de tênis na entrada da sala. a cama da minha filha não foi arrumada, tampouco o quarto dela. em vez de sair gritando e reclamando, achei ótimo ela ter lavado toda a louça do almoço, o que incluía três ou quatro panelas, sem reclamar. o dia está terminando e eu sinto muita alegria de ter os filhos que eu tenho. eles me ensinam, todos os dias, t-o-d-o-s, a ser cada vez mais sã.

deixando ir

eu fui criada por uma mãe que era incapaz de manter qualquer coisa organizada. a vida dela era um caos ambulante. a bolsa, as gavetas, os armários, os documentos. por onde ela andava, havia caos: ela estava sempre indo para algum lugar, e sempre tinha de ser rápido, porque ela estava atrasada.

talvez o caos assustador em que ela vivia tenha me ensinado o extremo oposto. raramente eu me atraso para chegar a qualquer lugar; minhas gavetas são organizadas e eu sempre sei onde estão as coisas dentro da minha casa. meu armário é quase um quadro zen, e eu estou tentando me livrar da mania das listas, o que é árduo, já que minhas listas me ajudam a ter foco e saber quais são as prioridades do dia, da semana, do mês. não, do mês, não – estou exagerando.

dentro da minha vidinha organizada me acostumei a me livrar de tudo o que eu não uso. t-u-d-o. é legal ser organizada, mas doar o que não usamos às vezes pode ser uma obsessão. eu ainda não sei medir se é uma obsessãozinha, uma obsessão crescente, algo gigante com o qual devo me preocupar seriamente ou se estou só viajando e doar inutilidades é sinal de saúde mental.

mas um dia descobri uma inglesa que fazia eventos de trocas de roupas. fiquei fascinada. a inglesa é dona de uma agência de comunicação que trabalha com sustentabilidade, e ela criou o *swishing*. os eventos têm regras, mas basicamente cada pessoa leva o que não usa mais (em excelente estado), todo mundo tem uma hora para olhar e provar e então toca-se o gongo e cada pessoa pega o que quiser.

uma amiga, quando foi convidada para um *swishing* na minha casa, e recebeu as regras, disse que eu tinha enlouquecido. "Tita, você não está na Inglaterra. você está no Brasil." eu dei de ombros. e minha amiga é fã até hoje.

no site da Futerra, a agência inglesa, o evento é descrito como "ético, ecofabuloso, social e divertido. bem-vindo ao futuro da moda". e entre as regras, segundo a sua criadora, Lucy Shea, não é permitido arranhar, cuspir nem lutar.

muitos anos e muitos *swishings* depois, eu comecei a desconfiar de que a ideia de separar roupas e a sensação de "ai meu deus está na hora de organizar outro *swishing*" me deixava ansiosa. eu queria separar mais e mais roupas. e isso aconteceu quando uma fase sombria estava surgindo: fui demitida, meu pai havia falido e eu tinha de lidar com advogados e reclamatórias trabalhistas do velho, o pai dos meus filhos parou de pagar a pensão de alimentos regularmente e eu tive de pagar meu advogado para me defender de um processo de revisão do valor da pensão de alimentos.

eu estava cada dia mais dura, e queria, literalmente, juntar coisas para doar.

lembrei das pessoas, normalmente mulheres (nunca vi um homem fazendo isso), que estabelecem um ano sem comprar nenhuma peça de vestuário. e bingo!, quem já tinha feito isso? Lucy Shea, a inventora do adorável e divertidíssimo *swishing*.

em um post do seu blog, Lucy escreveu que ficar sem comprar roupas sapatos acessórios e quetais por um ano tinha dado a ela 1 – menos ansiedade e 2 – mais tempo livre!

e então, juntando a minha ansiedade em promover encontros de amigas na minha casa para doar e ganhar roupas e a lembrança do texto da Lucy (não comprar = menos ansiedade), fiquei intrigada com o que significa ter o suficiente. faz muitos anos que eu me interesso por uma vida mais simples. talvez desde que deixei de ser criança. lembro da história de um grande executivo que largou o trabalho ao dar-se conta de que não conhecia os próprios filhos adolescentes. ele vendeu casa, os carros e não sei mais o quê para ter tempo e energia para ver os filhos, os amigos, aproveitar a vida e ser feliz. eu achava essa história a mais fascinante de todas, mais incrível que todos os contos dos irmãos Grimm juntos. ficava boquiaberta ao imaginar um homem que tinha muito escolher ter pouco e se considerar uma pessoa bem sucedida ao fazer isso.

mesmo achando a história do *workaholic* que "largou o trabalho" porque não conhecia os filhos incrível, eu trabalhava muito e queria ter um bom salário, uma boa casa, um bom carro, um bom marido, um belo sítio.

a vida nos traz o que precisamos. e aprender a diferença entre "jogar no lixo ou doar o que eu não gosto ou não uso mais" e "me desfazer do que eu considero importante e útil" é uma boa lição. que só aprendi ficando dura, sem ter a quem recorrer, criando dois filhos totalmente sozinha.

usamos a palavra desapego sem termos a noção do que isso significa. doar um casaco de couro que eu passo a achar feio não tem nenhum desapego. fazer uma pilha de roupas que não me servem mais para colocar num *swishing* não tem nenhum desapego.

aprendi com amigos que uma festa de desapego é feita assim: você escolhe uma coisa de que gosta muito, embrulha pra presente e leva numa espécie de amigo-secreto. não é um livro que você leu e não gostou, nem um sapato que aperta seus dedos, tampouco uns copos que você não usa. é algo de que você GOSTA, e MUITO.

a vida de verdade é uma sucessão de tapas na cara. vou aprendendo lições que me surpreendem e me fazem perceber o quão pouco eu sei. e isso me traz muita alegria. uma espécie de satisfação com leveza. deixando ir embora minhas certezas imprestáveis e aprendendo a enxergar sob outros – vários – ângulos.

gratidão pelos meus mestres e amigos, que me ajudam a respirar aliviada e contente, deixando muitas coisas irem embora. e é justamente por deixar ir embora que eu me sinto cada vez mais leve. como diz meu professor, que não fala português mesmo entendendo tudo o que eu digo pra ele, *let go*. e isso quer dizer deixar ir tudo – o que é bom, o que é ruim. porque tudo vai mesmo, mas na nossa fantasia podemos manter tudo, tudo em ordem, tudo perto, tudo pra sempre.

precisamos de muito pouco, essa é que é a verdade. sem os excessos e os medos, fica mais fácil.

cada vez me desfaço de menos coisas, porque tenho menos coisas sobrando. mas sigo fazendo *swishings*, porque os encontros valem mais do que tudo.

querido monstro, você não vai me pegar. assinado eu

diferentemente das propagandas de margarina e das fotos postadas pelos amigos no clima ó-vejam-como-sou-feliz no famigerado Facebook, tem dias em que eu acordo com problemas.

não é nada prático, palpável, tipo "quando será que o meu cliente vai efetuar o pagamento que deveria ter sido feito em fevereiro?" ou "será que a greve da escola da minha filha que já dura quase três semanas irá se estender por muitos dias?" são problemas imaginários. é a sabotagem, minha amiga íntima e de longa data. que vem em forma de pensamentos nada gentis como ah-que-vida-dura, ó-como--eu-sou-incapaz ou ai-eu-não-vou-dar-conta. um monstro.

quanto mais rápido eu ando, maior é a rasteira que posso levar da sabotagem. por isso, já tem uns anos que eu tenho me concentrado para andar mais devagar. foi em 2013, precisamente, que descobri que sentar e praticar meditação era uma cura para a minha velocidade estonteante (mais tarde fui descobrir que queria ensinar isso e estou fazendo formação para instrutora de *mindfulness*). e recentemente percebi que só quando ando devagar consigo cuidar do que tem de ser cuidado. de mim inclusive. quanto mais concentrada estou (o que exige um trabalho árduo, como diz um dos meus professores), mais atenta a golpes sutis eu fico.

por isso, uns dias atrás, foi fácil. eu acordei, como de costume, antes do sol. e fiz as coisas que faço antes de sair para andar. percebi que meu desconforto era um sinal de que eu tinha "acordado com problemas". (eu tenho dificuldade de escrever sobre isso porque tenho a impressão de que estou me abrindo com um corte. como se fosse uma boneca e eu a cortasse em dois pedaços, no sentido longitudinal. e aí tudo o que tem dentro de mim pode ser visto. nojento e amedrontador).

nos dias em que estou assim, sentindo meus problemas imaginários me acenando alegremente para ver se eu caio na deles, eu olho pro céu. não interessa se a cena é azul, cinza claro, cinza chumbo, preta, com estrelas ou com a lua. olhar pro céu é sempre o equivalente a ter um tubo de oxigênio disponível para eu inspirar.

na praça e nas ruas por onde eu ando, ao olhar pro céu há sempre árvores no meio do caminho. são muitas delas (não dá pra entender como em São Paulo alguns lugares têm tantas árvores. será que em todos os lugares onde não há árvores elas foram cortadas para não atrapalhar a vida insana da cidade grande?). e acompanhando esse monte de árvores há passarinhos. que não são poucos. é tipo um espetáculo. um canta, aí o outro canta, e de repente um grupo faz uma sinfonia – ou uma gritaria quase ensurdecedora, se forem as maritacas que estiverem fazendo o solo.

eu olhei pra uma árvore cujas flores são cor de laranja, mas tão forte que são quase avermelhadas. e no alto da árvore tinha um passarinho. ele estava sobre uma flor. ele estava no equivalente à ponta de um para-raios se comparado com um prédio. muito alto, na pontinha. e ele cantava lindamente. esticado, elegante, tranquilo e feliz. era uma cena bonita que grudou em mim. e eu sabia que aquela beleza deveria estar dentro de mim ao longo do dia para eu aguentar a sabotagem, que tinha acordado junto comigo naquela manhã.

eu gosto de andar porque eu consigo olhar para o que está ao meu redor com olhos de uma turista que passeia cheia de interesse pela paisagem. quando brincamos de turista na nossa cidade, não é preciso pegar avião nem pagar hotel nem estar de férias para ficar boquiaberto com as cenas novas e lindas ao nosso redor.

duas palavras em inglês, e para as quais não há uma palavra equivalente na língua portuguesa, expressam perfeitamente isso: o andar e tropeçar em cenas maravilhosas (*serendipity*, algo como “feliz acaso”) e conseguir tratar-se bem (*indulge*. que é “tratar bem alguém”, sendo que o alguém pode ser você mesmo). me parece que uma coisa depende da outra.

juntando *serendipity* e *indulge*, temos a receita para escapar dos problemas imaginários que vez ou outra tentam nos afligir, amassar e, eventualmente, nos engolir.

sobre largar a borda da piscina para se jogar

"se pra mim já foi difícil largar a borda da piscina e me jogar na travessia marítima, imagino fazer isso com filhos."

...

meu avô morava numa casa em cujo jardim, que ficava num terreno em suave declive, havia uma piscina. eu era muito pequena e, para o meu tamanho, aquilo tudo era enorme. o jardim, a piscina, as árvores. a piscina tinha um formato arredondado, e ao redor de toda a borda, pelo que me lembro, tinha uma espécie de cano de metal pintadinho (o que fazia com que não parecessem canos) que ficava preso aos azulejos e permitia que os banhistas se segurassem ali. nós, os netos, éramos crianças e não sabíamos nadar. mas podíamos – uau! – andar ao redor de toda a piscina, na parte funda inclusive, segurando as mãozinhas nesse cano que estava em toda a borda da piscina.

mesmo com essa engenhoca, meu avô, quando nadava, tinha ajuda. o Generino, jardineiro da casa, ia andando pela beirada da piscina, segurando algo que, imagino eu, era um cabo de vassoura de madeira. os adultos nos explicavam que o acompanhamento do Generino, que eu acho que era tão velho quanto o meu avô, era para o caso de o Opa (assim que chamávamos o velho Alfred) passar mal.

respeitávamos. afinal, para crianças a cena não era tão patética, em se tratando de um avô bravo, alemão, surdo de um (ou seriam os dois?) ouvido e com uma perna mais curta que a outra por conta da paralisia infantil.

hoje, imaginando a cena, cujas cores são bem apagadinhas porque faz uns quarenta anos, eu fico perplexa. imagino que o Opa, que pra nós, os pequenos, era um homem tão bravo, que gritava bem alto e em alemão!, era um homem medroso. mas como ele sabia nadar, diferentemente dos cinco netos, ele ia fazendo voltas pela piscina arredondada, sempre com um cabo de madeira salvador que o seguia. nós, que não contávamos com o cabo segurado firmemente pelo Generino para nos salvar, íamos com as mãozinhas bem firmes no cano, uma depois a outra, como quando as crianças se penduram em êxtase no trepa-trepa da pracinha gritando: "olha como eu sou corajoso!"

no dia em que temos coragem de entrar numa piscina sem boia e, com valentia, largamos a borda da piscina, ah, meus deus, isso É a glória. que braveza, que destemor.

...

minha amiga Alessandra, que foi quem escreveu a primeira frase deste texto, largou a borda da piscina faz pouco. ela tinha uma empresa, duas amigas como sócias, adorava o trabalho. mas ela não queria "ir para o escritório todos os dias". ela queria fazer muitas outras coisas ALÉM de ir ao escritório. ela queria cuidar da horta, cuidar dos bichos dela, viajar, cozinhar (quem acha que comida vegana é ruim deve conhecer a Alessandra e comer na casa dela. é um escândalo tudo o que ela faz na cozinha. t-u-d-o), fotografar, ensinar.

...

é muito bom quando a vida nos mostra UM caminho. comumente são muitos, mas às vezes só há um. vendemos o nosso carro ontem. tirei tudo de dentro antes de ir ao cartório. pensei coitado do José, ficar esperando eu tirar as sacolas de compras do porta-malas, os cds da caixa ao lado do motorista, a Zoe (do *Muppet Show*), que vivia dependurada no espelho retrovisor, as coisas esquecidas nos bolsos dos bancos, como um kit de talheres de picnic e uma pomada para picadas de insetos. voltei do cartório, entreguei o carro e cheguei em casa sem sentimentos. meu filho, que sabia onde eu havia estado, perguntou se eu estava feliz de ter vendido nossa espaçonave. não, eu não estava feliz, nem estava triste. eu tinha feito a coisa certa, disse pra ele. a única coisa de deveria ter sido feita neste momento.

quando estamos na frente de uma Kombi que vende cachorro-quente com ketchup e mostarda e só, é uma maravilha. não há dúvidas além dos molhos. é só o que tem.

eu gosto muito quando faço o que tem de ser feito sem reclamar nem elogiar. fiquei muito cansada com as andanças desde ontem. escola nova, ônibus novo, ponto do ônibus para descer e para subir também novos. e então fui para a escola, voltei, fui de novo buscar a minha filha e voltamos. depois teve uma ida ao supermercado, além de uma caminhada para encontrar uma amiga. exausta e feliz, estou fazendo o que tem de ser feito.

minha mentora diria *yay*. e eu, que não digo *yay*, sinto um alívio. dá no mesmo.

Marie Kondo-ing dentro de mim

digam o que disserem, as lições mais preciosas da vida vêm nos momentos menos felizes. isso não é uma escolha nossa, feliz ou infelizmente. assim é que é.

quando o mergulho nos momentos não propriamente felizes é profundo, mal conseguimos enxergar. na verdade, por vezes não enxergamos absolutamente nada. e aí todos os comentários que escutamos nos parecem ridículos, fora da realidade ou uma piada de mau gosto.

eu devia estar chorando a ponto de molhar a mesa sobre a qual estava o meu computador quando minha querida mentora me diz, no seu inglês de mulher irlandesa, que não ter dinheiro é um processo rico (isso não é um trocadilho), de muito aprendizado. ela lá no Canadá, onde mora, eu aqui no Brasil, e uma tela na cara de cada uma, de forma que ela sempre pode VER minhas lágrimas escorrendo. claro que não demorou muitos minutos do nosso primeiro encontro virtual – viriam mais outros depois – para ela dizer que eu sou fortemente regida pelas emoções. Karen é uma mulher fina, elegante, com um sorriso adorável e olhos que brilham feito um sol. ela fala as coisas mais duras do mundo com uma doçura e uma firmeza gigantescas. ela é monja budista, mas se veste como uma leiga, de forma que eu fiquei muito espantada quando soube.

e assim, ao longo de janeiro, eu não consegui escrever nem UMA LINHA sequer neste blog porque estava ocupada, afundada nas minhas preocupações com... dinheiro! bingo!

digamos que eu poderia ter sido mais criativa, mas isso também não é uma escolha. eu simplesmente enterrei meu corpo (cabeça inclusive) na lama macia e cega que é o medo de não ter dinheiro. bingo novamente!

e então, enterrada até a alma, me dediquei ao que eu chamo de Marie Kondo-ing dentro de mim. para quem não sabe, Marie Kondo é uma japonesa expert em organização, como eu. mas ela, diferentemente de mim, escreveu livros sobre o tema e virou uma best-seller. Dona Kondo diz: "Anything that doesn't make you happy or isn't absolutely necessary should be touched, thanked and sent on its way", "Tudo o que não traz felicidade ou que não seja absolutamente necessário deveria ser tocado com gratidão e doado".

meus filhos e eu seguimos à risca o que diz dona Kondo. primeiro, fizemos uma reunião, em algum momento em janeiro que não lembro mais, e pela primeira vez eles ficaram sabendo da realidade financeira da mãe deles. eu jamais falava pra eles valores que eu recebia dos meus trabalhos, nem o meu salário (quando eu recebia, quase um ano atrás). achava que dinheiro da pessoa que mantém a casa não era assunto para menores.

mas chegou o momento de decidirmos se eles iriam ficar na escola perto de casa que eles amavam e cujas mensalidades eu não estava conseguindo pagar desde que parei de receber a pensão de alimentos que eles recebiam todo mês ou se iriam para uma escola pública.

eu fui criada na bolha que meus filhos estavam sendo criados: a família paga a escola de seus adoráveis herdeiros porque afinal investir em educação é o mínimo que se pode fazer quando se tem filhos. mas quando a família (no caso, eu) não tem mais dinheiro para pagar a escola, ainda que investir em educação seja o mínimo que se possa fazer, o que fazer?

meus dois filhos já estavam matriculados na rede pública. e eu chorava ao pensar que eles teriam de sair da escola amada ao lado de casa. mas segui pedindo desconto na escola amada, trocava emails com uma pessoa do financeiro, fazia orações, revia minha planilha de gastos, fazia propostas de trabalho e não dormia à noite com medo.

a arte de educar filhos é proporcionar que eles virem gente. gente que sente, que pensa, que olha pro outro, enfim, comportamentos básicos que diferem uma pessoa de um ogro. e se tem uma coisa da qual eu me orgulho é que meus esforços para criar as crianças sozinha não foram em vão: eles são gente. e por isso decidimos, com uma tranquilidade quase assustadora, que sim claro vamos trocar de escola.

a bolha estourou.

eu tento não ser espalhafatosa, o que é um grande esforço. mas o fato é que estamos bem e felizes. este ano ninguém viajou nas férias, exceção para os oito dias que passamos em deslocamento, quatro no carro, quatro em Porto Alegre, para visitar o avô e passar com ele o natal. no natal ninguém ganhou presente. saímos para comer fora para comemorar o meu aniversário porque a minha filha disse que pagaria o nosso almoço. daqui a dois dias não teremos mais carro, porque todos sabem andar de ônibus aqui em casa e ter um carro começou a parecer um despropósito para quem, como eu, está rebolando para sustentar sozinha sua pequena família.

as escolas em que meus filhos estão são muito boas. pela primeira vez desde que, em 20003, meu filho entrou no jardim de infância, eu não paguei matrícula, nem mensalidade, nem material escolar, nem livro didático, nem uniforme, nem lanche, nem almoço. também não vou mais carregar os bilhetes de estudante deles, porque aluno de escola pública tem gratuidade no transporte coletivo. mas isso tudo não é o melhor, ainda que traga grande alívio para a chefe da família (afe, que expressão tosca). o melhor de tudo é ver que sobrevivemos ao que parecia ser o fim. sair da bolha é um esforço. eu não nasci de parto normal, mas imagino que sair da bolha seja semelhante ao esforço que um bebê de parto natural (ou normal) deve fazer.

a vida não é o que planejamos nem o que desejamos. a vida é o que acontece todos os dias. eu tenho mestres que seguram na minha mão e por isso eu consigo escrever agora. eu vou aprendendo com eles, todos os dias, a largar as coisas que não me trazem felicidade e as que não são absolutamente necessárias para a minha vida. e nisso meus filhos ganham de presente uma mãe que fala a verdade para eles, que não finge que tem uma vida que não tem, que não mente e que não tem vergonha de dizer que por dois meses não há dinheiro para mesada nem para pizza nem para novas havaianas.

é engraçado como é duro descolar das crenças metidas dentro da alma de uma criança criada em uma família rica e, claro, falsa. estou falando de mim.

é um alívio e uma alegria saber que aos 47 anos é possível nascer de novo.

sobre a difícil arte do deixar ir

o *glamour** não anda sempre ao lado da gente. e assim há os dias coloridos, ensolarados, mas há também os dias nublados, frios e com neblina. não estou falando das condições meteorológicas, mas de como nos sentimos.

aí tem as fases, que são feitas de vários dias. as fases alegres, nítidas, leves, e as fases densas, cinzas, que não têm nenhuma alegria nem *glamour*.

assim é que é. não só com desempregados, mas com todo mundo. como eu estou desempregada, tenho a impressão de que os meus dias cinzas são mais escuros que os dias cinzas dos outros. o que é uma enorme bobagem.

o refrão belíssimo de "Divino Maravilhoso" grudou na minha cabeça dia desses, e eu ia cantando: "é preciso estar atento e forte, não temos tempo de temer a morte". eu não lembrava de nenhuma outra palavra da música, só essas.

às vezes parece que a força acabou. tipo quando termina a gasolina do carro no meio da estrada, e você está andando feliz da vida a cem, cento e vinte por hora e zuuuuum, o carro vai parando (já aconteceu comigo, é patética a cena). você para no acostamento. é isso. estou parada no acostamento. olhando os carros passar correndo na estrada.

* Segundo o Houaiss: atração, charme pessoal; encanto, magnetismo.

ando horrorizada com a ideia de desgrudar, desapegar, deixar ir. as coisas, os sentimentos, o passado, umas ideias fixas, filminhos de cenas dolorosas da minha vida. e como se mestres sentissem o que seus alunos sentem, mesmo com um mar entre os dois, meu professor manda um email para os seus alunos falando da importância do quê? da impermanência. *"Trying to make permanent, that which is impermanent, is suffering", said the Buddha* (O que causa o sofrimento é tentar fazer permamente o que é impermanente, disse o Buddha).

vou sofrendo com a minha teimosia, o meu materialismo exacerbado, o meu medo de cair de bunda no chão se eu me soltar de todas as coisas que me prendem. é claro que a ironia é justamente esta: se é tão fácil relaxar, se soltar exige tão menos do que agarrar, por que fico me agarrando no meu medo?

sempre digo para os meus filhos que a vida é feita de altos e baixos. mas como é fácil falar. abrir a boca e sair vomitando verdades, aquelas certezas absolutas que ficamos repetindo por anos e anos. mas fazer é outra história. por isso que é sempre bom desconfiar de conversa de bar, aquele blá-blá-blá que às vezes impressiona. a teoria é do meu primeiro marido.

quando éramos casados, eu tinha muitos sonhos. um deles era casar e ter cinco filhos. o outro era ter uma casa no meio do mato. mas que coisa. acabei descasando duas vezes, só tive dois filhos e minha casa fica no meio de bares e grandes avenidas e estações de metrô e pontos de ônibus que me levam para qualquer lugar.

desde muito pequena eu sabia que planos eram uma bobagem. e eu continuo achando isso. mas isso também me dá arrepios. sem planos? como assim? sua louca! a insana que mora dentro de mim, mas que não sou eu, está sempre de plantão. e eu preciso estar atenta e forte.

dar conta do coquetel de bobagens que brotam de dentro da gente em dias muito cinzentos requer paciência, tolerância e disponibilidade para sentar e meditar. tenho me esforçado deveras.

deus esteja.

nunca me senti tão rica

eu estou há dias pensando nisso. pensando em escrever sobre a minha riqueza. estou dura de marré, marré, marré. desempregada desde março, faz sete meses. fazendo um trabalho aqui, outro ali, mas nada que pague todas as contas da minha pequena família.

e nesses meses de busca por um emprego, por frilas, por equilíbrio, por alegria para lidar com a vida familiar, eu tenho me sentido muito rica. parece irônico, e eu sei disso.

cresci numa família endinheirada. hoje entendo mais do que entendia quando era criança. para as crianças, a menos que você seja criada por monstros, o dinheiro nunca é a parte mais importante da vida. e eu sabia que morava numa casa grande, que tinha um guarda noturno que nenhum amigo tinha e que podia ser sequestrada, segundo a minha mãe. mas eu não tinha noção da realidade como ela era. hoje eu tenho.

minha família endinheirada se foi. casei duas vezes e nunca herdei nada dos casamentos. sempre achei uma barbaridade uma mulher com dois braços, duas pernas e um cérebro receber pensão de ex-marido. por isso nunca ganhei um centavo de ex-marido. só meus filhos, que têm direito à pensão de alimentos, mas cujo recebimento sempre depende de ações na (in)justiça brasileira.

entre as atividades de uma desempregada está a enfadonha olhada atenta no Facebook todos os dias. eu nunca fiz isso na vida – tudo bem, o Facebook também não existe há tanto tempo quanto eu –, e acho uma chatice infinita ver quem ama quem, fotos de pernas e de praias e de abraços ó-como--a-vida-é-bela-meu-deus-do-céu-somos-todos-tão-felizes.

e eis que hoje, na minha tarefa de todos os dias de ficar rolando pra baixo a página inicial do Facebook, encontro um lindo texto sobre viver com menos. eu nunca morei numa quitinete. nem em Paris, nem em lugar nenhum. mas senti uma alegria gigantesca – e muito conforto na alma – ao ler o texto da Maria Bitarello.

coloquei meu grande carro – praticamente uma espaçonave – à venda. preciso pagar algumas contas e não tenho pai nem mãe nem tio nem ex-marido pra ajudar. o carro eu comprei pra ter durante muitos e muitos anos. acho desnecessário trocar de carro. então compro carros japoneses duráveis pra não precisar pensar em trocar de carro por sete, dez anos. mas desta vez não deu certo. o carro tá mais novo do que velho. na verdade, eu não vou trocar de carro. eu vou me desfazer do carro. o que me causa um pouco de aflição, quando penso na viagem à Bahia que eu não fiz com o carro e à viagem ao Pantanal que também não rolou. aí me lembro que carro custa tanto, o seguro, os impostos, o combustível, as revisões, as lavagens. *bye bye* tudo isso.

ficar sem um carro me faz lembrar de uma ida à praia, muitos anos atrás, com duas amigas que trabalhavam na TV. uma era editora, e a outra, apresentadora e mãe de dois filhos. num mergulho no mar, a tal da apresentadora – uma mulher inteligente, que não era modelo e manequim nem loira platinada nem magra de dar dó – perdeu o relógio de pulso. o filho dela, que devia ter uns dez anos, ficou arrasado. e ela olhou pra ele e disse: "meu filho, a gente precisa perder coisas para ganhar outras". e não disse mais nada.

e é sobre isso que a Maria Bitarello escreve. e que é tão verdadeiro, mas a gente, por algum defeito de fabricação ou resultado do sucesso do mundo que precisa que compremos muito e ininterruptamente, nega. diz ela: "A verdade é que quanto menos coisas você tem, mais fácil fica se desfazer delas. Até porque vai ficando claro que as coisas vêm, as coisas vão, não em vão. Você dá um casaco seu, alguém te dá uma mochila. Roubam sua bicicleta, você acha uma poltrona na rua. E segundo as leis elementares da física, se um objeto novo entra na vida de um residente de quitinete, algo obrigatoriamente vai ter que sair. Então você acaba ficando só com aquilo de que realmente gosta e/ou precisa".

em italiano, tem uma expressão que é sobre isso, sobre deixar ir. *lascia perdere*. parece que só falar *lascia perdere* já é libertador. engraçado, porque a mesma professora que me ensinou *lascia perdere* dizia que ficar rico é fácil, mas ficar pobre é doloroso. Giusi dava aulas no apartamento onde morava, em alguma alameda dos Jardins, bairro ultranobre de São Paulo. fumava feito louca, e no meio da aula ia até a cozinha bater um pouco de Nescafé com açúcar para preparar o café mais doce e cremoso do mundo. era maravilhoso.

talvez fosse isso o que a Giusi queria dizer: que ganhar era fácil, no sentido de ser indolor, mas perder era difícil. mas em toda dificuldade há aprendizados (eu não sei se isso estava claro para a minha pequena grande professora).

segundo o Buddha, o sofrimento vem das nossas tentativas de fazer permanente o que é impermanente. mas o que é impermanente? tudo.

e todo esse blá-blá-blá e eu não falei sobre o meu sentimento de riqueza. é difícil falar sobre isso, porque parece que estou abrindo o meu corpo, pelo menos a parte do centro do meu corpo, tipo uma cirurgia para fazer uma biópsia na barriga.

quando você leva uns pontapés da vida e cai de boca no chão, você começa a ver algumas coisas sob outro ponto de vista. num primeiro momento, a partir do chão, onde você está estatelado. mas conforme você vai se recompondo, limpando a boca e se levantando, você vai vendo outros pontos de vista, que na verdade são infinitos. e você vai percebendo que às vezes a sua vida é cheia de muitas coisas, e essas coisas nem sempre são as mais importantes. ou melhor, às vezes muitas dessas coisas não têm importância nenhuma.

cabeleireiro maravilhoso e caro pra chuchu; emprego lindo com carteira assinada, mas ambiente pisando em ovos todo santo dia; almoços em restaurantezinhos metidos a besta; um armário cheio de roupas e sapatos e colares; uma agenda lotada de compromissos antes, durante e depois do trabalho de oito horas diárias; um e-mail corporativo importante que faz com que todas as pessoas te tratem muitíssimo bem porque você trabalha num lugar bacanérrimo.

não, eu não tinha uma vida estúpida. claro que não. mas eu tinha uma vida cheia de coisas que eu não sabia que eram dispensáveis. e então, quando você não tem mais um e-mail do lugar bacanérrimo onde você trabalhava, nem uma agenda lotada das sete às dezenove sem um minuto para respirar e não pensar em nada, nem dinheiro para ir ao cabeleireiro de décadas que você ama, você percebe que a vida segue alegremente. e que amigos seguem seus amigos e pagam o seu jantar. e que não tem problema não ter dinheiro para a gasolina – afinal existem outras coisas legais na vida além de viajar. e que não ter nada para fazer num dia pode ser glorioso, mesmo você ficando desconfiada da sua alegria. e que existem escolas públicas que poderão ajudar você a não falir.

a vida é cheia de altos e baixos. e tenho a impressão de que as pessoas mais divertidas, mais alegres e mais exuberantes são aquelas que sabem que pra descer, tem de estar lá em cima. e vice-versa: só sobe quem está lá embaixo. parece besta. e talvez seja. porque gostamos de dar voltas e falar coisas ininteligíveis e achar tudo complicado, porque isso parece *cool*.

faça-me o favor, *darling*. escolha uma vida mais simples e seja feliz. vou mandar bordar essa frase num quadrinho em ponto cruz, e colocá-lo na frente da minha cama.

só sendo uma santa

parte do cansaço de criar filhos vem da minha loucura.

após anos jurando que não serei como meus pais, dia desses, conversando com o meu filho, escutei sair da MINHA boca que eu, na idade dele, "corria, fazia ginástica, dançava num grupo da escola" e não sei o quê mais. assim que terminei a frase, morri de vergonha.

o que é que os meus filhos têm a ver com o que eu fazia ou não fazia na idade deles? e o que eles têm a ver com o que eu quero que eles façam?

toda a teoria de "boas práticas" no lar escoa pelo ralo. e eu fico pensando por que é tão tentador repetir as frases bestas que eu ouvia quando eu era criança e que eu achava tão abomináveis.

falar que aceitamos os filhos como são, uns CDFs, outros folgados, uns comilões, outros anêmicos, uns extrovertidos, outros quietinhos, uns fortes e outros nem tanto, é dureza. aí vem mais dureza: depois de aceitá-los como são, ver e perceber que eles não pensam como nós, não agem como nós, não vivem como nós.

socorro.

e é só quando eu fico na minha, morrendo de vontade de falar algo, mas sabendo que não devo dizer nada, é que consigo aprender com essas pessoas que vieram ao mundo pela minha barriga. claro que depois de conseguir ficar quieta e conseguir prestar atenção no que eles têm pra me dizer, caio na gargalhada e me sinto a mais anta de todos os seres. a mais bocó, ingênua e louca.

é claro que não estou falando de regras básicas para o convívio doméstico pacífico, como o banho, a roupa limpa, as refeições diárias, o prato retirado da mesa após comer, o respeito pelo espaço do outro, o silêncio, as gentilezas que fazem o dia mais sem graça parecer uma página de conto dos irmãos Grimm.

estou falando da necessidade de prestar atenção nos meus filhos. de viver um dia depois do outro sem ser uma impostora. de lembrar que cheiro de filho quando acorda é bom e por isso eu devo acordá-los lentamente. de saber que a vida é feita de momentos. de saber que tudo passa. mas, mais do que tudo, de saber que essas crianças que vêm pra gente cuidar, seja pela barriga ou não, serão pessoas que andarão com os próprios pés, e escolherão os caminhos delas, não os caminhos que "alguém tinha imaginado para elas".

e então, quando tudo parecer estar errado dentro de casa, por causa de expectativas insanas de progenitores que têm a tendência para serem impostores, o que fazer? ser uma santa (ou um santo, claro). não pegar para si o que parece não estar funcionando. não achar que o mundo está próximo do fim porque nossas fantasias não estão se concretizando. e como santa ou santo, dar risada e agradecer, porque criar nossos herdeiros é bom. mesmo sendo duro.

coisas abomináveis

(o texto abaixo, título inclusive, foi escrito depois que eu li uma crônica homônima do Paulo Mendes Campos no livro As cem melhores crônicas brasileiras. *se você nunca leu o texto em questão, sugiro que o leia. é absolutamente maravilhoso. a seguir, a minha própria lista de coisas abomináveis)*

gente que se acha importante; gente formal; óculos sujos; cheiro de naftalina; cabelo alisado; umbigo de plástica; rua escura; calçada esburacada; calçada cheia de gente; café doce; gosto de adoçante dietético; meia apertada; meia-calça pequena; sapato desconfortável; roupa apertada; tecido sintético; roupa quente em dia de versão; lábio ressecado; esquecer as chaves; armário bagunçado; luz fria; lápis preto com grafite que não escreve direito; perder a caneta; shopping em qualquer lugar; ouriço do mar dominando a areia onde você está andando; queimadura de mãe d'água; conta atrasada; gente que não larga o celular; dor nas costas; crianças mandando nos pais; motorista que não sabe dirigir; motorista que pensa que sabe dirigir, mas não sabe; lençol mal lavado; chuveiro elétrico; restaurante de beira de estrada sujo; pia cheia de louça; geladeira lotada; vinho doce; sagu com bolinha branca; o fedor do rio Pinheiros; carro da polícia estacionado sobre a calçada e com o motor ligado; cocô de cachorro no parque; cocô de cachorro na praça; tirar foto na recepção dos prédios; ônibus lotado; viajar de avião na classe econômica por mais de duas horas; perfume no elevador; não enxergar o que você quer ler; mosquito no meio da noite, fazendo zzzzzzzzzzzzzzzzzzzz; unha roída; porta que não fecha direito; gente que não olha no olho; sala de espera de dentista; reuniões de trabalho com mais de quatro pessoas; revista com páginas faltando; mau humor; gente que pergunta como você vai, mas não escuta a resposta; manicure que fala sem parar; ter vontade de fumar quando está com raiva, apesar de ser ex-fumante há mais de dez quilos; gente que tem medo de tudo; gente que reclama de tudo; falar pra criança que a bruxa vai vir pegá-la; sobremesa industrializada; comida congelada; comida industrializada e congelada; viajar e esquecer de levar maiô; viajar e esquecer de levar o chapéu; viajar e esquecer de levar os óculos de sol; perder-se numa estrada erma sem ter para quem pedir informações; cheiro que vem de qualquer lanchonete McDonald's; ligar para o banco; porta giratória em agências bancárias; morar ao lado de uma obra do metrô; ter de falar com qualquer departamento de atendimento do consumidor, os chamados SAC, cujo nome deve ser uma homenagem à sacanagem de existir departamentos que, ao contrário do que dizem, são um DESserviço para o consumidor; as áreas de relações com a comunidade das empresas, que não sei pra que foram criadas se só atrapalham e mostram pra comunidade que ela não vale nada; fazer uma lista de coisas abomináveis.

coisas deleitáveis

(o texto abaixo também foi escrito depois que eu li uma crônica homônima do Paulo Mendes Campos no livro As cem melhores crônicas brasileiras. *depois de escrever as "coisas*

abomináveis", agora é a vez da lista das "coisas deleitáveis". o título foi copiado. uma homenagem, ainda que singela, a um texto sensacional)

estrada vazia; pinhão cozido vendido na estrada que liga o Paraná aos pampas; andar na mata com um bom guia; canivete suíço; festa com boa música; gente inteligente; gente divertida; criança brincando; sapo coaxando à noite; banho de mar quando o sol já se pôs; ver o sol nascer no mar; terminar uma longa caminhada; restaurante de beira de estrada limpo; armário com pouca roupa; sorvete com pouco açúcar; a cama da gente; o sol entrando pela janela; a lua iluminando a mata; ver um baiano abrir um coco pra você; tomar chimarrão na praia; doce de leite argentino; viajar de carro pelo Uruguai; farol em qualquer praia deserta; frango com chocolate e pimenta; deitar no chão de madeira; conversar com uma criança; cereja fresca; natal na Alemanha; comer bergamota colhida do pé; ter vinho em casa; manteiga com sal; sagu de vinho tinto; noite sem luz; dançar agarradinho; flauta, violão e violoncelo; o barulho do vento no Rio Grande do Sul; as montanhas de Santa Catarina vistas da estrada; cheiro de flor na calçada; andar de pés descalços sobre pedras; olhar pro céu; viajar de trem; descobrir onde é o vagão da cafeteria no trem; viajar e voltar com dinheiro; viajar de carro; andar de caiaque; boiar no mar; boiar na lagoa; nadar em piscina com mais de vinte e cinco metros; aprender a costurar; aprender a tricotar; comer bolo quente; café recém-passado; bolo de tapioca ou de mandioca com calda de vinho tinto; ter um bom médico; ter um bom acupunturista; comer com colher brigadeiro com consistência de caramelo; peixe frito; comer camarão com as mãos; comer salsicha com mostarda em qualquer lugar na Alemanha; ficar debaixo da queda d'água da cachoeira tomando água nas costas; ler na cama; luz indireta; amigos para almoçar em casa; cheiro de bebê; cinema de rua; loja de rua; fazer sauna no inverno; joia que não parece joia; vento na cara; cortina voando pra fora da janela; sino de igreja; rua de paralelepípedo; hortênsias no verão em Gramado; azaleias no inverno em Gramado; o hotel Veraneio Hampel em São Francisco de Paula; olhar o mar; cruzar o rio da Madre na praia da Guarda dentro de uma canoa; se perder em Veneza; português de Portugal; dormir na rede depois do almoço; amigo de infância; ambrosia marrom que a minha mãe fazia; passarinho cantando antes do sol nascer; piso de madeira; subir em uma plataforma; pessoas muito enrugadas sorrindo; pastel de feira; frutos de mar em qualquer praia no sul de Florianópolis; pão de queijo em Minas; pão com linguiça na estrada que liga SP a BH; vinho branco bem gelado; fazer xixi no mato; fazer xixi na beira da estrada; dançar descalça e sozinha na sala, tomando vinho; escalda-pés antes de dormir; a existência da Fundação Procon, que funciona para qualquer cidadão e resolve qualquer perrengue – e, quando não resolve, explica como resolver; os tribunais de pequenas causas, que lidam com pequenas ações de cidadãos sem cobrar um centavo e de onde se pode sair com indenizações que as empresas inidôneas são obrigadas a pagar; amigos que usam frases/ditos populares verdadeiros e, sobretudo, engraçadíssimos (Bárbara); trepadeira em flor; tomar banho gelado no chuveiro externo da casa na praia depois de voltar do banho de mar; dormir cedo; tomar banho de chuva; escrever a minha lista de coisas deleitáveis.

a minha longa história com o dr. kong

isso foi muitos anos atrás. talvez uns vinte. ou quase isso.

eu morava sozinha. depois de me separar, tinha morado um tempo sozinha, outro tempo em uma casa no meio do mato com uma amiga, e finalmente estava de volta à cidade cinza, também conhecida como São Paulo. estava sozinha e feliz.

eis que um dia acordo e não consigo me mexer.

quando isso acontece pela primeira vez, e nessa primeira vez você mora sozinho e é jovem, é totalmente desesperador. eu comecei a chorar.

não lembro se chorei por poucos ou muitos minutos, mas lembro que saí da cama engatinhando. devagar cheguei ao banheiro, tomei banho e me aprontei, acho que desesperada, para ir pro trabalho. nessa época eu trabalhava na *Gazeta Mercantil*, que já tinha sido um bom jornal, mas estava começando a não pagar os salários no dia em que o pagamento deveria ser feito – um ou dois anos depois o jornal fechou. a redação ficava na zona sul da cidade, um caminho longo, mas rápido desde o meu pequeno apartamento, que ficava em Pinheiros.

vinte anos atrás não usávamos celular. quer dizer, algumas pessoas usavam, outras não. e essas outras eram a maioria. minha dor era tão grande que eu achei que chegando ao jornal eu teria mais ajuda do que ficando em casa. um pensamento sinistro, mas talvez o melhor que eu podia ter naquele momento.

a chefe da pauta era a Dinorah, uma ruiva simpática e baixinha. eu devo ter entrado na redação com cara de criança perdida no parque. contei minha triste história pra Dinorah, e ela me deu uma pauta bem tranquila e disse "faz esse texto e vai embora". e me falou de um médico chinês que fazia massagem e acupuntura, acho que tanto ela quanto o marido eram pacientes dele.

liguei, marquei, fiz minha matéria rapidinho e fui pro consultório do chinês. Dr. Kong Ling Shi. ele me sovou à grande – como me sovaria inúmeras outras vezes ao longo das quase duas décadas em que ele cuidou de mim. e me disse três coisas: que a dor aumentaria e, por isso, eu deveria fazer repouso no dia seguinte; que eu não tomasse remédio; e que voltasse dois dias depois.

saí de lá me sentindo feliz e miserável. eu tinha de dirigir o meu carro até a minha casa. mas tinha a impressão de que a minha dor passaria – ainda que levasse no mínimo dois dias, como ele tinha me alertado.

em casa, liguei para uma amiga, que se prontificou a cuidar de mim. no dia seguinte, peguei um táxi e fui pra casa dela, onde passei o dia inteiro deitada no sofá. quando você sabe que a dor vai piorar, mas alguém está cuidando disso, você dá conta da dor. e assim foi.

no dia seguinte ao repouso no sofá, voltei à consulta.

o dr. Kong nunca aprendeu a falar português muito bem. na verdade, ele falava mal e porcamente. além disso, era um homem quieto. ou seja, era um tratamento em que ele usava as mãos e as agulhas, mas quase nenhuma palavra. pessoas ansiosas que querem nome para seus males nunca devem ter ficado felizes com o velho.

nas vezes em que eu perguntava por que estava com aquela dor, ele dava respostas tão completas como "estresse, né?", "muito trabalho" ou "cansaço". ponto final. e eu ficava feliz, porque ele não falava quase nada, mas sempre resolvia.

quando você conhece um médico como o dr. Kong, você passa a não ter medo de ter dor. e isso não é uma figura de linguagem.

eu quebrei poucas partes do meu corpo. mas das três vezes em que quebrei dedinhos do pé, quem tratou foi o dr. Kong. há trinta e quatro anos eu fui pela última vez ao consultório de um ortopedista, para nunca mais voltar. ele fez um diagnóstico errado, que incluía o uso de medicamentos desnecessários, além de ânsias de vômito – eu tomava as cápsulas com leite, não lembro por quê, e quase vomitava.

depois disso, passei a usar os serviços de um acupunturista porto-alegrense. e mais tarde me tratei com um japonês que tinha ido parar na capital gaúcha com toda a família.

aqui em São Paulo, o dr. Kong virou o meu médico e o médico de muitos amigos meus. meu ex-marido, que se quebrou de moto na Grécia, se tratou durante semanas com o Kong. a Mona se tratava lá e ganhou de presente uma sessão antes do casamento dela. a Rafa se tratava lá e acabou levando o marido. o filho da santa Nalva, que ficou com uma perna mais curta que a outra depois de sessenta dias engessado, teve o problema resolvido pelo dr. Kong. minha mãe, quando vinha me visitar, adorava ir ao dr. Kong para curar dores que a atacavam nas viagens. meu filho teve o local do furo da orelha marcado pelo velho e minha filha, também. o José ainda foi lá tratar dores nas costas uma ou duas vezes.

no começo de 2016, liguei para marcar uma consulta. Ting, a fabulosa chinesa mulher dele, atendeu, e disse que ele estava na China. que eu ligasse em dois meses.

liguei, mas ninguém atendeu, nem a secretária eletrônica, que tinha uma mensagem muito condizente com o dr. Kong. era algo como "dr. Kong, deixe recado". um frio na barriga, desses bem maiores que frio de montanha-russa, me gelou. fiquei alguns dias ligando. e nada.

então fui até a casa onde o dr. Kong atendia e, acredito, morava. a placa em português e chinês não estava mais lá. no seu lugar, uma placa de aluga-se. era o que eu temia: ele tinha ido embora.

perguntei pros guardinhas da rua, e eles confirmaram. Dr. Kong tinha voltado pra China, tão quietinho como sempre tinha sido ao longo de todos esses anos em que me tratou. suas mãos de anjo forte são inesquecíveis. toda pessoa que nos cura é inesquecível. mas ele me curou inúmeras vezes.

engraçado eu ter demorado tanto para escrever sobre ele. a inspiração veio ontem, quando passei o dia deitada na cama com uma dor sinistra nas costas. estou seguindo as instruções sábias do velho: não tomar remédio da farmácia e ficar de repouso. mas, agora, sem a sova e as agulhas, a dor é mais forte e demora mais pra passar.

eu morro de saudades dele. acho que ele estava doente e escolheu morrer na terra em que nasceu. já tinha uns dois anos, no mínimo, que ele tossia muito. às vezes saía da sala para tossir longe de mim e, quando passava, ele voltava.

...

hoje faz 22 anos que cheguei aqui nesta cidade cinza. vim com uma ou duas malas. meu marido já estava aqui. ficamos num hotel até acharmos um apartamento e eu ir a Porto Alegre encaixotar a mudança. era um sofrimento conhecer esta cidade sozinha. ele trabalhava, enquanto eu procurava um apartamento pra gente sem saber em que bairro íamos morar, e um emprego sem saber o que era longe, o que era perto, o que era bom, o que era ruim.

no fim, achei não só um apartamento e um trabalho, como um monte de amigos, tive dois filhos e ainda arrumei um médico chinês.

nossa vida sem a Nalva - parte II

eu ficava muito abismada com a reação das pessoas nos Estados Unidos quando eu levava alguma comida preparada por mim. ou quando cozinhava em casa e amigos vinham e reagiam do mesmo jeito que eu não conseguia entender. *oooooooh, is it homemade?* – era mais ou menos sempre isso. sim, era feito em casa. *oooooooh!*

anos e mais anos se passaram. especificamente, uma década e meia. e hoje eu entendo perfeitamente por que eles babavam de alegria e prazer ao comer algo que eu ou meu então marido tínhamos feito. e podia ser qualquer coisa. um bolo de maçã. *oooooooooooh!* um frango no forno com shoyu. *ooooooooh!* um brigadeiro. *oooooooooooooooooooooooooh!*

faz um ano que vivemos sem a santa Nalva. ela trabalhou na minha casa desde que a minha filha era bebê. não sou boa com datas – ou não acho importante lembrar de datas, na verdade. mas a Nalva começou a trabalhar na minha casa uns dias antes de eu me separar. e ficou me ajudando com as crianças até elas não precisarem mais de ajuda. quando o meu filho foi morar com o pai dele, no interior, e a minha filha aprendeu a voltar sozinha da escola. então a Nalva não precisava mais nem chegar cedo, nem buscar ninguém na escola, nem ficar até a hora que eu chegasse do trabalho. as crianças já sabiam fazer a lição sem receber ordens, já sabiam esquentar a própria comida e fritar um bife. já sabiam tomar banho e colocar o pijama e esperar a mãe chegar.

a Nalva foi trabalhar na casa da Thaís, que estava grávida do primeiro filho, o Caetano, bem quando eu comecei a pensar que pagar uma pessoa para ficar na minha casa sem precisar cuidar das crianças já crescidas era uma bobagem. e como se fosse um conto de fadas, estamos vivendo felizes desde então, a Thaís com a Nalva, e eu sem ela.

quando a Nalva foi embora, eu pensei em escrever uma série de textos sobre ela. seria assim: "a nossa vida sem a Nalva – parte 1", "a nossa vida sem a Nalva – parte 2" etc.

mas eu não consegui. escrevi o primeiro texto um ano atrás, e só agora escrevo o segundo. deixar de ter uma pessoa em casa que ajuda todos os dias e passar a fazer tudo sozinha com a ajuda das crianças é uma experiência quase inexplicável. na época, eu trabalhava em um escritório todos os dias, o dia inteiro, com horário. isso quer dizer que não tinha horário flexível nem dia de trabalhar em casa. a escola onde a minha filha estudava ficava no fim do mundo. e o meu filho morava no interior e só vinha pra nossa casa às sextas-feiras, para ir embora no domingo.

meses depois, meu filho voltou para casa e eu fui demitida. ou seja, passado um ano, muita coisa mudou. ah, as crianças também não estudam mais no fim do mundo. agora, em vez de sair de casa às 6h15 para pegar uma carona e chegar à escola às 7h10, eles vão andando pra escola. saem de casa às 7h e chegam sempre antes das 7h30, quando a aula começa.

eu acho um saco fazer tabelas com tarefas. mas dia desses transformei a lousa da parede da cozinha em um tabelão "quem faz o quê". não temos mais frases inspiradoras do mestre zen Thich Nhat Hanh, mas quem lava a louça, quem leva o lixo e os horários de uso de parafernálias que têm tela (celular, computador e quetais). claro que a tabela não resolve, mas ajuda. tudo dá mais trabalho do que eu jamais imaginei, mas assim é que é. criar filhos é diferente de ter filhos e fazer tudo por eles. o ambiente não é totalmente harmônico. ah ah ah. as crianças reclamam (acho que) todos os dias. "ai que saco", "ai que droga" e "já vou" são as top três da casa. e eu me concentro para não reclamar o tempo todo por ter de pedir ajuda de três a cinco vezes – em dias de sorte – para algo ser feito.

meu filho me conta do amigo em cuja casa trabalha M. ela é uma mulher maravilhosa, que cuida do garoto de 15 anos. acorda o moleque, cuida pra ele não se atrasar pra escola, prepara a comida do almoço e checa se ele comeu direito, vai chamá-lo depois da soneca da tarde e prepara o lanche. não sei de mais detalhes, mas me parece de M. é a babá do garoto. o sonho do meu filho é ter M. na vida dele.

eu acho graça.

vivemos em um país em que mães não têm nenhum benefício "de mãe" no trabalho. pra piorar, em um país em que mulheres ganham muito menos do que homens, as mulheres normalmente têm de "mostrar que estão trabalhando muito" no escritório, só pra ninguém dizer que fulana não trabalha tanto porque tem um ou mais filhos. e então temos as santas, a santa Nalva, a santa M., que cuidam dos nossos filhos enquanto estamos no trabalho. elas, por sua vez, também contam com a ajuda de outras mulheres para cuidar dos filhos delas.

mas chega uma hora em que os filhos já sabem fazer muitas coisas.

quando eu tinha uns doze anos, eu idolatrava um garoto que estudava na mesma escola e também na mesma escolinha de inglês que eu. ele fazia coisas que eu não via ninguém fazer: ficava na fila do posto bancário da escola pra pagar a mensalidade, ia pra escola e pra aula de inglês andando, e um dia soube consertar o gravador da professora de inglês que não estava tocando a fita K-7 para fazermos um exercício de *listening*. ele pediu à professora um cotonete e álcool e habilmente limpou o cabeçote do gravador. e pim!, a fita K-7 rodou e fizemos a nossa aula. isso foi na década de 80, quando gravadores e fitas K-7 eram os meios mais comuns de se escutar música.

dia desses eu fiquei pensando: quem eram os pais do Rafinha, esse garoto descolado que parecia saber tudo o que eu ainda não sabia, apesar de nós dois termos a mesma idade e cursarmos a mesma série da escola? fiquei pensando também em como eu estava criando dois rafinhas na minha casa.

quando a Nalva foi embora, eu tinha medo de que a minha filha não fosse gostar da minha comida. quando ela dizia que a lentilha que eu tinha feito estava uma delícia, eu quase chorava de alegria. agora já estamos todos acostumados e felizes com a minha comida. e eu vou fazendo comidas novas e estou cada dia mais feliz de ficar trabalhando com alegria na cozinha. acho a minha comida a melhor comida do mundo.

ensinar os filhos da gente a fazer as coisas de todo dia é o que mais dá trabalho na vida. sem dúvida nenhuma. roupas precisam ser lavadas, estendidas, recolhidas, dobradas. camas precisam ser arrumadas, e os lençóis precisavam ser trocados. verduras e cereais precisam ser comprados, guardados e preparados para haver comida na mesa. louças têm de ser lavadas e secadas e guardadas. bolos têm de ser batidos e assados. as janelas têm de ser abertas todos os dias de manhã para o sol e o vento entrarem, e têm de ser fechadas à noite. e assim todos os dias.

quando meus filhos não estão reclamando (sim, esses momentos existem), eles fazem as tarefas com alegria. e quando eu consigo prestar atenção na alegria deles, tenho a impressão de que a nossa casa é o lugar mais feliz do mundo. e por instantes consigo largar a loucura da casa-limpinha-perfeita-e-filhinhos-obedientes-e-educados.

a coragem é um dos presentes que ganhamos na vida e que, como todo presente, temos de saber apreciar.

sobre o dia em que fui ao fórum falar a verdade e nada mais que a verdade

"o que você faz depois de uma audiência com o seu ex-marido?", ela me perguntou. sugeri que comprasse um vinho. e que celebrasse, mesmo com tristeza e estupefação, depois que os meninos estivessem dormindo.

os meninos chegarão tarde hoje. estão na casa do pai. que bom. ela poderá celebrar antes de os meninos chegarem e depois que eles dormirem. mas celebrar o que mesmo?

...

éramos três na sala de espera do fórum. sim, ela conseguiu que três amigas fossem até lá para responder às perguntas do juiz. audiências de conciliação não são um ambiente simpático. e assim foi. a advogada nos advertiu: juízes nem sempre chamam as testemunhas. não estávamos incomodadas com isso. sendo chamadas ou não, tínhamos ido lá e isso era o que importava. somente duas foram chamadas. uma de cada vez. tenso e chato. você quer ajudar, você conhece o ex-casal. mas estamos falando de dinheiro e dinheiro é um tema sombrio e sua sombra é gigantesca.

...

meu sogro querido tinha horror de extremos. ele era um extremista em tudo o que pensava e fazia, mas me ensinou essa bela lição. e eu tenho horror do que é inflexível, do que não muda e do que é extremo. por isso não defendo um lado ou outro.

...

éramos três. todas mães e separadas. uma não recebe pensão de alimentos para a filha porque não precisa. a outra não recebe, precisa e diz ser injusto a mulher arcar com tudo, mas não mencionou ações na justiça nem advogados. nunca casou, nunca fez acordos de guarda nem de pensão, e o pai do filho paga quando pode e o que pode.

...

afe, que assunto mais chato. criar filho sozinha/o é duro e ninguém merece. blá-blá-blá. eu não vou entrar em detalhes porque meus textos são autobiográficos, mas não escatológicos.

...

minha amiga brasileira que casou com um inglês e com ele teve dois filhos acaba de se divorciar. diz ela que a justiça britânica é correta. ela ganhou dinheiro para dar entrada em um apartamento. nos últimos seis ou oito anos ela ficou em casa cuidando dos meninos, levando e buscando da escola, cozinhando, brincando. isso foi considerado no divórcio, na separação dos bens, nas quantias devidas por cada parte e no valor da pensão de alimentos que os meninos irão receber.

...

talvez o meu mundo e as pessoas que eu conheço e as histórias que eu escuto sejam restritas e não sejam a realidade da maioria. mas fico intrigada com o número de mulheres com filhos e sem marido que trabalham e pagam contas e criam filhos e precisam sentar numa cadeira na frente de um juiz para contar que quando eram casadas o marido ganhava R$ 30 mil então não é possível que agora ele ganhe tão pouco que só possa pagar R$ 3 mil por mês para ajudar a criar/alimentar/educar/divertir dois filhos, três filhos, talvez um filho.

que cálculo é esse que é feito sobre o salário dos pais, mas não é feito sobre o salário das mães?

...

uma amiga querida recebe R$ 400 por mês como pensão de alimentos para o filho. e quem paga é a sogra dela. o pai do filho, pelo que entendi, não paga NADA. ele tem dois braços, duas pernas, é um cara divertido, tem uma profissão, é muito bom no que faz e é reconhecido.

...

eu adoro ser mãe. mas jamais pensei que isso fosse uma tarefa solitária.

...

prefiro escrever sobre alegrias a escrever sobre tristezas. mas foi muito duro passar uma tarde no fórum. minha dor é a dor de todas as mães que literalmente se esfolam para criar filhos sozinhas.

...

deus esteja.

e o que importa você sabe, menina. é o quão isso te faz sorrir. e só.

eu sempre duvidei de algumas verdades que escutei ao longo da minha vida. mas como eu tinha dúvidas, e não certeza, de que essas verdades não valiam para mim, eu me achava uma boba. tipo uma-pessoa-que-não-é-tão-madura-nem-determinada-nem-focada-como-as-pessoas-que-eu-conheço.

e assim fui levando a vida, me divertindo mais do que sofrendo, e nunca tendo a certeza de que este caminho era O MEU caminho – eu não estava enganada, eu não estava perdida, eu não estava num caminho errado.

acho que eu tinha uns dez anos quando estava passando as longas férias de verão com a minha mãe e meus irmãos na fabulosa casa que tínhamos numa praia feia do Rio Grande do Sul e comecei a escrever. eu pegava uma cadeira de praia e me sentava no ponto mais distante da casa dentro do terreno, que era todo gramado. acho que eu fazia isso no fim do dia, à tardinha, quando ainda tinha luz para escrever, mas o sol já tinha desaparecido. eu não lembro o que eu escrevia, nem onde esses escritos foram parar.

e foi mais ou menos nessa idade que eu comecei a achar esquisitas algumas coisas que eu via. por exemplo, a minha família assistia TV todas as noites. jornais e novelas e outras tranqueiras televisivas depois da última novela, que na minha infância era a novela das oito. como eu dormia bem cedo, não era um problema grave, mas eu achava estranho que ninguém conversasse. uns anos mais tarde, quando a tristeza da adolescência me massacrava, eu chorava e perguntava pros meus pais por que eles viam tanta TV e não conversavam, nem com os filhos, nem entre eles, e eles, sem resposta, diziam: "ssh, a novela voltou".

também achava sinistro quando a minha mãe me contava que fulano e fulana estavam casados por causa dos filhos. não conseguia compreender como duas pessoas podiam viver juntas por causa de terceiros.

minha mãe também costumava me mostrar "a cara de triste", nas palavras dela, das crianças cujos pais eram separados. eu perguntava pra ela o que ela queria dizer com isso, e ela me explicava calmamente a sua teoria bizarra, de que filhos sem os pais juntos na mesma casa eram crianças cuja tristeza era visível aos seus olhos. eu imaginava uma casa horrível quando só tinha uma mãe e não um pai com uma mãe. um lugar vazio, escuro, úmido e frio, muito frio.

anos depois escutei da mãe de um colega do meu filho que o filho dela estava tendo uns comportamentos muito estranhos, e ela "nem era separada". quando ela terminou a frase, olhou pra mim, lembrou que EU era separada e pediu desculpas. eu achava aquilo que ela dizia tão, mas tão besta, que não devo nem ter ficado irritada. isso faz uns sete, oito anos, e a minha memória não é das que guarda muitos detalhes do passado.

mas lembro muito bem que quando terminei a faculdade de jornalismo, que era um dos cursos mais bem avaliados num *ranking* que a revista *Playboy* fazia, mas que eu achava insuportável, eu prometi pra mim mesma que não faria nenhum outro curso universitário. minha promessa está sendo cumprida, passados mais de vinte anos. mas só agora eu tenho orgulho de dizer isso. até pouco tempo atrás eu via meus amigos fazendo mestrados e doutorados e pós- doutorados e outras especializações menores e pensava que eu tinha uma disfunção. como uma pessoa pode fazer UMA faculdade, que não gosta, e depois nunca mais fazer nenhum outro curso?

não é que eu não me interessasse por nada. eu sempre me interessei por muitas coisas. mas sempre achei um saaaaaaco ficar numa sala de aula, normalmente com uma pessoa com o ego inflado falando na frente dos alunos sentadinhos. acho incrível que algumas pessoas gostem. mas como trabalhei em trocentos lugares, fazendo sempre coisas diferentes, meu currículo acabou virando um bom currículo, mesmo sem uma lista de cursos de graduação e pós-graduação. e eu, finalmente, escutei o que eu sempre soube, para parar de ter dúvidas e ter certeza: podemos aprender em vários lugares, e um deles é a sala de aula.

mas a cereja do bolo das minhas dúvidas é sobre planejamento de vida e de carreira. eu estava em uma entrevista de emprego esta semana, quando a entrevistadora, uma mulher mais jovem do que eu, com um sorriso largo e um jeito muito delicado, me pergunta quais eram os meus planos para a minha carreira.

oh no!, eu não estava preparada para isso. aliás, eu não lembrava que isso era uma pergunta em processo seletivo. a minha última entrevista assim, no modelo vamos massacrar o candidato para ver o que ele tem a me dizer, tinha sido em 2010, quando fui trabalhar num lugar incrível, onde podia dizer o que eu pensava tanto para os colegas quanto para os donos da agência. e, muitas vezes, para os clientes também!

voltando à entrevista, eu tive de dizer a verdade para a minha querida entrevistadora. eu acho que eu sempre disse a verdade, mas desta vez eu tinha CERTEZA de que estava falando a verdade, e não me senti uma desajustada que não cresceu e continua infantilizada sem um projeto de carreira. disse que eu não tinha um plano para a minha carreira, e que nunca tinha tido nenhum plano para a minha carreira. disse que tinha trabalhado em muitos lugares, e que eu sempre escolhia os trabalhos considerando o que eu achava razoável. e que eu gostava de trabalhar com textos, com redação e edição, que eu também sabia fazer outras coisas, comunicação institucional, relatórios de desempenho bem lindos. e devo ter dito algo pra ela como "eu vivo um dia depois do outro". ou será que eu só PENSEI em dizer, mas não chegou a sair da minha boca?

lembrei de quando a minha mãe morreu e uma amiga que estava muito próxima de mim me deu um texto do Caio Fernando Abreu que eu achei lindo. colei ao lado da minha cama e lia todos os dias. mas isso não fazia sentido pra mim naquele momento. logo depois a minha amiga se apaixonou, se separou do marido e começou a namorar. hoje eu acho que o texto que ela me deu na época era pra ela mesma. mas agora o texto faz sentido pra mim. a liberdade é o maior frio na barriga que eu já senti.

"Vai menina, fecha os olhos. Solta os cabelos. Joga a vida. Como quem não tem o que perder. Como quem não aposta. Como quem brinca somente. Vai, esquece do mundo. Molha os pés na poça. Mergulha no que te dá vontade. Que a vida não espera por você. Abraça o que te faz sorrir. Sonha que é de graça. Não espere. Promessas vão e vem. Planos, se desfazem. Regras, você as dita. Palavras, o vento leva. Distância, só existe pra quem quer. Sonhos se realizam, ou não. Os olhos se fecham um dia, pra sempre. E o que importa você sabe, menina. É o quão isso te faz sorrir. E só."

o perrengue nosso de cada dia

eu tenho uma amiga que dá os parabéns toda vez que alguém pede demissão ou, melhor, é demitido. "foi demitido? ai que bom!", é a frase que ela adora. e sem lembrar disso, ontem assisti ao vídeo de uma palestra que ela deu sobre trabalho e propósito, e dei risada. eu me sentindo um asno, sem trabalho, sem ganhar dinheiro, e a Ale Nahra ali fazendo uma plateia inteira gargalhar com aquelas palavras de ordem – sejamos felizes.

mas depois das risadas que eu dei assistindo ao vídeo na tela do meu computador, o dia foi indo sem muita graça. as chances de a sensação de ser um asno tomar conta da gente quando estamos desempregados é grande, e é por isso que é preciso estar atento.

porém, diferentemente de um dia ordinário em que eu colocaria meu pijaminha e pularia na minha cama, ontem eu iria tomar uma cerveja com um amigo que estava fazendo cinquenta e cinco anos. eu tinha combinado comigo mesma que eu TINHA DE IR ao bar para, pelo menos, dar um abraço e um beijo e um feliz aniversário. depois podia dar tchau e ir embora. mas eu precisava chegar lá antes.

cumpri o combinando e subi o morro que separa Pinheiros da Vila Madalena. uma maravilha. quando tinha a impressão de que estava chegando, ainda faltavam uns três quarteirões, os últimos, de aclive acentuado. cheguei ao bar suada e bufando.

conhecia poucas pessoas – pouquíssimas –, mas me sentei ao lado de um ex-colega de trabalho que largou o jornalismo para ser palhaço e professor de robótica para crianças. que presente a noite estava me dando! conversamos e eu ri muito. ele me contou como uma doença de uma pessoa próxima o fez mudar o jeito de ver a vida, e também o fez mudar de trabalho.

outro ex-colega de trabalho chega quando já estávamos, eu e o ex-jornalista, decididos a ir embora. e então escuto outra história de mudança de trabalho, um começo numa área nova, um mestrado. tudo novo, um caminho desconhecido e árduo, me conta o segundo ex-colega.

eu estava calma, no modo "economia de palavras", porque não queria vir com meu discurso de asno. quem nunca ficou desempregado? quem nunca criou filho sozinho? quem nunca ficou com medo de não ter dinheiro? *hellooooooo*. fiquei quietinha, e o máximo que falei era que estava procurando trabalho porque tinha sido demitida. ponto.

mas ir embora de um bar, mesmo quando são poucos os conhecidos, é um movimento lento. sempre tem mais uma coisinha pra dizer, ah, então tchau, sim, vamos almoçar, você ainda mora naquela ruazinha?, as crianças estão bem, sim.

me despeço do aniversariante e pergunto se ele ainda tem o escritório maravilhoso no centro velho da cidade, que eu conheci uns anos atrás e fiquei encantada. sim, ele ainda tem. mas está à venda.

oi? um escritório que ele amava, e que tinha tantas salas que algumas podiam ser alugadas para amigos/conhecidos, e que fica num prédio do começo do século passado. sim, está à venda por causa de uma conta de condomínio que soma vários milhares de reais, aparentemente por culpa de um síndico insano e a necessidade de alguns ajustes de adequação do prédio, que é tombado.

saí de lá me sentindo muito uma pessoa como qualquer outra. só com mais emoções, talvez, por conta desta fase estonteante que é o desemprego. um dia, uma promessa de trabalho, no outro, envio de currículos para três ou quatro amigos, no outro, o trabalho que ia rolar mas não rolou, no outro, a lembrança de contratar um novo plano de saúde, já que o da firma vai acabar. e assim parece que a cada dia dou algumas cambalhotas. algumas rápidas, outras lentas. mas todas me deixam tonta.

tudo isso pra dizer que é preciso lembrar das coisas boas todos os dias. e que é preciso aproveitá-las também: ter tempo para cozinhar devagar, dormir cedo, estar com os filhos durante o dia para resolver bobagens do dia a dia, levar e buscar os filhos da escola sem ter de voltar correndo pro escritório, ver um filme à noite sem pensar que vai dormir tarde e no outro dia terá de trabalhar feito louca, deixar o carro na garagem por vários dias e só sair de casa a pé. e ainda colocar umas roupas esquisitas e sair feliz da vida de casa, afinal não vou encontrar ninguém, ah ah ah. até uma bolsinha vermelha de vovó saiu do meu armário depois de anos de confinamento.

tim-tim aos perrengues de todos os dias. e às alegrias também.

as dores do chute na bunda

boa sorte. um bom novo trabalho. volte logo.

assim se despediu o pequeno e enrugado médico do trabalho com quem eu fiz meu exame demissional – e que também tinha feito o meu exame admissional e um outro entre esses dois.

ser demitida é chato. fazer o exame demissional é chatíssimo. eu estava naqueles primeiros dias de demitida, me esforçando pra fazer cara de quem NÃO levou um chutão na bunda. requer esforço e elegância.

mas eu achei tão doce a frase do médico que saí feliz da vida daquele cafofo onde todos os dias dezenas de pessoas vão fazer algum exame relacionado ao trabalho.

depois da tontura da primeira semana, me dei conta de uma coisa que eu já falava, mas precisava sentir: todo pontapé que levamos é bom, mesmo quando achamos ruim. a vida vai nos chutando e a gente vai sendo arremessado pra frente. até porque na vida não tem pra trás: não podemos voltar, só ir.

e hoje, mais de um mês depois, me dei conta de outra coisa: que quem fala que “é bom sair da zona de conforto” possivelmente tem uma vida beeeeeeeem cheia de conforto estabilidade posses e mimos, e diz o que diz porque acha que isso é bacana, traz uma imagem de wow-você-é-mesmo-descolado.

quem gosta de desconforto? quem gosta de não saber quanto vai receber em um mês – e SE vai receber, porque se não trabalhar não vai receber nada? quem gosta de não saber se vai ter dinheiro na conta no dia que vencer a mensalidade da escola dos filhos?

não conheço.

e, sem rodeios, a verdade é que é muito duro viver. com ou sem trabalho, com ou sem filhos, com ou sem dinheiro. não existe um *modus vivendi* mais fácil – para desapontamento de *personal coaches* e magos da felicidade. e é aqui que entra outra descoberta minha após o chute na bunda: se o que temos para hoje é um dia de ócio, lá vou eu vivê-lo.

devemos vir com algum defeito de fabricação pra pensarmos que a vida sem um emprego é uma vida vã. que quem não vai pro escritório não tem o que fazer e fica deprimido. que procurar trabalho é uma atividade enfadonha.

o ócio pode ser uma fonte de alegria gigantesca. procurar trabalho pode ser divertido e animador, afinal, se você for bom nisso, você vai almoçar ou tomar café da manhã ou sair pra jantar ou só pra tomar um café com muitas pessoas legais, que você às vezes não via fazia muito tempo. ou pra quem você nem dava muita bola. é sempre bom mudar a perspectiva do olhar para também mudar os velhos e tão chatos pontos de vista.

mas gastar dinheiro sem estar recebendo um salário? o quêêêê?

sim. faz parte da alegria de estar desempregada – ou mais politicamente correto, em situação de ócio, ah ah ah.

graças à maternidade tenho alicerces pesados que me ligam à realidade concreta e me impedem de ir pra Grécia passar uns dias mergulhando, ou a Nova York para passar uns dias comprando. ou visitar minha amiga no sul da Bahia e comer muito peixe fresco.

nesses dias de procura por frilas e fixos, descobri pessoas queridas, e outras gentis, que me mandam *links* com vagas de trabalho. descobri também pessoas fuçando no meu LinkedIn, de onde sempre desconfio que nunca sairá nenhuma oportunidade legal de trabalho.

você gosta de trabalhar ou você precisa trabalhar?, ela me perguntou. eu fiquei olhando, pensando que se eu dissesse "os dois" talvez a minha resposta fosse de baixo impacto, e eu queria que fosse uma resposta de alto impacto. quieta, respirei, e saiu da minha boca um nada lisonjeiro "sou mãe solteira".

fim de papo. ela ficou impressionada. eu nem queria tanto, mas a frase escapou antes que eu pensasse em algo melhor pra dizer.

tentando ver o lado bom

ia acordar às cinco e meia para meditar ANTES de sair do meu quarto e começar a corrida desenfreada do dia. mas antes de o despertador tocar eu acordei e mudei o horário para as seis e meia. afinal, um dia sem meditar logo cedo não é tão mau assim.

hoje é dia de greve geral. eu não tenho ideia de como está o mundo lá fora, porque ainda não saí de casa. mas acabei marcando dois compromissos logo cedo. meu adorável faz-tudo viria às sete para instalar a minha linda lavadora de roupas. e eu faria uma chamada de skype com um cliente para validar trechos do arquivo do livro dele que eu revisei.

saí da cama às seis e meia e fui voando pra cozinha arrumar a zona. ainda que o Joel sempre atrase, eu não gosto nem de me atrasar nem de deixar visível que a minha casa está um caos, passados quinze dias que a Ana veio limpá-la. tampouco gosto de tomar café da manhã correndo, :(

e então, lentamente, lavei toda a louça, preparei uma sopa para garantir o que comer no almoço e finalmente preparei o meu maravilhoso café da manhã que há meses mais parece um almoço do que um café porque não como mais carboidratos na primeira refeição do dia.

o tempo ia passando e eu, vestida, cozinha limpa, pensava ah, tudo bem o Joel atrasar um pouco, afinal eu já arrumei tudo e já tenho até uma sopa pronta para o almoço, e, ah, como é legal não ficar aflita e ir fazendo as coisas que têm de ser feitas.

esqueci de dizer: HOJE também é o dia que a Ana vem na minha casa e a transforma num lugar limpo, arrumado, cheiroso e irreconhecível. ela vem uma sexta sim, outra não. e HOJE é a sexta-feira, sim. mas hoje tem greve e os ônibus e os trens e os metrôs pararam em São Paulo. isso quer dizer que a minha casa, descontando a pia da cozinha, tá uma pocilga.

enquanto eu ia comendo o meu café-da-manhã-que-parece-almoço e achando muito divertido o fato de eu estar aprimorando meus dotes culinários (cebolas refogadas no óleo de coco com pimentão e cogumelos e um queijo tipo camembert meio ordinário por cima de tudo), o Joel me manda uma mensagem dizendo que "nem sequer" saiu de casa. hum, eram oito, ele tinha de chegar às sete, e eu pensei que bem que ele podia ter me dito isso às seis e meia. mas pra quê?

saí da cozinha e avisei meu filho que ele não ia nem triscar no meu computador pra jogar, porque eu tinha uma reunião às nove e precisava usar a máquina um pouco antes disso.

chego feliz à grande mesa da sala onde jogamos estudamos comemos e trabalhamos e começo a arrumar o meu escritório móvel. uma canequinha de café, um copo de água, o telefone sem fio da casa, o celular, minha agenda, umas folhas para a minha reunião. piiiim, toca o whatsapp. meu cliente acordou mega gripado e oh-oh, a reunião será remarcada para depois do feriado.

eu senti um frio na barriga quando, esta semana, os noticiários da rádio começaram a dizer que a greve geral seria grande. minha amiga que vai a manifestações me alertou: se eu não quisesse ir a nenhuma, que pelo menos ficasse em casa e não saísse – uma adesão tímida à greve, sugeria.

eu pensei, meu deus, mais um feriado? eu vou é viajar! mas um dia depois da minha animação repentina pensei que seria ótimo ficar em casa e resolver tantas coisas domésticas, como a minha máquina de lavar – a velha quebrou faz OITO dias e a nova que precisa ser instalada chegou faz TRÊS, o que significa que a pilha de roupas sujas já é uma montanha que transborda o gigantesco cesto de roupas da casa. também pensei nas estradas paradas hoje e me senti uma tola, fiquei com medo e fiquei em São Paulo.

quer saber? vou agora à lavanderia “tipo as que têm na Europa e nos Estados Unidos”, como me informou por telefone a dona do lugar, colocar pra lavar a montanha de roupas da família. e depois vou aproveitar pra passear de bicicleta e curtir não ter quase nada pra fazer.

mentira. há gavetas entupidas de papéis na minha casa, e eu preciso dar um jeito nelas. arrumando ou não as gavetas, vou aproveitar o ócio e esses longos quatro dias para não fazer quase nada.

"e a sua reunião, o cliente já entrou?", pergunta meu filho, do sofá. "não, ele cancelou, está doente." "ele cancelou? ótimo!" e lá vai ele jogar um jogo bizarro que meninos adoram jogar no computador – e cujo significado e motivo de alegria eu não entendo.

o mundo que nós mostramos aos nossos filhos

— mãe, a Cata pode ir em casa?

era pouco antes do meio-dia, e a mensagem apareceu na tela do meu celular e, acho que por instinto, eu vi na hora que era da minha filha. de manhã é o horário em que ela está na escola e onde, evidentemente, o uso de aparelhos celulares não é permitido.

perguntei do que ela estava falando e COMO estava falando comigo se estava na escola, em horário de aula. ela estava no banheiro – possivelmente escondida para mandar as mensagens pra mim e conseguir resolver a programação da tarde.

já estava combinado que a Laura, uma colega da Lívia, viria com ela pra casa hoje. elas voltariam de ônibus. e almoçariam e fariam a lição e brincariam e eu chegaria em casa no fim da tarde. mas agora os planos estavam mais ambiciosos: tinha uma segunda amiga e um pedido de ir ao cinema. cinema?

— sim, mãe, a gente vai depois de fazer a lição. purf purf.*

— NÃO.

é difícil dar essa resposta quando a pergunta vem de uma menina tão doce como a Lívia. mas eu não ia enrolar nem pensar nem ser suave na resposta. não iriam ao cinema porque 1 – voltar de ônibus COM AMIGAS é uma aventura; 2 – almoçar com amigas em casa SEM A MÃE é libertador e 3 – hoje é um dia de semana e amanhã tem aula.

em poucas mensagens eu disse que a Cata poderia vir em casa, desde que a mãe dela deixasse. a mãe dela deixou, depois de falar com o marido, e eu a avisei que precisava de cinco reais para o ônibus. a Cata ficaria muito feliz, me disse a mãe dela, porque seria a primeira vez que andaria de ônibus só com as amigas.

fui recebendo reportes da Lívia. liguei pra saber se já tinham chegado em casa, depois recebi uma mensagem "estamos indo ao shopping", que respondi: "mas é pra ir e voltar logo", ao que a Lívia escreveu "só vamos tomar um chá e já voltamos". eu estava em reunião, e me senti um picolé derretendo ao vento nas mãos de uma criança em êxtase na beira da praia. mas eu estava na reunião e fiquei quieta,

* Legenda para quem não tem filhos de 12 anos: por favor em momentos de tentativa de convencer a mãe de qualquer coisa.

mantive a compostura e fiquei com o coração explodindo de alegria por ser mãe.

ao chegar em casa, e já sabendo que as três já tinham tomado chá no shopping e estavam a caminho da academia (!), encontrei uma pia entupida de pratos talheres panelas e uns macarrões parafuso que jaziam no fundo de tudo isso.

aha!, pensei, ANTES DE FICAR FURIOSA. elas não comeram o arroz nem o feijão que estavam na geladeira, tampouco a salada de alface ou as cenouras. elas cozinharam macarrão e, de sobremesa, brigadeiro, cuja panela estava sobre o fogão, com uma colher de pau lambuzada dentro.

eu lavei tudo, porque sou do tipo que janta e era impossível pensar num jantar com uma pia nojenta. e comecei a rir quando me dei conta da lindeza que deve ter sido o almoço das três, que solenemente ignoraram a comida pronta que estava na geladeira e prepararam um macarrão!

pensei na coragem dos pais que deixam seus filhos voltarem de ônibus com os meus. a escola é longe de casa. o ônibus percorre uma estrada. em casa não temos ninguém para nos ajudar, portanto as crianças colocam a mesa e preparam o almoço e tiram a mesa e lavam os pratos (ups, hoje a rotina foi quebrada).

fiquei pensando na alegria dessas crianças que têm pais que têm coragem. em cima da mesa da cozinha encontrei o RG da Cata e a certidão de nascimento da Laura. sim, elas vieram com documentos. que lindeza.

a vida foi gentil o suficiente comigo para me fazer criar filhos para o mundo. eu já acreditava nisso em teoria, e quando tive meus filhos a crença virou o nosso dia a dia. criar filhos é um ato de coragem e um ato de amor, que no fim são a mesma coisa.

eu sempre acreditei que o mundo era belo. não, isso não é piegas. eu não conseguiria criar meus filhos se não enxergasse um mundo belo diante de mim. e assim foi desde sempre. o José tinha febres homéricas, o pai dele ficava tenso, e eu tinha uma calma quase estranha pra uma mãe de primeira viagem. depois eu viajava sozinha com os meus filhos pequenos e tinha certeza de que as coisas andariam a contento.

mas o que seria "andar a contento"? acho que é dar conta. não quer dizer que tudo será lindo e perfeito, mas que vamos dar conta do que a vida nos traz. e então aprendi a fazer viagens longas de carro sozinha com as crianças. aprendi a deixá-los atravessar a rua e comprar figurinhas na banca. aprendi a ensiná-los a pegar o ônibus. aprendi a ouvir quando ELES estavam prontos para andar de ônibus sozinhos.

ter filho dá dor de barriga. e dá alegria também. e acho que as duas coisas vêm juntas, como a coragem e o amor.

eu tenho gratidão por ter tanta alegria e tanta dor de barriga na minha vida. vai ver é por isso que não consigo mais andar de montanha-russa. tenho emoções suficientes pra achar um horror andar num carrinho daqueles.

inéditos

viajar combina com frio na barriga. e com lugares inéditos. pro viajante, é claro.

não é preciso ir até o fim do mundo para pisar em solo desconhecido. às vezes não conhecemos o café que fica na esquina da nossa casa, nem o nosso vizinho de porta.

mas eu SEMPRE acho que os lugares inéditos ficam no fim do mundo. e hoje viemos pro fim do mundo.

desde criança – e tem uma foto em que meu irmão é carregado num cesto de vime pelos meus pais para provar –, minha família viaja pra serra gaúcha. parece que tudo começou com o meu avô, que, sendo alemão, adorava um mato e um ar fresco, que eram encontrados na serra nos meses de calor insuportável no Rio Grande do Sul. minha mãe passava férias em São Francisco de Paula e, depois, meus pais passavam fins de semana comigo e com meus irmãos no mesmo hotel.

mas teve um dia em que o hotel estava lotado e fomos atrás de pouso nas vizinhas Gramado e Canela e meu pai resolveu mostrar pra gente o prédio onde um amigo tinha acabado de comprar um pequeno apartamento. e nesse mesmo fim de semana em que não tínhamos encontrado vaga no adorado Veraneio Hampel, adoramos o prédio onde o amigo do meu pai tinha comprado o tal apartamento e em algum momento depois disso meu pai também comprou um pequeno apartamento. vínhamos muito pra Gramado.

nos divertíamos muito também. caminhávamos, comíamos bem, eu fazia tricô e acho que jogávamos.

depois que fui embora do Sul para morar no Sudeste do País, vim pouco pra Gramado. uma vez com um namorado, outra vez com o pai dos meus filhos, que na época também era meu namorado. mas depois que meus filhos nasceram, comecei a vir pra serra passar a Páscoa ou uns dias depois do Natal. mais tarde, meu filho viria com os avós, durante as férias que ele mais amava: sozinho, sem a mãe nem a irmã, na casa do nonno e da vovó em Porto Alegre.

e todas as vezes em que descíamos em direção ao Sul, nos faltava tempo para conhecer novos lugares. mas isso acabou hoje.

depois de passarmos alguns dias em Porto Alegre e Gramado com a família, partimos na nossa aventura particular, só a minha pequena família, desta vez aumentada com a minha filha japonesa adotada por uns dias, a Cintia. viemos conhecer os cânions entre o Rio Grande do Sul e Santa Catarina. onde há dois parques, o da Serra Geral e o dos Aparados da Serra.

escolhi o caminho com estrada de terra, porque acho muito chato pegar o caminho mais longo e mais asfaltado. a distância é pequena: cento e dezenove quilômetros a partir de Gramado, onde estávamos. eu fico intrigada pensando por que eu NUNCA tinha vindo até aqui, mas não encontrei a resposta.

uma estrada linda, uma pista vai, a outra vem. um acostamento tomado pelo verde. e uma sinalização pífia, quase inexistente.

algumas paradas depois – uma delas numa ruazinha de Canela, outra num posto de gasolina em São Francisco de Paula e uma última num entroncamento para falar com um motoqueiro –, pegamos a "estrada de terra que não está muito boa, mas pode vir por ela com um carro que não seja muito baixo e durante o dia de preferência", diziam as instruções do pessoal da pousada.

íamos felizes, eu e meus três companheiros, quando a estrada ficou tomada de névoa. aqui no Sul chamamos cerração. uma neblina louca, linda e assustadora. eu, que ia a trinta ou a quarenta por hora quando a estrada ficava menos pedregulhosa, passei a andar a dez por hora. eu olhava no painel e via que ainda faltavam vinte quilômetros pra chegar, depois dez. era muito lento e eu tinha de prestar muita atenção para ver a beira da estrada e me manter na pista.

um ou outro carro cruzava por nós e todos me pareciam carros de moradores locais, menores que o meu e com motoristas mais destemidos e, aparentemente, mais experientes. de repente percebemos que atrás do nosso carro vinha outro. que foi nos seguindo até eu chegar num ponto da estrada em que eu não enxergava nada. parei, o carro que vinha atrás parou ao meu lado, e eu perguntei pra onde eles iam. estávamos indo na mesma direção, mas eles iriam um pouco além da nossa pousada. eles então foram na nossa frente e eu tive a certeza de que anjos existem.

a partir do momento em que eu tinha um carro para seguir, a estrada foi ficando cada vez pior, com pedras grandes e muitos buracos, e placas que até então não existiam na beira da estrada diziam: "cuidado, penhasco, risco de morte".

nosso medo, que me fazia dar umas gargalhadas insanas dentro do carro, já tinha aliviado, e eu ia dizendo pros meus filhos que viagens têm graça quando dão frio na barriga, quando não sabemos o que vamos encontrar, quando o desconhecido nos surpreende. essa é a parte bonita, porque eu já tinha falado que eu nunca mais voltaria aqui e que ninguém jamais me disse que nos cânions o tempo é instável, e a cerração, assustadora.

vimos uma placa velha, torta e descascada, com o nome da pousada. e, de repente, sem mais nem menos, vimos a pousada. buzinei e acenei pro carro onde estavam os anjinhos que nos ajudaram a chegar a este maravilhoso fim de mundo.

o chalé de madeira tem janelas grandes. uma banheira gigantesca. camas com lençóis brancos e cheirosos – eu tinha dormido num colchonete inflável por doze noites. a piscina térmica tem vista para um dos muitos cânions da serra, mas não enxergamos nada por causa da neblina. faz vinte e dois graus, um luxo para o calor de janeiro. e, na parede da casinha onde são servidos lanches, um quadrinho: hoje é o dia mais feliz da sua vida.

eu adoro viajar, e adoro ter filhos que topam meus programas de férias que incluem lugares desconhecidos, como este belo fim de mundo.

sobre o mês de dezembro

o vento gelado batia e esfriava as partes do meu corpo que estavam descobertas: pernas, mãos, pescoço e cabeça. o relógio do parque marcava 16°C, um grau a mais que a temperatura divulgada pela moça do tempo do rádio e um a menos do que marcava o termômetro do meu carro desde as seis e meia da manhã.

a volta ao redor do parque é grande e eu fiquei entediada. quando cheguei no ponto em que eu começaria a corrida não consegui correr. muita leveza, muita lerdeza. sem correr, fui andando meio borocoxô. e fiquei pensando no mês de dezembro.

fui dizendo muitos nãos ao longo do mês que ainda não terminou. deixei de ir a uma festa onde encontraria amigos queridos de longa data. não confirmei uma *happy hour* no escritório. não marquei um encontro de amigas na minha casa, que até já tinha data reservada. nem irei jantar com as minhas amigas de infância.

por um momento fiquei desconfiada de que eu tinha virado uma velha ranzinza. mas quando uma das minhas amigas de infância, com quem eu tentava marcar o jantar, escreveu em uma mensagem que ODIAVA o mês de dezembro, percebi que os meus nãos não estavam vindo de uma velha ranzinza, mas de uma mulher que usa o coração, o corpo e a cabeça quando vai aceitar ou não um encontro cujo tema é o fim de ano.

a teoria foi reforçada ontem. cheguei em casa mais cansada do que o habitual. as pernas doíam, os olhos ardiam. eu estava triste com as tratativas da volta do meu filho para a minha casa, depois do ano letivo passado na casa do pai dele, que fica a pouco mais de cem quilômetros de distância da minha. e andava um pouco atrapalhada com as coisas que vêm com o mês de dezembro: o Natal, uma viagem, as contas do mês, as plantas da casa, o dinheiro para a faxineira, as malas, os meus cabelos que estão horrorosos, consultas médicas para filhos que ficam aflitos justo em dezembro, encerramento da escola da minha filha, o forno que quebrou – as coisas da vida como ela é. e ao chegar em casa cansada, triste e atrapalhada, encontro a minha filha afundada no habitual péssimo humor que vem com a adolescência precoce da guria. então eu decidi que iria dormir. eram seis e meia. e isso não é uma piada.

durante a longa noite, meu celular tremeu duas vezes. uma mensagem de uma amiga querida que mora longe, outra do meu filho que sabe que eu durmo cedo, mas gosta de se comunicar comigo à meia-noite – para depois pedir desculpas.

minha amiga e eu nos falamos muito pouco. uma ou duas vezes por ano. ou nem isso. e sempre foi assim, desde que nos conhecemos, uns quinze anos atrás. fui ver a mensagem dela hoje às cinco, quando ainda era escuro e eu vou pra cozinha fazer um chá e preparar o café da manhã da minha pequena família – minha filha e eu, enquanto o meu filho não mora conosco.

"hoje me peguei sufocada com essa correria de fim de ano, querendo abrir o teto solar pra conseguir respirar melhor." ela lembrou do texto que escrevi sobre falta de ar e teto solar, e por isso me mandava essas e mais outras palavras doces.

às cinco da manhã eu não mando mensagem nem ligo pra ninguém. e assim acabei esquecendo de responder até o fim do dia. e agora aproveito que cheguei uma hora antes do começo do meu grupo de meditação e termino de escrever este texto, que eu tinha começado a escrever quando saí do parque, depois de não correr.

andar devagar é um luxo. é maravilhoso sentir-se cansada e dormir às seis e meia da tarde. é bom saber que às vezes a carga é pesada, mas que podemos deixar uma parte no chão para levar depois – ou não levar nunca mais.

é disso que é feita a vida: de escolhas. e escolher o que é bom e leve é massa.

que venha 2017.

nossa vida sem a Nalva

meus filhos foram criados por duas mulheres: esta que escreve e Ednalva Moreira Miranda, também conhecida como santa Nalva.

sem exageros nem pieguice, foi a Nalva quem cuidou dos meus filhos, os levou para nadar na Associação Cristã de Moços quando eu não tinha dinheiro para pagar uma escola de natação, os buscou da escola e os colocou na cama enquanto eu trabalhava.

não. eu não era uma executiva fodona que trabalhava quatorze horas por dia ou mais. eu trabalhava o tanto que qualquer pessoa trabalha. todos os dias, uns dias mais, uns dias menos, um ou outro fim de semana quando as crianças já estavam na cama, uma ou outra noite durante a semana quando o prazo apertava. mas alguém tinha de cuidar das crianças quando eu não estava em casa e essa pessoa era a Nalva.

eis que meu filho saiu de casa e minha filha aprendeu a andar de ônibus sozinha. e fomos vivendo um dia depois do outro e a Nalva virou uma governanta, num apartamento pequeno, sem nenhum empregado pra ela dar ordens, com uma garota que já dá conta de chegar da escola sozinha, fazer a lição sozinha, almoçar sozinha, não obedecer à ordem de tomar banho tampouco a de ir pra cama. ou seja, eu tinha uma dama de companhia pra uma menina que não precisava mais estar acompanhada.

e foi assim que a santa Nalva partiu, faz pouco mais de três semanas.

já passei da felicidade excessiva – uau, não tenho mais uma funcionária cujos pagamentos eu tinha de inserir todo mês naquele portal horror do governo – à depressão – meu-deus-puta-que-o-pariu-de-onde-eu-tirei-essa-ideia-de-jerico.

agora estou boiando no mar, entendendo que sim eu vou emagrecer e sim vou lavar a louça todos os dias, mas vendo que ninguém vai morrer com o pó da casa nem com a lixeira suja e eu sem tomar uma atitude (e esquecendo de trocar as toalhas).

a gente se acostuma a uma vida de mimos e depois fica achando tudo um excesso. e aí se dá conta de que é preciso pouco para pôr a casa em ordem. e muito esforço para não se incomodar com a falta da doce governanta que deixava tudo, TUDO impecavelmente no lugar.

e assim, entre a felicidade louca e a depressão, estou no meio do caminho, me dando conta de que eu sempre adorei os extremos. por isso eu queria tanto ter cinco filhos. por isso nunca penteei meus cabelos. e por isso troquei os serviços diários de uma governanta pelos serviços quinzenais da Ana. sim, quinzenais. a Ana não tem mais dias livres e eu achei incrível gastar muito menos todo mês.

e isso me faz lembrar das cores que eu já usei nos meus cabelos, da quantidade de belos rapazes que eu namorei, do caldo de palavrões que sai da minha boca quando não estou atenta, das toneladas que eu já engordei e emagreci, dos hectolitros de vinho que já tomei e dos incontáveis jantares que já dei em todas as casas em que morei – que foram muitas, mais de uma dúzia.

os excessos cansam.

vinte anos depois

vinte anos depois, eu volto à praia onde eu costumava vir com o meu marido.

tudo mudou tanto, mas, ao mesmo tempo, é familiar. em vez de uma casinha de madeira pequena e singela e abafada, uma casa de madeira pequena, mas ampla e arejada e cheia de luz, um banheiro com janelão para o mato e telhas de vidro no teto.

sem TV sem som sem internet. um retiro acidental, com as crianças felizes, energizadas, livres.

muitos livros num canto, redes na sala e na varanda, uma cozinha aberta para a sala, onde eu faço qualquer coisa para comer e que é sempre motivo de alegria.

a noite é escura, preta. e tem barulhos desconhecidos para nós, que moramos na cidade grande e cinza. de manhã, a claridade entra pelos buraquinhos entre as madeiras das venezianas (ou seriam persianas?). aí eu sei que já é hora de pular da cama pra ver o sol sair por detrás do grande morro ao pé do qual estamos.

não, a casa não fica na beira da praia. para ver o mar, é preciso algum esforço. andamos por uma trilha linda, circundando o morro, e aí chegamos.

cada dia, uma paisagem. no primeiro dia, um mar liso, o sol refletido sobre a água, uma trilha que dava num gramado e, mais adiante, numas pedras contra as quais as ondas estouravam. muito impressionante. no segundo dia, uma neblina nos impedia de ver morros, dunas, o mar. o vento gelado trazia aquela fumaça linda, no terceiro dia, uma ventania de fazer a gente sair correndo na praia certos de que vamos sair voando como aquelas gaivotas enormes.

e hoje, quando havia previsão de frio, o sol brilha lindo, o céu de um azul surpreendente. na sombra faz frio, mas no sol tá quentinho que dá pra ficar de pés descalços no chão do deck de madeira da varanda.

para onde olhamos, vemos algo belo. pássaros brincam de planar no céu. são tantos, que a pequena Emilie já os fotografou algumas vezes.

eu trouxe o meu computador e a minha pasta com os poemas que tenho escrito nos últimos trinta anos, mas não consegui abri-los. planejava trabalhar durante as férias.

relaxar é tão precioso. e eu sempre fico boquiaberta com as férias que eu invento. quem vai conosco? aonde iremos? quanto vai custar?

quando chegamos, é sempre uma alegria daquelas que vem de dentro da barriga e do coração. aquela alegria que faz a gente sorrir e faz escorrer uma ou duas lágrimas de um dos olhos.

cada vez que eu viajo, eu acho mais lindo o lugar onde eu chego. toda vez vou para um destino diferente, mesmo combinando comigo que vou voltar para onde estive, mas não volto.

sinto na casa a alegria e a tristeza da Ale, minha amiga querida, que construiu esta casa quente, colorida e acolhedora. e sinto alegria de estar aqui ganhando de presente toda essa beleza, esse silêncio, esse calor, esse estar aqui.

PS – para os meus filhos, José e Lívia, e para Emilie, que toparam essas férias no meio do mato, na praia, bem no inverno!

PS2 – e para provar que o desapego é necessário, todas as fotos que tiramos com o meu celular foram perdidas.

a viagem, a coragem, a bênção

viajar é, antes de mais nada, um ato de coragem.

...

comecei a sentir pingos muito sutis. escondi minha câmera fotográfica/celular sem sinal da operadora debaixo da toalha na qual eu estava enrolada e continuei meditando. eu tinha acordado muito cedo para ver o sol nascer. eu sabia que a previsão era de chuva, mas coloquei o despertador para tocar às cinco e dez.

ontem eu tinha acordado às cinco e quarenta e cinco e quando cheguei à praia, às seis, o sol já estava despontando por detrás de uma nuvem que descansava sobre o mar. o dia já estava claro. hoje eu queria ver o dia clarear.

me aprontei lentamente e fui para a praia andar. fui andando até a ponta da praia, mas parei um pouco antes para fotografar um banco de madeira impressionante, preto, sólido, bonito e que deve estar no lugar onde eu o encontrei há muito, muito tempo. parei para tirar uma foto, mas senti vontade de sentar. e quando sentei de frente para o mar e para o céu cinza escuro senti vontade de meditar ali, sentada numa posição que não é a que eu costumo meditar.

marquei quarenta minutos no alarme. cobri meus pés com um pouco da areia clara e bem fininha. a canga tapando as minhas pernas, uma saída de praia cobrindo meu corpo da cintura pra cima e uma toalha enorme enrolada por cima de tudo.

ontem eu esqueci na escuridão da fazenda, onde havia passado o dia em reunião de equipe de trabalho, meus óculos de sol e meu chapéu de abas enormes. sabia que hoje estaria mais descoberta na praia – eu jamais vou à praia sem óculos e chapéu. senti um entusiasmo ao me dar conta de que veria o céu o sol o mar a areia as árvores os pássaros os pescadores sem proteção.

a chuvinha foi tão leve que, quando eu terminei a meditação, sentada naquele banco preto velho, só meus cabelos estavam levemente úmidos. andei um pouco mais e achei uma casa que de longe parecia a-casa-dos-meus-sonhos, mas que de perto era estranhíssima, com buracos abertos em vez de janelas e com um muro que a escondia de maneira assustadora, como se ali morasse uma bruxa. dei meia-volta.

na praia, além dos pássaros, havia pescadores. um deles passou por mim a pé, outro, de bicicleta. eles passam em silêncio, concentrados, às vezes nem dizem bom dia. quando olhei em direção à restinga, eu já estava de volta ao lugar por onde eu havia chegado à praia. hora do banho de mar.

na Bahia tudo é quente. até a areia molhada pelas ondas em pleno inverno, num dia muito cinza. a água não estava quente nem fria. eu gargalhava no mar, feito uma criança pequena que vive em êxtase.

...

tomar café da manhã na Bahia é uma experiência difícil de descrever com palavras. experiência que pode ficar perigosa quando estamos com fome. e, bingo!, eu estava morrendo de fome. frutas, sucos de fruta feitos com frutas de verdade, ovos, aipim, cuscus, bolo de tapioca, pudim de coco, banana da terra assada com canela.

as mulheres na cozinha escutavam uma música estilo *On my own*, da Nikka Costa, e cantavam junto. batiam pratos e talheres loucamente, num barulho alto e quase perturbador. todas usam havaianas e bermudas jeans justas, em cujo bolso traseiro metem o celular. duas delas sabiam que eu não tinha tomado café da manhã ontem. e perguntaram por que ao me verem.

a receita do fabuloso pudim de coco:

1 coco inteiro

3 ovos

1 lata de leite condensado

a mesma medida de leite

bater tudo no liquidificador e assar no forno em forma de pudim, com buraco no meio. ao desenformar, enfeitar com coco fresco ralado.

meus colegas de trabalho me contaram que na Bahia, quando você chega à casa de alguém, um banho é oferecido. tipo "oi, Tita, tudo bem? quer tomar um banho?"

eu vim pra Bahia pra uma reunião. tudo em cima da hora, deixar as crianças em algum lugar, ver quando é melhor ir e quando é melhor voltar, hotel, taxista para me buscar no aeroporto, dinheiro porque adiantamento de viagem só é concedido com sete dias de antecedência, e eu pedi o dinheiro três dias antes.

é maravilhoso ir a lugares desconhecidos. eu já passei cinco férias na Bahia, além de um retiro de dez dias. estava indo pela sétima vez, mas para um lugar desconhecido. viajar, além de dar trabalho, dá medo. como estará o clima? o que devo colocar na mala? o hotel será digno ou uma espelunca? e o taxista que vai me levar de um lado pro outro, será que é gente fina ou um mala? você não conhece nada e chega a um lugar onde as pessoas estão no seu habitat. você é um forasteiro. é preciso chegar mais devagar que o habitual, falar mais devagar e escutar com atenção. ser forte e delicada ao mesmo tempo.

andar por ruas de paralelepípedo e perceber os olhares de estranhamento dos locais.

entre uma atividade e outra, uma caminhada na praia com meditação e banho de mar. e no intervalo para o almoço uma ida rápida à cachoeira da fazenda Juerana Milagrosa – nunca tinha visto nem ouvido falar de uma cachoeira que não tem água gelada. uma caminhada rápida e cansativa mata acima e chegamos de volta à reunião.

são pequenos e preciosos momentos de bênção. poder parar, olhar, fechar os olhos e escutar o barulho das ondas e o canto dos pássaros. ver o cacau nascendo no meio da mata, a cabruca. sentir a água fresca batendo no ombro e na cabeça enquanto meu corpo com medo ficava esticado, grudado contra a pedra por onde a água caía. mas o melhor de tudo – e isso é evidente – foi ter estado com pessoas de verdade, inteiras e presentes. acho que o nome disso é acolhimento. gratidão. é isso que enche meu coração enquanto a luz que entra pelas gigantescas janelas do 1º andar do aeroporto de Ilhéus ofusca minha visão, sem a proteção dos meus sempre presentes óculos de sol, que ficaram na fazenda ontem à noite.

você não precisa ser forte. só bom

eu não aguento esse papo de ouvir vozes. acho chato, arrogante e muitas vezes histérico. mas a verdade é que eu não aguento dar conta de escutar o que eu tenho de escutar.

e foi assim – ah ah ah, agora vou queimar meu filme –, um dia desses, numa tarefa banal, que é tomar banho, eu escutei a frase. *você não precisa ser forte.*

minha mãe dizia que Jesus falava com ela. eu conheço pessoas que dizem que os anjos conversam com elas. eu, um pouco mais descrente, não sei quem é o remetente, mas eu escutei e saí do banho aliviada.

coisa mais besta passar a vida acreditando que quem é forte é bom. eu passei anos e anos tendo CERTEZA disso. por isso sempre posei de forte. não falo só dos músculos, o que até seria razoável, porque ter força física faz bem. mas falo de outra força. daquela sobre a qual tomamos conhecimento quando somos crianças, quando começamos a escutar mensagens com doses cavalares de tolice: "não foi nada", "não precisa chorar", "você é forte". suponho que deva ter sido aí, quando eu tinha um ou dois anos, que eu comecei a acreditar que quem é forte é bom, quem é forte chega aonde quer.

então passei a acreditar que eu poderia suportar tudo. chateações, dores, tristezas. porque, afinal, eu era forte.

pelo amor de deus. como assim? como demorei a minha vida toda pra me dar conta disso?

...

difícil transformar em palavras uma ideia que foi assoprada no meu ouvido – segunda queimação de filme em um texto tão curto! – e que agora parece que sempre fez parte das minhas crenças e dos meus saberes.

eu não quero ser forte. só quero ter coragem. pra poder um dia acordar moída e mesmo assim sair da cama e fazer o que é preciso. a força esmaga os sentimentos, as nuances encantadoras da vida, o medo. e tenho a impressão de que a força pode ter esmagado muitas outras coisas dentro de mim por anos e anos.

...

tem dias que são piores que outros. mas quando sei que não preciso ser forte, é suportável. e a ideia de que é preciso ser bom não foi uma mensagem do além. saiu da minha cachola. ufa! este não é um texto psicografado.

coraggio, ragazza

eu sabia que eu ia chorar. mas estava demorando tanto.

faz uns quatro meses que começamos a falar disso. meu filho queria morar com o pai.

ele acabou de ir. e assim que eu me virei pra andar em direção ao portão de entrada do prédio, comecei a chorar. a gente nunca está preparada para a vida – ainda bem, senão o tédio ia ser insuportável.

um dos textos de que eu mais gosto começa assim: "Vossos filhos não são vossos filhos". eu estava grávida do José, imagino que era o começo da gravidez quando o meu então médico me entregou, em papel A4, esse texto impresso, do Khalil Gibran. desde então, gosto de lembrar que meus filhos não são meus, mas do mundo.

não vi escorrer uma lágrima dos olhos do José. ele tampouco viu escorrer lágrimas dos meus. quando eu falava pra ele que íamos chorar no dia em que ele se mudasse, ele dizia que eu ia chorar mais do que ele.

a primeira vez que a minha filha pediu pra dormir na casa de uma amiga, ela tinha quatro anos. a mãe da amiga não deixou. o José começou a achar graça em dormir na casa dos amigos muito mais tarde, mas com nove anos foi pela primeira vez sozinho pra Porto Alegre visitar meus pais. depois disso foi muitas outras vezes, sendo que numa delas ficou trinta dias – e voltou com hábitos miseráveis, como não tomar café da manhã e acordar ao meio-dia. uns anos depois a Lívia também começou a ir pra Porto Alegre com o irmão, enquanto eu ficava em São Paulo. depois, quando o pai deles foi morar no Rio de Janeiro, eles passaram a ir pra passar fins de semana na cidade maravilhosa – eu os levava ao aeroporto na sexta-feira e os buscava no domingo.

José já fez algumas viagens para participar de acampamentos, que duram de quinze a trinta dias e não permitem contato a não ser por telepatia, e tanto ele como a Lívia já passaram fins de semana e às vezes uma ou duas semanas na casa de amigos – mães solteiras sempre têm amigos preciosos que ajudam a cuidar das crianças.

mas quando um filho sai de casa é diferente. e é isso que me faz chorar agora. um pouco de medo de achar muito esquisito não ver meu filho todos os dias, mas só em alguns fins de semana.

estou com o coração partido. me sentindo em pedaços. é um sentimento raro esse. não costumo me sentir despedaçada. acho que pra criar dois filhos sozinha eu devo ter criado uns mecanismos pra não me sentir despedaçada à toa.

tudo passa e isso também passará. mas a tristeza está maior do que eu queria que estivesse. ainda assim, acho um privilégio ver meu filho ir morar com o pai aos treze anos. meu advogado me perguntou mais de uma vez se eu não ia dar pra trás. eu dizia que não, mas não sei se ele acreditava.

fico pensando que sem coragem é impossível criar filhos. eles só podem se tornar pessoas belas se tiverem pais corajosos que acreditam na vida.

mas isso é o que eu penso, não o que eu sinto. talvez o mais importante agora seja conseguir chorar. lidar com a dor.

eu acredito que muitas coisas novas virão.

coraggio, ragazza.

liv e a vida de verdade

era um documentário. a Liv Ullmann falava da vida dela e, claro, da relação com Ingmar Bergman, pai da única filha dela.

eu assisti em São Paulo, no cinema. tenho a impressão de que foram poucas as pessoas que assistiram. eu tenho adoração por ela e por ele. e depois que vi o filme, minha adoração aumentou.

como é difícil viver uma vida de verdade.

em uma cena do filme, ela diz que tem muita raiva, e que essa raiva ela usa para atuar. noutra parte ela diz que um dia falou pro Bergman que achava um saco a carreira dela sempre estar relacionada à dele. ao que ele respondeu que ela era o Stradivarius dele e, com ela (Liv), ele (Bergman) pode tocar/executar a arte dele. e no fim ela conta que nunca tinha usado um avião só pra ela. mas um dia ela teve um pressentimento e alugou um avião para ir a Faro, ilha que fica no fim do mundo e onde eles se conheceram e Bergman viveu grande parte da vida dele. quando ela chegou, teve tempo de se despedir dele, que estava morrendo – e ela não sabia.

e daí?

daí que eu também sinto muita raiva, mas não sou atriz e não sei onde colocar tudo isso. adoeço com as mentiras que escuto e com as faltas de certeza. as minhas e as dos outros.

telefonemas hipócritas me deixam louca. processos na Justiça provocam a minha ira. comentários idiotas me irritam e eu tenho vontade de apertar o botão *eject* e sair fora.

mas não existe o botão *eject*. nem o maquinista do trem que eu possa chamar e pedir pra parar para eu descer.

que ironia. ia escrever um texto lindo de gratidão para comemorar os vinte anos que vivo nesta cidade cinza e maravilhosa. e escrevi um texto sobre a raiva e a minha incapacidade de lidar com ela.

como é difícil viver uma vida de verdade.

mãe também é gente. *bitte.*

era pra ser mais um dia das mães. eu sempre acho que essas datas são mais bestas do que legais, mas percebi que não é bem assim quando meu filho disse que ia passar o fim de semana na casa do pai dele, no Rio de Janeiro. justo no dia das mães.

como acho horrível forçar crianças a agradar adultos e suas expectativas restritas, egoístas e bestas, achei ok ele ir depois de perguntar várias vezes se ele tinha certeza de que queria passar o dia das mães com o pai dele e a madrasta.

assim, estávamos só minha filha e eu em casa no fim de semana. eu sabia que queria duas coisas no domingo: não cozinhar e ganhar presente! no caso de mães que não têm maridos, cabe às próprias providenciar seus desejos – uma vantagem, uma alegria, essa coisa de não ficar esperando ninguém fazer o que você gostaria que fosse feito. então sábado cedo fui de bicicleta até um pastifício perto de casa para comprar massas frescas e molho para o almoço de domingo. e ainda ganhei um galho enorme e lindo de manjericão. a preparação para a comemoração do dia das mães estava sendo alegre e divertida.

à tarde eu tinha uma reunião com o meu filho. fui sozinha, já que o cara tinha ido pro Rio na sexta. e minha filha pediu pra ficar em casa, já que ela não tinha nada a ver com a tal da reunião, onde pais e crianças amigas do irmão dela, e não dela, é que estariam por lá.

lá fui eu de bicicleta. é quase um jogo que eu jogo comigo mesma – nos fins de semana, deixo o carro intocado na garagem, e só saio de bike ou a pé. para longas distâncias, metrô. a reunião demorou um pouco mais do que eu tinha imaginado, e quando cheguei em casa, a tarde já acabava e o sol já tinha ido embora.

cansada, disse pra minha filha: "podemos fazer três coisas agora. jantar, não fazer nada ou ir até uma loja comprar os meus presentes". eu não estava com preguiça, eu estava m-o-r-r-e-n-d-o de preguiça. ao ouvir minha pergunta, ela saltou do sofá onde tinha passado a tarde atirada e disse "vamos comprar os seus presentes". no plural, porque para dois filhos são necessários dois presentes. ah ah ah. um dia das mães superprogramado organizado bombado.

e lá fomos nós até a garagem do prédio pegar as bicicletas, testar os faróis, separar as chaves dos cadeados. capacetes na cabeça, lá fomos nós, no escuro (!!!), às compras. a Lívia ia gritando atrás de mim, na ciclovia: "nossa, como é legal andar de bicicleta à noite! muito mais legal do que de dia! e tem um ventinho!"

chegamos em poucos minutos e fomos procurar o estacionamento das bikes. eu, na minha santa ignorância, achava que um dos shoppings mais metidos à besta da cidade cinza teria estacionamento na calçada, na entrada. mas não. o estacionamento fica nos fundos, na entrada do estacionamento de carros. e, para minha surpresa, um segurança anotava o nome e o RG do dono da bike estacionada e trancada naquele pequeno estacionamento.

escabelada, com uma mochila nas costas onde carregava um capacete e levando outro capacete na mão, entramos naquele centro de compras perfumado e cheio de senhoras com laquê no cabelo, homens com calças bem cortadas e bem passadas, mulheres com cabelos alisados e muitas, muitas babás de branco carregando carrinhos com crianças ou crianças sem carrinho.

eu sabia a loja onde queria ir. então foi fácil. experimentei umas cinco peças, gostei de duas, adorei um lenço caríssimo de seda feito na China e comprei uma calça e uma blusa. sim, é pra presente. o simpático vendedor ainda assim colocou tudo numa sacola, e eu tive de repetir: sim, é pra presente.

amarramos as duas sacolas com caixas no bagageiro da minha bike, o que inevitavelmente amassou as lindas embalagens, e pedalamos de volta pra casa. a guria em êxtase, e a guria que mora em mim também. eu teria um dia das mães em grande estilo, com tudo o que eu desejava.

a vida tem sido muito boa. ser mãe é maravilhoso, e nesses anos todos de *single parenting* (na língua inglesa há muitos e muitos termos que não existem e/ou soam ofensivos em português) eu aprendi não só a trocar fraldas e ficar sentada em deleite amamentando meus pequenos. aprendi a ter vontade, a fazer com amor, a dizer que não dá pra fazer, a fazer diferente a cada dia. aprendi a cheirar – as crianças, as flores, os temperos, as bebidas –, a olhar com atenção, a escutar o que o outro diz e o que o outro não consegue dizer. aprendi muito mais do que ensinei. muito mais.

aprendizados que vão muito além da ideia/prática/perrengue insano de criar filhos sozinha – o que foi um acidente de percurso, e não um plano meu – e do medo de tropeçar em pedras pontudas ou em homens insensíveis no caminho.

só posso dizer obrigada. ao Zé e à Lilica, que me fazem uma pessoa melhor. mesmo eu tendo que repetir trocentas vezes o mantra que criei assim que cheguei em casa do hospital carregando meu piccolino: mãe também é gente. *bitte*.

bonitezaterapia

chegamos ao apartamento dela tarde da noite. não era esse o plano, mas o ônibus atrasou quase duas horas. trânsito em véspera de feriado, explicou o motorista. lerdeza, me falou uma passageira ao desembarcarmos na rodoviária do Rio.

minha amiga tinha ficado acordada nos esperando, porque senão não conseguiria acordar para abrir a porta pra gente, me explicou. fiquei constrangida, porque quase meia-noite não é hora para chegar na casa de ninguém, a não ser do seu marido, e olhe lá.

senti um conforto ao olhar pela sala os brinquedinhos do pequeno Edgar espalhados no chão. e ao ver a nossa cama pronta no escritório, onde a Alice tinha passado algumas horas na última semana arrumando umas bagunças pra nos receber.

no outro dia, ao acordar, dou de cara com o mar. as janelas do escritório davam pro mar, e a da sala também. meu deus, que bonito. a praia vazia, uma ou outra pessoa andando no calçadão, e aquele mar verde enorme liso, com navios lá no fundo, e barquinhos andando no meio daquela água toda.

e nos quatro dias que se seguiram, eu fiquei suspirando pra aguentar tamanha beleza. do mar, das calçadas tomadas de gente passeando, da pequena família feliz da Alice, da risada do Edgar, da caipirinha na beira da lagoa, da lua bolota gigante e amarela surgindo atrás das águas da lagoa, dos jardins do palácio em cuja edícula eu moraria sem problemas.

no último dia do feriado, fomos à praia, Lívia e eu. as ondas vinham fortes, e eu sugeri a minha filha que não voltássemos pra casa naquele domingo, que ficássemos no Rio mais uns dias, pra respirar aquela beleza estonteante. minha filha concordou, e a gente fez de conta que ia ficar no Rio e ia esquecer que tinha de voltar pra casa, encontrar meu filho, e que na segunda-feira eu teria de levar as crianças pra escola e depois trabalhar.

....

fazia tempo que eu não ia ao parque. muito tempo. pra falar a verdade, eu quase nunca vou ao parque.

era cedo de manhã, e nesse horário o parque é muito vazio. mas muito vazio mesmo, de você andar um ou dois minutos sem ver ninguém, a não ser um quero-quero. como estava nublado, os postes de iluminação supermodernos que eu não conhecia estavam todos ainda com as luzes acesas.

o parque é lindo, especialmente de manhã cedo, quando a grama está molhada, os passarinhos estão animados e as flores nas árvores ainda não brilham com a luz do sol. as pessoas ao cruzar o seu caminho falam "bom dia!", e você fica pensando puxa-que-simpático-o-parque-grande-na-cidade-cinza-e-na-beira-do-rio-fedorento-parece-um-parquinho-no-interior!

enquanto eu andava, eu tentava prestar atenção na minha respiração e acelerar o passo. mas não conseguia nem uma coisa, nem outra. a minha respiração parecia estar sendo feita por uma máquina, porque eu não tinha o menor controle sobre ela, e os meus passos iam lentos, acompanhando minha tristeza meio mole desses dias.

depois de andar o suficiente pra achar que estava bom, corri e vi que minha respiração ficava mais feliz, mais estável, mais animada também. suando muito – ah, o sedentarismo faz a gente suar horrores! –, fiquei andando até achar um banco de madeira onde eu pudesse me alongar e me sentar para meditar.

eu nunca tinha meditado no parque. e fazia muito tempo que eu não meditava sentada em um banco ou cadeira. coloquei o relógio do celular pra despertar e fechei os olhos, um pouco envergonhada de meditar no meio das pessoas que andavam ou corriam.

escutava os passos de quem ia se aproximando e depois se distanciando, e esse barulho era um cafuné para os meus ouvidos. continuei lá, de olhos fechados, com vergonha e feliz.

lembrei da frase do monge Thich Nhat Hanh,* que eu tenho escrita enorme na lousa da parede da cozinha. ele diz pra gente abraçar os nossos sentimentos como se estivéssemos segurando um bebê recém-nascido. aha, eu queria mandar minha respiração descontrolada embora, em vez de aceitá-la e ficar com ela. e então, em vez de respirar feliz, estava respirando cada vez mais infeliz!

com um alívio enorme, na cabeça no coração e nos pulmões, ficava ouvindo os passos que vinham e iam e o silêncio. e fiquei com vontade de abrir os olhos, afinal minha meditação estava demorando muito (ah ah ah, a pessoa

---

* A frase da lousa é essa: "Não lute contra a dor; não lute contra a irritação ou a inveja. Abrace-as carinhosamente, como se você estivesse carregando um bebê. A sua raiva é você, e você não deveria ser violento em relação a ela. A mesma coisa vale para todas as suas emoções."

medita e fica aflita!). mas em vez de abrir os olhos e olhar o relógio, combinei com a louca dentro de mim que queria parar de meditar e que eu abriria os olhos assim que escutasse pássaros cantando. o que demorou tempo suficiente para eu ficar concentrada nos barulhinhos que chegavam e partiam e perceber que o melhor que eu tenho a fazer todos os dias todos os minutos e não só agora é ficar concentrada no que está acontecendo. sem o antes pra me fazer chorar, nem o depois que me faz ter medo.

os pássaros cantaram, eu abri os olhos e fui olhar o relógio. eu havia ajustado o despertador para meditar vinte minutos, mas tinha colocado a hora errada e meditei trinta minutos ininterruptos, sem mexer as pernas, sem olhar o relógio, sem desistir antes da hora.

e então fizemos um acordo, eu e a louca que mora dentro de mim: eu irei mais vezes ao parque. eu vou correr mais vezes por semana, e vou meditar mais minutos sentada em bancos de madeira. vou escutar mais passarinhos e os passos das pessoas, e vou rir com gratidão da boniteza do mundo.

...

o teto solar

quando minha mãe ficou doente e todos sabíamos que ela ia morrer, eu tinha muita falta de ar. eu andava pela cidade com o teto solar do meu carro sempre aberto. eu tinha a sensação de que o ar que entrava pelo teto era forte para acabar com a minha falta de ar.

é claro que era só uma fantasia minha.

uns dias antes de ela morrer, minha filha e eu fomos sequestradas. eu fiquei com muito medo, mas tanto medo, que rezei durante os quarenta e cinco minutos em que fiquei sentada na areia de um campo de futebol, numa ladeira sinistra na favela. depois eu dirigi bem bonitinha até em casa, dizendo pra minha filha que tínhamos de perdoar os malacos que haviam nos sequestrado e ido às compras com o meu cartão do banco enquanto eu e ela olhávamos formigas que andavam lentamente sobre a areia quente do campinho do futebol.

quando eu cheguei em casa e encontrei meu filho – quando a gente é sequestrada a gente pensa que os malacos podem nos roubar tudo: a coragem, o carro, o dinheiro e até nosso filho que está em casa –, eu chorei por algumas horas.

chorei por alguns dias, mas tive de parar de chorar quando me dei conta de que minha mãezinha estava indo embora. o médico não concordou quando liguei, num domingo, e disse que iria pra Porto Alegre imediatamente. a situação é grave, mas é estável, ele me disse, com sua voz firme e doce.

mas eu tinha uma aflição que vinha de dentro do meu coração, e dois dias depois desse telefonema, por volta das seis horas, antes de o sol nascer, Lívia, José e eu partíamos rumo ao Sul, dentro do nosso carro, que estava cheio de comidas e malas com muitas roupas para o inverno gaúcho.

quando chegamos a Porto Alegre, eu senti um alívio muito grande. estava perto da minha mãe e isso era o que importava. a morte nos aproxima do que é importante, do que é essencial.

quatro dias depois, minha mãe se foi. eu tinha sentido uma coisa que eu não sei o nome e tinha resolvido dormir com ela no hospital. mas eu me virava de um lado pro outro naquele sofazinho safado de quarto de hospital bacana, e ia ver se ela estava respirando de dez em dez minutos, ou menos. não lembro do tempo, só da aflição. eu não sabia que os anjos fazem um ritual quando alguém vai-se embora. o ritual é lento, suave e pacífico.

uma semana e meia depois de eu ter ficado no campinho de futebol com a minha filha, rezando como nunca tinha rezado na vida, lá estava eu num quarto de hospital com janelas gigantes e vista para uma igreja muito linda, luzes acesas, terço e mala (colar de reza tibetano) na mão, bíblia aberta, rezando pra aguentar ver minha mãe morrer.

você não quer ligar pra alguém vir aqui e ficar com você?, sugeriu a enfermeira que trouxe o saco com morfina para sedar minha mãe. não, eu não queria. não queria ninguém que falasse alto, nem que gritasse. então não quis ninguém, e fiquei lá sozinha com ela.

mas por que escrevo isso agora, quase um ano depois?

porque hoje o chão se abriu novamente. e a gente nunca está pronto. quando estivermos prontos, vamos partir. enquanto isso não acontece, vamos vivendo um dia depois do outro, com um susto depois do outro, com tristezas e alegrias misturadas.

e cá estou eu de novo, andando com o teto solar do carro bem aberto, como se o ar que entra de cima fosse potente o suficiente para acabar com a minha falta de ar.

eu não tenho medo de ficar sem trabalho. eu nunca fiquei sem trabalho. eu tenho medo é de não ganhar dinheiro. de não conseguir pagar a minha vidinha e a dos meus filhos. de ficar com a falta de ar por conta desse medo.

eu tenho esses medos bestas.

eu sei que tudo passa, e que isso também passará. mas o ar não vem, e eu tenho de dirigir com o teto solar escancarado, com o sol na minha cabeça, e meus cabelos loiros/grisalhos brilhando com esse sol, ou molhando com a chuva. pelo menos assim tenho a sensação de que entra mais ar pelo meu nariz.

as dores que passam

o médico que fez o parto do meu filho – o meu primeiro parto – dizia que as mulheres só têm um segundo filho porque esquecem a dor. e assim sucessivamente.

pois além de eu ter esquecido as dores do primeiro parto, a ponto de ter tido depois o segundo parto, também esqueci da dor que é pastar na fila do consulado norte-americano mendigando um visto para cruzar a fronteira e pisar em solo estrangeiro.

tinha esquecido também que o governo norte-americano faz o mesmo tipo de pergunta para um bebê de dois meses – idade em que meu filho teve o primeiro visto, quando fomos morar lá naquelas terras longínquas – e para mim.

o preenchimento do formulário cujo nome não guardei leva quase duas horas. como o visto que eu estava pleiteando era para a família inteira, passei uma manhã em frente à tela do computador respondendo a perguntas como "você já falsificou um visto?" ou "você já viu alguém falsificando um visto?" (ou seria falsificando um passaporte?, não lembro). com mais paciência do que coragem, preenchi o formulário de nós três.

aí tem a etapa que eu desconhecia: recolher as digitais – ai meu deus, será que é assim que se diz pro bizarro procedimento? é o mesmo pra quando fazemos RG ou passaporte. a diferença, neste caso, é que a pessoa precisa registrar suas digitais para viajar.

e então temos o *grand finale*, que é pastar numa fila nem tão longa, mas que tem nove filiais. sim, dez filas de pessoas, uma fila ao lado da outra. todos de pé, sem andar um passinho pra frente por cerca de uma hora.

duas mulheres atrás de mim conversavam. uma ia visitar primos, a outra, sobrinhos. uma trabalhava numa penitenciária no interior de São Paulo. contava que ali havia "uns velhos safados que são pegos e uns psicopatas". esses, dizia, não têm cura. são inteligentes e bonitos, mas não têm cura. eu achei o papo muito lúcido pra uma fila daquelas. ela também contava de rebeliões – numa delas, ficou cinco dias como refém, mas ninguém a machucou. aí concluiu dizendo que nas férias tinha saudades da adrenalina do trabalho. *oh my god!*

da fila com nove outras ao meu lado passamos para a simpática fila da segurança – quando o passaporte que levamos é olhado pela segunda vez e onde um jovem segurança grita as instruções para entrar na cabine de segurança.

entramos em grupos de quatro. a bolsa passa pelo raio-x como num aeroporto, e o ser humano passa pelo detector também tal qual o aeroporto. e a buzina tocou.

o gigantesco e incrivelmente bonito segurança que está do lado de lá do raio-x para humanos pede para eu sentar e tirar os sapatos. finda a retirada, ele pede para eu calçá-los novamente. "mas você nem viu", eu falo. ele faz que sim com a cabeça.

então sou autorizada a sair da sala da segurança, onde passo por uma mulher segurança e paro noutra fila. nesta, meu passaporte é olhado pela terceira vez, e eu sou direcionada a mais uma fila. agora o ambiente fede a excesso de gente. e o rapaz magrinho que me atendeu diz que ali ficarei quarenta minutos. mas era otimismo dele.

estamos todos bem vestidos, bem penteados, bem lavados. ninguém vai ao consulado norte-americano de qualquer jeito.

a fila demora outra hora. e quando você chega ao primeiro lugar, um rapaz o encaminha para a última fila, a do guichê. onde um cônsul irá entrevistá-lo.

na minha vez, há troca de funcionário. um sai, pedindo para eu aguardar um minuto, outro chega e agradece pela minha paciência. ele liga cabos, coloca o fone de ouvido, liga o microfone.

eu entrego os três passaportes, mais os três passaportes vencidos onde havia vistos também vencidos.

ele olha os documentos, olha pra tela do computador, digita algo, olha, digita, olha. nessas alturas ele já deve saber a cor da calcinha que eu costumo usar. eu tento fazer cara de tá tudo bem, mas fico tensa. não tinha levado nenhum documento além dos passaportes e certidões (de nascimento das crianças, de casamento minha). me lembro do meu primeiro pedido de visto, onde achei humilhante dizer que era estudante, não tinha renda e quem me bancava era o meu marido.

segue o diálogo, após um ou dois minutos que pareceram uns três quartos de hora:

— pra onde vocês vão?

— Nova York e Boston.

— o que você faz?

— sou editora.

— há quanto tempo?

— cinco anos.

— fala inglês?

— sim.

— morou lá?

— sim, passei pouco menos de um ano quando meu ex-marido estudou em Boston.

— Harvard?

— não, MIT.

— ok. *your visa has been approved. and your passports will arrive in ten days, thank you.*

a cara de alívio que eu fiz deve ter sido igual à cara de alívio que todo mundo faz quando escuta a frase que eu escutei. algumas pessoas choram, é verdade. mas a questão é que queremos ser aprovados pra poder pisar no país onde, diziam, as ruas eram calçadas com ouro.

a gente fica feliz. aliviado. mas também se sentindo um idiota. e eu combinei comigo mesma que esta foi a última vez.

o dia dos milagres

abri os olhos e vi que tinha luz. fiquei olhando pro pequeno corredor e pensei que alguém estivesse acordado na sala e com a luz acesa. mas a luz que eu enxergava da minha cama não era uma luz de lâmpada, era a luz do dia.

olhei no celular e vi seis e dezoito. vi também na tela escrito "alarme". e percebi que tinha perdido a hora.

eu acordo todos os dias às cinco. isso já faz alguns anos – começou quando meus filhos foram estudar na roça, que é como eu chamo carinhosamente o bairro onde fica a escola deles. também conhecido como "o fim do mundo".

pulei da cama o mais lentamente que pude e fui chamar as crianças com o máximo de doçura que consegui. eu estava saindo da cama na hora em que costumamos sair de casa. e um filminho passou pela minha cabeça – lembrei das milhares de vezes que acordei e tive de sair correndo. tipo a minha vida inteira, desde a infância até uns trinta anos.

enquanto a água esquentava na chaleira, tomei um banho o menos loucamente que pude. percebi que não conseguiria comer correndo, mas piquei uma maçã. pelo menos uma maçã dava pra comer sem correr.

todos ficamos prontos e entramos no carro vestidos, penteados, dentes escovados, lanches preparados e acondicionados dentro das mochilas.

a estrada até a roça estava tranquila e, milagre dos milagres, as crianças entraram em suas salas de aula no horário.

minha filha ficou desapontadíssima – seria a primeira vez que ela poderia dizer pra professora "minha mãe perdeu a hora", frase que, segundo ela, as crianças usam à exaustão, o que causa desconfiança não só na professora como também nos amigos que ouvem a mesma desculpa dia após dia.

eu tentei disfarçar, mas era difícil. eu estava aceleradíssima. na verdade eu estava em êxtase: tinha conseguido ao menos uma vez na última década perder a hora; depois consegui fazer tudo o menos corrido possível; e por fim o primeiro milagre do dia: tínhamos chegado à escola no horário.

...

fui até a cantina tomar um cafezinho, me sentei e fiquei conversando. Edna, educadora da Unifesp, contava suas histórias maravilhosas. Anselmo, com o sotaque português fortíssimo mesmo depois de quase duas décadas morando em terras brasileiras, nos contava causos engraçadíssimos e por vezes ininteligíveis. Mariza, a avó torta do Gabriel, dava risada conosco, com seus belos cabelos muito brancos que quase não combinam com seu rosto jovem.

quando finalmente me levantei para sair da escola, entrar no carro e rumar da roça para a cidade, olhei no relógio e me dei conta de que não pegaria o túnel. o caminho que passa por debaixo do rio Pinheiros e me leva até o escritório mui rapidamente tem prazo de validade. todo dia o túnel no sentido roça-cidade fecha às nove e quinze. o relógio do meu carro marcava oito e trinta e oito quando liguei o motor. pra quem já tinha conseguido se comportar com um atraso no começo do dia, pensei, era preciso respirar e "perder o túnel" com o mínimo de felicidade.

e taca-le pau neste carrinho.

olhei a estrada e pensei: nossa!, esse horário é muito bom. eu andei um, dois, três, quatro quilômetros. a noventa quilômetros por hora, coisa impensável àquela hora. quando escuto no rádio que a estrada estava interditada atrás de mim. e, por isso, o trecho por onde eu estava passando estava muito, muito vazio. cheguei ao escritório em menos de 40 minutos. um recorde histórico. era o segundo milagre do dia.

...

o dia seria longo. eu havia sido convocada para uma reunião no fim da tarde e estava indo para o escritório para finalizar um site. estranhamente, consegui dominar meu mau humor, que entre outros motivos é provocado pela exaustão – esta, por sua vez, provocada pelo excesso de trabalho.

trabalhei muito, e também dei muita risada. almocei com amigos queridos, falamos das merdas da vida e terminei o tal do site.

era hora da famigerada reunião. que foi longa, cansativa, triste e dura. e aí veio o terceiro milagre do dia: eu consegui não dizer o que eu pensava, falar pouco, ser delicada e morrer de sono – coisa que só acontece com quem consegue relaxar.

...

estava tensa com o horário. tinha de chegar em casa para render a doce Nalva. pensei nas crianças, na lição, no banho que eles não teriam tomado quando eu chegasse em casa. respirei e pensei que depois de tantos milagres eu bem que podia chegar em casa com suavidade. e foi o que eu fiz.

eu estava triste, exausta, faminta. mas pensei que podia ser doce. sempre digo que gentileza gera gentileza, mas tenho certeza de que doçura gera doçura também.

ninguém estava dormindo quando cheguei. tampouco tinham terminado a lição.

mas eu me lembrei dos milagres, lembrei também do poder da respiração e da presença. lembrei que posso ser íntegra mesmo estando exausta e que meus filhos odeiam meus gritos na mesma intensidade que eu odeio os gritos deles.

então eu não gritei, não reclamei, não falei mal de ninguém. disse com doçura que tinha saído de uma reunião longa e dura, eles foram pra cama. a santa Nalva foi embora.

e eu me sentei na cozinha pra jantar e pra ligar pra minha irmã, coisa que nunca faço. conversamos por quase uma hora. eu fiquei com saudades da minha mãe, senti uma dor absurda no corpo. e me dei conta de que o último milagre do dia tinha acontecido. eu tinha chegado em casa e não tinha ficado louca com as crianças que nunca fazem o que a gente acha que elas têm de fazer.

...

foi o dia mais milagroso de que eu me lembro de toda a minha vida.

...

até agora não entendo o que aconteceu hoje de manhã. o despertador estava ligado para as cinco. não sei se ele tocou e eu o desliguei sem me dar conta; ou se foi meu anjo, que sabia que eu precisava de um dia assim para entender que a vida não é tão dura como eu acho que é.

sobre mulheres que não param

ela era do tipo que nunca ficava sentada. nunca.

a impressão que eu tinha, conforme eu ia crescendo, era que ela tinha alguma coisa na bunda. era isso o que diziam pra nós, crianças, quando um coleguinha não ficava sentado na classe: "fulano tem um furúnculo" ou "fulano tem um percevejo no bumbum" – neste caso, acho que se referiam ao objeto que usamos para fixar folhas num quadro de cortiça. e eu achava que era isso o que a minha mãe tinha – alguma coisa na bunda que a impedia de ficar sentada.

muitos e muitos anos depois é que eu fui entender por que uma pessoa não consegue ficar sentada. nós estávamos hospedando duas meninas de onze anos num fim de semana. faz parte da política do CISV, que promove acampamentos de crianças e adolescentes ao redor do mundo: famílias hospedam seu filho quando ele viaja, e a contrapartida é você hospedar crianças – gringas ou brasileiras – quando os acampamentos ocorrem no Brasil. dessa vez, Mia, americana, e Filippa, sueca, passaram dois dias conosco.

já tínhamos hospedado outras crianças e sempre tínhamos nos divertido muito. Kike e Nacho, da Costa Rica, depois Leo e Fred, da Finlândia e da Noruega, respectivamente. mesmo com o TDAH (sigla para déficit de atenção) do Fredrick, que tomava uma medicação fortíssima, além de não me obedecer até a hora em que passei a gritar com ele como se grita com um filho, tudo havia sido legal. e com as crianças do Vietnã também demos risadas, jogamos banco imobiliário e descobrimos que adultos vietnamitas podem ser mais baixos do que crianças de onze anos (a líder das crianças asiáticas parecia uma menina de, no máximo, oito anos).

mas com a Filippa e a Mia foi diferente. elas eram quietas. não falavam nada, nem por palavras, nem por expressões. ficavam horas no quarto, cada uma escrevendo em seu diário. e assim foi na noite de sexta, no longo sábado e no domingo.

eu perguntava se queriam tomar sorvete, e elas diziam “it’s ok”. perguntava se queriam suco, e elas mexiam com os ombros e não falavam n-a-d-a. então eu as servia e elas tomavam para logo, timidamente, perguntar se podiam pegar mais. perguntei se queriam dar uma caminhada, e uma delas disse “I don’t care”. fomos dar a tal da caminhada e em duas horas não descobri se foi legal ou se foi horrível o nosso passeio.

era insuportável. eu não consegui decifrar, nas quarenta e oito horas em que elas ficaram conosco, se estavam felizes, satisfeitas, tristes ou horrivelmente entediadas. talvez a experiência de ficar em uma casa de família com uma amiga recente – elas tinham se conhecido no acampamento, quinze dias antes de chegar à minha casa – fosse excessivamente emocionante para duas meninas de apenas onze anos.

e o que aconteceu durante essas poucas horas em que estivemos juntas? eu não conseguia ficar sentada. eu lavava a louça, arrumava a minha cama, organizava qualquer coisa que desse para organizar. sentia uma aflição tão grande que não conseguia parar de fazer coisas. andava freneticamente por meu pequeno apartamento, ligada no botão automático, demonstração máxima da minha falta de conexão com o meu coração.

e então, enquanto lavava uns pratos, me dei conta do porquê de algumas pessoas, muitas vezes mulheres, não conseguirem ficar sentadas para conversar, dar risada, ler um jornal ou não fazer nada. porque não conseguem ESTAR.

eu não consegui ESTAR com as meninas, porque a aparente indiferença delas me deixava muito aflita. fico aqui pensando no que causava horror à minha mãe a ponto de ela não sentar ao meu lado nem por meia hora quando eu a visitava durante um fim de semana ou um feriado. a desculpa era ótima: ela sempre tinha algo para fazer. e a gente sempre tem algo a fazer quando não aguenta o que estamos sentindo.

eu às vezes tenho falta de ar. outras vezes fico aflita, quando fico mais de dez horas sentada trabalhando e parece que uma força do além vai arremessar o meu corpo, com a cadeira, para o espaço – o que seria um alívio, na minha fantasia. mas não conseguir sentar foi uma novidade pra mim. devo agradecer às minhas pequenas hóspedes. sem a Filippa e a Mia talvez um dia eu morresse sem descobrir de onde vinha a aflição da minha mãe, que só ficou sentada dois dias antes de morrer, quando a morte já estava pertinho e, com sua força, a obrigou a sossegar.

perder-se

dizem que devemos todos os dias fazer novos caminhos ou fazer as coisas de todo dia de um jeito diferente. essas mesmas pessoas defendem que assim o nosso cérebro é exercitado. pois eu acho que mais do que o cérebro, a alma é exercitada. e é por isso que não saber onde estamos é bom.

hoje fomos andando pra praia e pegamos o caminho – dois quarteirões – errado. seguimos andando e atravessamos uma área verde onde florzinhas ordinárias que crescem no meio do mato nos fizeram parar. eram lindas, delicadas e inéditas pros nossos olhos.

depois nos deparamos com flores maiores e igualmente lindas, de um colorido forte impressionante. a Lívia sugeriu que voltássemos mais tarde pelo mesmo caminho para fotografar todas aquelas flores. mas não voltamos, porque o mar estava maravilhoso, o vento estava fresco e fomos ficando na praia.

a ideia da delícia de se perder surgiu quando tive de aprender novos caminhos nesses dias de curtas férias em Florianópolis. fui a uma praia que não conhecia e visitei outra onde eu não pisava fazia uns vinte e cinco anos.

como é bom estar num lugar onde não conhecemos ninguém. onde não sabemos se a comida é boa ou ruim.

descobrimos dois balanços pendurados em duas árvores muito altas – onde a Lívia e suas primas se balançaram feito loucas – e conhecemos várias marcas de sorvetes maravilhosos. tentamos chegar a uma praia onde tem as ruínas de um forte, mas não conseguimos. a maré estava alta.

queríamos passear de barco, mas, por falta de parceria, não fomos. íamos visitar nossas amigas numa praia aqui perto, mas tantos são os carros indo e vindo entre as praias da ilha que achamos por bem não entalar numa fila enorme. aqui em Floripa o trânsito é chamado de fila, um jeito bem literal de descrever a indecência de um lugar tão lindo cuja prioridade em mobilidade é zero...

voltaremos pra casa felizes da vida. sem GPS nem waze. só seguindo as ricas placas da BR-101 e da BR-116.

sozinha,

fiz uma pequena escavação na areia fofa e juntei num bolinho a areia, para que servisse de almofada para sentar e meditar. a praia estava ficando cheia, apesar do dia cinza e com muito, muito vento. cheia quer dizer com mais gente do que eu tinha encontrado duas horas antes, quando cheguei na beira do mar para andar até a ponta da praia.

fiquei quase com vergonha de meditar num lugar público, mas acabei fechando os olhos e ficando quieta. o corpo parecia balançar suavemente com o vento. mas da cintura pra baixo eu estava sentada e imóvel.

eu sempre tenho um pouco de vergonha de fazer algumas coisas em público por poder parecer ridícula. aprendi com a minha mãe que temos de sempre olhar para ver "se os outros estão olhando o que estamos fazendo". mas agora, passados quase quarenta e quatro anos, estou aprendendo a NÃO olhar para os outros, porque afinal de contas a vida deles é deles e a minha é minha. é muito difícil aprender coisas diferentes das que aprendemos desde pequenos.

vim pra praia pela primeira vez na vida podendo escolher qual praia qual pousada qual dia. ninguém deu pitaco. estava morrendo de medo – um pouco pior do que a minha quase vergonha de meditar. eu quase não vim. o medo paralisa.

mas eu pensei bem e concluí que não havia mal nenhum em vir SOZINHA pra praia.

aprendi também com a minha mãe que devemos andar acompanhados. ela até dizia que rezava para eu ter uma família, porque para ela uma mulher sem marido não era ninguém. mas eu era alguém e continuo sendo, apesar de não ter marido e andar pra cima e pra baixo com meus dois filhos.

então eu vim. muito cansada, com dor no corpo, a ponto de nem perceber que o meu carro é muito, mas muito confortável. minha filha vinha feliz na estrada, olhando as nuvens e me dizendo como ela gostava de olhar para o céu e ver nuvens claras e escuras, nuvens grandes e pequenas, nuvens baixas e nuvens altas, nuvens velozes e nuvens lentas. a alegria dela era como se fosse uma música linda para mim, apesar daquele cansaço tão grande. dirigir muitos e muitos quilômetros sozinha exige disposição e confiança. eu estava confiante, mas não muito disposta, o que colocava em dúvida até a minha confiança.

eu gostaria de ter uma casinha na beira da praia ou no alto de um morro com vista para o mar. acho que eu sempre quis ter essa casinha, a ponto de aos vinte e poucos anos ter pedido três mil dólares emprestados para o meu pai para comprar um terreno numa praia fim de mundo em Santa Catarina. mais de vinte anos depois, encontrei o terreno, em cima do qual eu jamais construí nada, e o vendi.

mas a vontade não passou.

a casinha dos meus sonhos é bem simples. tem uns dois quartos amplos e arejados, uma sala com um enorme pé direito, com cozinha e com varanda e com janelas gigantescas. e um pouco de grama para pisar ou para sentar ou para deitar e ver o céu estrelado à noite.

o quarto da pousada, apesar de ter muitas janelas e três varandas e ser muito arejado, não se parece em nada com a casa dos meus sonhos. mas ainda assim é um belo quarto, de onde escuto os galhos das árvores balançando de um lado pro outro, os cachorros latindo e muitos passarinhos cantando cedo de manhã.

à noite tinha tanto vento que o barulho me deu um pouco de medo. por que eu estava sozinha numa noite tão perto do Natal? por que meus filhos não estavam indo dormir perto de mim? por que eu não tinha com quem conversar?

ora bolas. eu queria muito ficar sozinha. poder andar até a ponta da praia com o vento quase incomodando, dormir cedo e acordar sem despertador, escrever sem precisar parar para fazer outra coisa mais urgente, ler *Alice no País das Maravilhas* até sentir sono e adormecer.

este ano eu me dei muitos presentes preciosos de Natal. o mais importante deles não é uma coisa e não custou dinheiro. mas me deu um pouco de trabalho. é a possibilidade de sentir alegria, e muita, estando só.

ps – minha filha diz que viajou não para ficar comigo, mas para ficar com as primas. “você não acha que eu vim pra Floripa pra ficar numa pousada com você, né mãe?” não, não acho.

o pior e o melhor

tanto tempo sem escrever que fico com medo de não saber mais escrever. ou pior: fico com medo de não voltar a escrever.

parece que tem tempos na nossa vida em que olhamos tanto, mas tanto, pra dentro da gente, que fica difícil olhar pra fora. como se só existisse o pra dentro. e esse é o momento.

e então, sem sono por conta de um filho que é da pá virada, pensei em como o pior da vida é ter de dar conta sozinha. e como isso também é o melhor.

não estou falando de dar conta de algo específico. é um pouco pior. ah ah ah. estou falando de dar conta de tudo. sem perguntar pra ninguém, sem pedir pra ninguém resolver e sem culpar ninguém.

e é bem nessa hora, em que fica CLARO que você precisa tomar as rédeas e escolher o caminho a seguir, que parece que não vai dar.

se eu fosse contar quanto tempo tenho ficado em silêncio, acho que eu bateria alguns monges que vivem isolados. não foi uma escolha minha, foi uma imposição de um dia depois do outro. e assim tem sido.

às vezes morro de ódio do que a vida me impõe. e por "às vezes" quero dizer todos os dias. depois choro de tristeza. e quando o ódio e a tristeza se vão e eu volto a enxergar, sei que sairei mais forte.

é o pior e o melhor que pode acontecer. pena que eu enxergue tanto o pior.

e o oscar vai para...

cheguei em casa um pouco depois das sete. minha filha tomava banho, meu filho tinha o i-Pad no colo. minha empregada querida tinha a mesma cara de sempre – e por isso os baianos estão à frente de toda a população ocidental.

minha barriga doía. era uma dor estranha, como se eu estivesse para parir a qualquer momento. eu vim dirigindo do escritório para casa, respirando para sentir de onde vinha essa sensação estranhíssima. a dor tomava conta do abdômen e da região onde eu tenho a cicatriz da cesárea.

— tchau, Nalva.

— Lívia, coloca o pijama, vai jantar e já pra cama!

— José, quantas lições você fez?

...

pausa para meditação.

...

é uma piada. eu queria jantar e dormir. mas meu filho tinha lições. muitas. ele trocou de escola este ano. ele e o pai escolheram uma escola tradicional. antes disso o José estudava numa escola de pedagogia Waldorf e todos os dias dizia que não gostava da escola.

foi um teste de aceitação. ou, como diz o mestre, "você foi traída". eles escolheram a escola e eu não tinha nada pra fazer. disse mil vezes que não concordava, mas eles, meu filho e o pai dele, acharam que minha opinião era besta. a escolha foi deles.

...

a ideia era legal: os meninos da família (o pai do meu filho não é da minha família, mas é da família dele!) tinham feito a escolha. o pai do José pagaria material escolar, perua e mensalidade. e ajudaria o filho nas lições. era a opção dos homens, não da mãe chatonilda, que sempre caga regras.

mas o José mora comigo, em São Paulo. e o pai dele mora no Rio de Janeiro, com a mulher dele e a irmã dos meus filhos. meia-irmã.

...

o José chegou da escola. almoçou. foi pra natação. voltou. passava das sete e ele não tinha feito nenhuma lição. que era um mapa do bairro onde ele mora + páginas 37 a 39 e 72 a 75 do livro de matemática + exercícios 1, 2, 3 e 4 da página 109 do livro de inglês.

ele ligou pro pai pelo Skype. o pai não estava *online*. os créditos do celular que o pai deu pra ele tinham acabado. eu fiquei respirando e expirando pra não me meter. depois de intermináveis dez ou vinte minutos, ele começou a falar com o pai, e os dois fizeram um ou dois exercícios de matemática.

...

o José espanou. desligou o Skype na cara do pai, que ligou pra mim. expliquei que às nove ninguém de onze anos que acorda às seis consegue fazer lição. o José não aprendeu números com vírgula na ex-escola, e na escola atual há cálculos com vírgulas que eu tinha certeza que deveriam ser ignoradas.

amanhã ele deve começar aulas particulares. ele adora muitas matérias, é inteligente, mas eu preciso estar sentada ao lado dele para fazer qualquer lição.

eu trabalho de seis a quinze horas por dia, nas últimas semanas tenho trabalhado mais do que seria recomendado para um ser humano que não acha que trabalho é tudo na vida.

eu também crio meus filhos sozinha.

mas eu tenho ajuda de muitas pessoas. tenho uma chefe maravilhosa, amigos incríveis e alegria. quando peço ajuda, muita gente aparece. e mesmo assim acho que ser mãe solteira é uma roubada do além. talvez na minha próxima vida eu seja mais esperta e entenda. mas nesta, em que tenho de trabalhar – e muito! – e dar conta do recado, acho tudo um pouco excessivo.

por isso que fico em casa, não uso o carro, durmo quinze horas, coloco as crianças na cama cedo mesmo nos fins de semana. por isso que ando de bicicleta, faço pão integral, jantares fabulosos pros meus amigos e dou risada o dia todo – mas não todos os dias.

...

não quero peso. quero leveza. nem quero durezas. quero pessoas felizes, gargalhadas sonoras e fé. que vamos combinar que é o que falta.

...

ah, ia esquecendo do Oscar. no meio da lição de matemática, quando disse ao José que eu tinha escolhido ser jornalista porque a matemática não era uma paixão, disse a ele que o Oscar ia para... o Ítaca, a escola que mais tem lição no mundo (é uma piada. mas vale pra mim. eu nunca pensei que um filho estudaria numa escola cheia de lições. não dou conta).

...

deus esteja!

melhores frases - parte II

peço ao meu filho desligar a trolha do i-Pad que ele ganhou de Natal. digo que não quero que ele se torne uma criatura retardada. ao que escuto: "não serei um retardado. serei um *gamer*".

...

ligamos o ar-condicionado no enorme quarto onde estamos acomodados, na casa dos avós das crianças, mas, com o calor surreal porto-alegrense, e com o tamanho do quarto, demora um pouco pra refrescar. digo que estou sentindo o ar mais fresco, e minha filha fala lá do canto onde estava a cama dela: "aí tá bom, mas eu tô no Rio de Janeiro".

...

"tu podes fazer eu ficar quieta?"

minha tia Erica estava, havia horas, perguntando pra irmã dela, minha dinda, o que ela poderia fazer em prol da irmã, a própria Erica. tudo porque minha dinda aplica *jin shin jyutsu* na família, mas a tia Erica, que sabe que fala demais e quase ininterruptamente, ainda não se submeteu às maravilhas da técnica. e, na cabeça dela, o *jin shin jyutsu* é capaz de q-u-a-l-q-u-e-r coisa. inclusive fazê-la ficar quieta.

melhores frases - parte I

"a mamãe é muito magra."

isso ela disse quando estava tomada do espírito natalino. estávamos no carro, no longo caminho até Porto Alegre.

...

"eu acho você a mais normal da família."

a declaração me levou às gargalhadas. eu sempre falo pras crianças que somos todos loucos, e acho que eles já entenderam. ah ah ah.

...

"eu sirvo muito esse prato pra casais, no jantar. o petisco é mais pra quem tá na balada, tomando uma cervejinha."

o garçom tinha uma cara de alemão que só um garçom em Joinville poderia ter. era um barzinho ao lado do hotel, onde tínhamos ido jantar depois do revigorante banho. eu tinha escolhido um prato, e o alemão nos sugeriu outro, com a explicação acima. eu tomava uma Stella Artois geladíssima e pensava meu-deus-o-que-esse-homem-quer-dizer-com-isso?, mas achei melhor deixar pra lá. acatei a sugestão.

e já que toquei no assunto, por que um ser humano usa a palavra b-a-r-z-i-n-h-o? ou é um bar, ou é um boteco, ou é um cafofo. mas barzinho? pelamordedeus.

eu sabia que eu ia chorar

saímos cedo. era a minha prova da coragem. a última do ano. claro que só me dei conta disso depois de dirigir os pouco mais de mil e cem quilômetros que separam minha pequena casa da grande casa onde moram os meus pais, no extremo Sul do País.

combinamos, as crianças e eu, que iríamos sem pressa de chegar. mas isso só valeu até entrarmos no carro. ao pegarmos a estrada, os pequenos José e Lívia começaram a dizer que não viam a hora de chegar a Porto Alegre.

pegamos muitos acidentes na nossa frente, o que nos fez parar por horas e horas. e conseguimos manter o bom humor. passadas as primeiras doze horas de estrada, meu filho olha pra mim com aquela cara do anjo incompreendido e sugere que sigamos noite a dentro. explico que faltam seiscentos quilômetros e que eu não dou conta de dirigir à noite. ele logo começa a bocejar e aceita a nossa parada no norte de Santa Catarina.

minha ideia de um belo banho de mar ou uma noite num cinco estrelas caríssimo vão por água abaixo. quando a bunda começa a doer e você é o único no carro que dirige, é hora de parar.

no outro dia seguimos viagem nem tão cedo. estávamos cansados e eu queria fazer uma viagem lenta. não consegui. as crianças queriam chegar logo e, com a estrada vazia, pude andar bem. o José dava risadas do nosso carro – um carro pequeno, econômico e não tão veloz. mas o carrinho deu conta do recado e andava a contento. o gasto de gasolina era ridículo. ora dezessete quilômetros por litro, ora quatorze quilômetos e meio. fui dirigindo e durante o tempo todo combinando comigo mesma que o próximo carro será maior, mais veloz e menos econômico. o raciocínio faz parte do nem-toda-economia-é-inteligente. vamos pegar muita estrada, passada esta prova da coragem.

aqui no forno alegre estamos nos divertindo à grande. mesmo sem mar.

...

a estrada que liga São Paulo ao Sul do País é linda. minha filha tirou fotos ao longo do trajeto e ia editando o material no banco de trás do carro. de vez em quando dizia "essa parece uma pintura". ela não abria a janela para fotografar, então quase todas as fotos foram feitas através do vidro.

eu comecei a chorar em Santa Catarina. primeiro a estrada faz uma curva e podemos ver o mar. depois vemos aquelas montanhas verdes e exuberantes. eu chorava e dizia pras crianças: "é por isso que viemos de carro". a cada montanha eu lembrava por que tinha resolvido dirigir um caminho tão longo.

...

depois a confusão da família quase me fez esquecer a exaustão. e a alegria. mas no outro dia, com o corpo doído, peguei uma lotação – um tipo de transporte mui civilizado que existe aqui na capital gaúcha, que é um micro-ônibus limpo, confortável e com ar-condicionado – e fui para o hospital. era o meu dia de dormir com a minha mãe, que tinha sido operada um dia antes, enquanto seguíamos pela BR-101. eu ia descendo a rua até o ponto da lotação e comecei a chorar de novo. não havia montanhas lindas, mas eu estava muito tocada. tinha combinado comigo mesma que esta viagem seria um presente para os velhos. eu iria viajar para visitá-los e estar com eles. e a caminho do hospital lembrava disso e chorava.

já estamos todos em casa. todos felizes da vida. e eu estou dando o meu presente, que vai durar alguns dias.

atalhos

"que festa era aquela! nunca fui numa festa assim!" eu achei a frase maravilhosa. saiu da boca da Sueli, a tagarela copeira do escritório onde trabalho. e dizia respeito à fabulosa festa da firma. dançamos até cair.

...

"é tendão inflamado. ainda não tá bom. volta em janeiro. quando tá cansada, dói. quando descansa, para." esse foi o sucinto diagnóstico do dr. Kong quando, às nove e meia da manhã, saí do consultório dele depois de uma sova de uma hora e meia. senti muita dor e descobri que estou mais cansada do que imaginava.

...

ela me perguntou o que eu achava do pai das crianças. era uma pergunta profissional, a dela. mas a minha resposta, não. disse pra ela que na fantasia de toda mulher que tem um filho haverá um pai e uma mãe. mas que às vezes isso não funciona, como no meu caso. aí a gente é mãe solteira sem querer. o que é o pior dos mundos, não pela solidão, mas pela dureza do caminho. muito, muito duro. depois que fui embora fiquei com ódio da pergunta e da resposta. mas a vida é imperfeita.

...

pra que mais? a frase está escrita numa plaquinha atrás da porta. foi minha filha que um dia chegou em casa e me contou. a porta em questão fica no apartamento da Maria Angélica, a professora de piano da Lívia. que perguntou pra ela o que significava a frase na plaquinha. ao voltar pra casa, a Lívia me relatou a resposta: "mãe, ela tem a plaquinha pra lembrar que ela tem o suficiente e que não precisa de mais". e ainda completou: "ela me disse que era complicado de explicar isso pra mim". mas não era. minha filha não só entendeu como me contou com a maior cara de é simples assim.

...

fui visitar uma amiga querida e peguei o atalho que passava no meio da favela. não sinto medo de morar em São Paulo, mas o caminho me deu pavor. cheguei. ela me esperava com comida de dieta, que de dieta não tinha nada. um pão integral delicioso, mussarela de búfala com um tempero incrível, tomatinhos, vinho tinto. mas o mais incrível é ter amigos com quem podemos gargalhar e falar sério. ela montou o cantinho do Pepe no pequeno apartamento. é a sacada, com banquinhos coloridos, parede lilás, flores. ah, o Pepe é o presidente do Uruguai. meu ídolo, e dela também.

ela ficou falando de como o corpo muda. ela tem doze anos a mais do que eu. morremos de rir com os episódios de falta de flexibilidade que ela relatou. eu estava achando tudo normal. ficamos velhos. e ela completava com comentários hilários. o melhor foi a citação de um médico, que diz que temos de comer uma maçã por dia, fazer alongamento e tomar muita água. assim tá fácil.

...

no dia seguinte à visita à minha amiga, saí de casa de bicicleta para uma aula de ioga. parece estranho alguém fazer uma aula de ioga num domingo de manhã, mas eu estava sozinha em casa e achei a ideia maravilhosa.

o melhor de tudo foi ficar lembrando dos comentários da minha amiga e ver que eu dava conta de fazer uma aula inteirinha de ioga. olhava pra minha barriga numa dessas posições em que a temperatura do corpo parece atingir cinquenta e cinco graus e não acreditava. fiz a aula do começo ao fim com destreza e saí de lá pedalando minha bike felicíssima.

o corpo é forte. talvez um reflexo da alma. sinto uma exaustão e não sei de onde vem tanta força.

...

faremos uma viagem de mil e duzentos quilômetros. de carro. as crianças e eu. fico dando risada pensando que o meu carro já é velhinho e que eu devia deixar de ser besta e comprar um carro novo e mais confortável – um que ande mais, preferencialmente. meu carro não é uma carroça, mas não anda muito. eu, com meus princípios de gringa mão de vaca, acho que um carro que faz dezessete quilômetros por litro na estrada tá de bom tamanho. afe!, por que é tão duro mudar?

mas vou me dar de presente de aniversário um carro mais veloz. pra pelo menos me divertir quando descer a serra rumo ao mar, quando meu saco estiver na lua e eu me lembrar que a estrada me faz bem. ainda bem que a vida não poderá parecer chata ao longo do belo caminho rumo aos pampas.

a vida aqui no interior

enquanto a minha filha urra e vai se preparando pra ir pra cama e meu filho lê depois de ignorar as ordens de também ir pra cama, penso no que vou escrever, sobre a minha vida na cidade do interior, onde, dizem, moram mais de vinte milhões de pessoas. são várias pequenas histórias que me fizeram ter certeza de que moro numa cidadezinha.

tem a horta. é assim que eu chamo a caixa de papelão com verduras que chega à minha casa toda segunda-feira. só vem coisa fresquinha e com cheiro que só o que é plantado sem veneno tem.

tem os passarinhos. outro dia fui contar pras crianças que a gente percebia que a primavera estava chegando por causa do canto enlouquecido dos passarinhos. expliquei que o macho canta pra chamar a atenção da fêmea. e a minha filha perguntou como eles namoravam. claro que eu nunca sei responder o que ela me pergunta.

tem as azeitonas. tínhamos de preparar parte de um almoço grego para cento e cinquenta pessoas. e as azeitonas estavam dando trabalho: a Mayra tinha ido ao supermercado, mas as azeitonas pretas e sem caroço (pedido da filho do grego que estava coordenando a pajelança) estavam feias e caríssimas. a Mayra, tensa, pediu ajuda. eu, atolada até o pescoço de trabalho, achei uma delícia ter de sair de casa no meio da tarde para comprar pouco mais de um quilo das azeitonas que se encaixavam na descrição da grega. o Mercado de Pinheiros, um maravilhoso, singelo e saboroso centro de compras da cidadezinha onde moro, fica a poucas quadras de casa. e lá fui na banca do seu João, o velhinho português que dorme durante parte do expediente, pegar um saco cheio de azeitonas pretas, sem caroço e saborosíssimas! gastei pouco, fiquei feliz da vida e ainda colaborei pra que a nossa salada grega, com queijo feta "perfeito", nas palavras da grega, ficasse fabulosa (o almoço todo foi sensacional, e eu respirei aliviada, suando, certa de que uma escola Waldorf não é só uma escola, mas sim uma lição de vida, como deveria ser na verdade toda e qualquer escola).

tem a sacola que foi deixada na portaria. sim, aqui no prédio onde moro, na cidadezinha do interior, meus amigos e os nem tanto costumam me deixar coisas. no domingo foi a vez de uma sacola com uma garrafa de vinho do Francis Coppola e um saco de bombons Lindt. fiquei olhando aquilo boquiaberta. num domingo à noite, quem deixaria aquilo na minha portaria? abro o cartão e descubro que foi o Caio. ele queria agradecer por eu ter escrito uma carta de recomendação pra universidade onde ele queria – e vai! – estudar. então aproveitou que a mãe dele estava voltando para o Brasil e mandou a sacola preciosa.

e tem os almoços e jantares festivos. "você gosta de receber?", me perguntou a Renata na segunda-feira de manhã, quando tomávamos café na cantina da escola, antes de pegar a estrada que nos leva da escola até a cidadezinha do interior onde moro. eu contava que tinha tido um domingo mui feliz. tinha cozinhado pra alguns amigos. e isso tinha enchido o meu coração de alegria. cada um trouxe o que queria, e no fim comemos e bebemos às gargalhadas. ou, como disse o Guto, "este ano eu ainda não tinha comido tanto". a frase não é *ipsis litteris*, porque não escrevi na hora e depois esqueço. mas foi mais ou menos isso. *bruschetta* de queijo brie com geleia de pimenta, umas berinjelas com curry e alecrim, uma tonelada de folhas com molho de mostarda e mel, risoto de linguiça com vinho tinto e horas depois risoto de funghi, bolo de chocolate com calda de brigadeiro, melão, café. ah, mas antes e depois de tudo, sangria, cerveja, coca-cola, água.

enquanto escrevo, um mosquito tenta se alimentar do meu pé. mas não consegue. aqui no interior, perto do rio, há muitos mosquitos. não gosto deles e, por isso. tenho uma garrafa de álcool e cravo-da-índia que, quando aberta, faz com que eles voem pra bem longe. receita da vovó, coisa de cidadezinha mesmo.

por isso que gosto tanto de morar aqui. é gostoso e é lindo também.

à espera dos sonhos

"eu tive muitos sonhos. mas, tipo, dormindo eu fiquei esperando."

ela tinha acabado de acordar e chegado à cozinha, onde eu preparava o café da manhã meio zonza de tanto que eu tinha sonhado.

às vezes ela acorda e vai até a minha cama. mas às vezes eu acordo mais cedo e então nos encontramos na cozinha.

ela adora perguntar o que eu sonhei. e quando ela me pega deitada na cama escrevendo meu sonho no caderno, ela pede para eu contar. eu peço pra ela esperar um pouco, senão eu esqueço o que tenho de escrever. ela espera pacientemente. e toda vez que eu tento me livrar de contar o sonho e fecho o caderno, me dou mal. ela percebe.

eu não conto tudo. leio uma parte, edito. e ela sempre diz "nossa, só isso?" é claro que ela sabe que não é só isso.

às vezes eu escrevo os sonhos que ela conta no caderno dela. é um caderno que eu comprei quando ela ainda estava na minha barriga – na verdade, cada filho tem o seu. mas quem os guarda e quem escreve neles sou eu.

as melhores frases, se a gente não escreve, acaba esquecendo. por isso quis escrever essa que ela me disse e que começa este texto.

meus sonhos são tantos e tão claros que me atormentam. ainda bem que eu tenho pra quem contar. que não é a minha filha. ah ah ah. mas meu analista.

coraggio, diria o outro.

vou te encher de beijos

me ajuda a fazer a lição?, diz ela, e abre seus bracinhos macios. desde sexta, quando perguntei no carro quem tinha lição, ela tem feito isso. eu achei estranho quando ela disse que tinha lição. porque às sextas a professora costuma dar uma folga. aí ela me conta o que era a lição: encher a mãe de beijos e ajudar com alguma tarefa em casa.

...

eu sempre escuto quando ele acorda. nem tanto pelo barulho dos espirros, mas pelos passos. ele pisa com força e isso faz barulho, mesmo num chão de taco antigo sobre o qual ele pisa com os pés descalços.

ele entrou no meu quarto, deitou ao meu lado, me deu um beijo e um abraço e disse "feliz dia das mães". saiu e fechou a porta.

esse foi o meu primeiro presente do domingo. dormi até as nove. um luxo.

...

saí da cama e ela foi rápido pegar o presente que tinha feito pra mim. estava escondido debaixo da cama dela. era um castiçal feito com um pote de vidro sem tampa, todo enfeitado com miçangas que haviam sido coladas com um pincel cheio de cola. acendemos a velinha que veio dentro do castiçal e tomamos café à luz de velas. tomamos, não. eu tomei. eles não queriam comer e resolvi não encher o saco deles.

...

ele me deu um envelope grande, onde se lê "de José para Tita". um cartão lindo, com uma flor desenhada. e a explicação: "escolhi a violeta porque ela é delicada como você". *oh my god*. o guri ainda me deu um colar feito com fios de couro e nós, amarelo, laranja e marrom. maravilhoso.

...

no cartão dela, com letra caprichada que eu não conhecia, ela escreveu que desejava que o meu dia fosse assim. e abrindo o cartão, estávamos ela, o José e eu na praia. lindo de morrer.

...

o domingo passou. cheio de comidinhas e bebidinhas. e eu sigo ganhando beijos. ela olha pra mim e diz: "me ajuda a fazer a lição?" e abre os bracinhos.

mulher maravilha. ou o quê?

resolvi começar pelos dois panos de prato brancos, mas encardidos, que jaziam dentro da bacia com água e sabão em pó fazia três dias. fui esfregando e percebi, com alegria, que é um saco lavar pano de prato, mas que eles FICAM limpos depois de umas esfregadas à mão, porque a escovinha não tem tanto poder.

eu estava enrolando a faxina fazia dois dias. tentava ligar pra Ana todo dia, mas o telefone só tocava. até que alguém atendeu e disse que ali não morava Ana nenhuma. pronto. era preciso fazer a faxina. sem a Ana.

em sete anos que moro no meu pequeno e ensolarado apartamento, não lembro de ter feito o que fiz. varri, arrastei móveis, passei pano úmido. depois foi a vez de limpar os banheiros e, por último, uma vassoura na cozinha e na área. eu estava suada da cabeça aos pés. e bufando. tudo isso durou mais ou menos uma hora.

lembrei do ano que passei nos Estados Unidos. eu também devia bufar quando limpava o apartamento em Boston. mas fazia com amor. meu filho estava aprendendo a engatinhar e ia atrás de uma luzinha que ficava na frente do aspirador de pó. fazia um barulho horroroso, que o pequeno José adorava. às vezes deixava a faxina do banheiro pela metade, quando o José acordava da soneca da manhã ou da tarde no meio da minha função. como nos Estados Unidos não há baldes, panos de chão nem tanques, os produtos de limpeza exigem uso de luvas e portas abertas por causa do cheiro. tipo um mata rato, mas pra limpar a casa.

lendo a *Folha de S.Paulo* dia desses, fiquei impressionada com uma frase no meio de um texto que depois eu não encontrei mais: as casas nos países pobres, acho que o texto falava do Brasil e da África do Sul, costumam ser muito limpas, diferentemente das casas europeias, graças à exploração do trabalho de alguém que faz o que a gente não dá conta de fazer.

lembro da minha *landlady*, a Jane, limpando a casa dela em Oxford, onde eu alugava um quarto no tempo que passei na Inglaterra. lembro também das cartas que meu irmão me mandava durante o ano em que ele morou na casa de uma família na Alemanha, onde ele era *au-pair*, nome em francês para empregados domésticos de países pobres que vão passar um ano no primeiro mundo cuidando de crianças e limpando a casa onde elas moram. o Paulo relatava a minuciosa limpeza dos azulejos.

a minha vida de lavar passar cozinhar trabalhar E TAMBÉM cuidar das crianças está completando hoje nove dias. acho que vou fazer um bolo, colocar velas e cantar parabéns.

nesses dias fiquei pensando em todas as admiráveis mulheres que eu conheço que não têm empregada. a Zaida, a Regina, a Leila. fiquei boquiaberta quando meus filhos lavaram t-o-d-a a louça depois do almoço de sábado – uma panela de pressão, uma panela de aço e uma frigideira incluídas. eles também arrumaram a sala algumas vezes. colocaram tudo o que usaram na pia e levaram o lixo trocentas vezes para o contêiner na garagem. José esquentou o próprio jantar, Lívia abriu a geladeira e escolheu o que ia comer. não que eles nunca tivessem feito essas coisas, mas não faziam isso todos os dias.

eu andava pensando muito nessas questões domésticas desde que as mudanças na lei do trabalhador doméstico começaram a ser manchete dos jornais. estou exausta e lembrando de uma reportagem, acho que do *New York Times*, em que patroas diziam que suas babás e empregadas valiam ouro, mas que elas não tinham como pagar um bom salário para elas. quando vou me acostumar a viver sem ajuda, achando ok cozinhar um singelo almoço pras crianças com arroz integral, lentilhas, um pouco de frango assado com alecrim e cenouras inteiras como salada?

...

noutro texto fabuloso, intitulado "Supermulheres S.A.", comentários pertinentes sobre o tema como-fazer-tudo-e-ser-feliz ou melhor, como-não-fazer-tudo-e-ser-feliz! "não dá para fazer tudo. ninguém consegue ter dois empregos, filhos perfeitos, preparar três refeições por dia e ter orgasmos múltiplos [...] a supermulher é a inimiga do movimento feminista" (frase da ativista Gloria Steinem em entrevista à apresentadora Oprah Winfrey).

a outra frase, extraída do mesmo texto é de Anne Marie Slaughter, ex-diretora da Woodrow Wilson School of Public and International Affairs e ex-diretora de planejamento de políticas do departamento de Estado dos EUA. para ela, "mulheres que conseguem ser mães e superprofissionais ao mesmo tempo são sobre-humanas, milionárias ou autônomas que podem organizar seus horários. sem a possibilidade de trabalhar em casa, ter horários flexíveis, acesso facilitado a berçários ou babás, as mulheres não vão conseguir 'ter tudo'".

ojeriza

acabo de aprender que ojeriza se escreve com j. eu tinha certeza de que o correto era com g. diz o Houaiss que significa "sentimento de má vontade, aversão, antipatia gerado pela intuição, por uma percepção, um ressentimento". e foi bem isso o que ela quis dizer quando sugeri que encontrássemos algumas pessoas.

não éramos amigas, mas marcamos um encontro na padoca. eu tenho umas ideias, ela tem outras e queríamos falar de trabalho, na verdade. conversamos sobre muitos assuntos, menos de trabalho. contei coisas que eu não contaria pra muitas amigas. e, na hora de irmos embora, eu, com minha falta de noção, disse que podíamos marcar outra *happy hour* com as pessoas com quem ela tinha trabalhado. ela ficou me olhando quieta e disse: "não". depois completou: "tenho ojeriza".

eu adoro as palavras. por isso invento algumas e, pior, uso várias com sentido errado. acho que estou dizendo uma coisa quando na verdade estou dizendo outra. o que eu acho mais engraçado do que trágico. mas escrevo tudo isso pra dizer que preciso ter a palavra ojeriza numa posição mais visível da minha lista de vocabulário.

por um defeito de fabricação, poucas vezes senti ojeriza. é um sentimento libertador. quando eu estudava italiano com a Giusi, minha professora particular que fumava vários cigarros em uma hora de aula e que preparava o único café feito de Nescafé decente que já provei, e que tempos depois descobri que se chamava Giuseppina, fiquei enlouquecida com a palavra *schifoso*. não vou procurar a tradução. mas aprendi com a Giusi que significa uma coisa (ou pessoa) que dá nojo. pessoas com o defeito de fabricação igual ao meu têm dificuldade de sentir/pensar/falar que fulano é *schifoso* porque o melhor – e mais besta também – é achar todo mundo legal. aparentemente dá menos trabalho.

eu precisei de décadas pra ver a ficha cair. o que aconteceu como que por uma mágica, quando ela me olhou sem dizer nada e depois disse, com a boca cheia, "tenho ojeriza".

adorei. aprendi. e parece que não esquecerei.

a ida, a festa, a volta

a mala pesava treze quilos e duzentos gramas. só com roupas de festa. o que inclui bolsas, sapatos, maquiagem e uma *pashmina*.

...

do ônibus que me levaria do aeroporto para o centro, uma placa indica cidade. um conforto no coração. Curitiba não é pequena, mas tem alma de cidade pequena. uma lindeza. as pessoas andam com calma, as calçadas são largas, limpas e planas, e há muitas e muitas casas de cem anos, lindas de morrer.

...

viajei para a festa de formatura da Marcela, minha sobrinha emprestada e afilhada. baile de gala, roupa nova, esquema para deixar as crianças em São Paulo.

...

eu nunca voei sem dormir, mas era uma causa nobre. dancei até o amanhecer no baile de gala. e fui direto pro aeroporto. achei que aeroportos estivessem fechados às cinco e meia. mas estão abertos. e com gente. o avião é novo. está muito vazio. deve ter umas vinte pessoas. eu morri de saudades do meu velho amor no baile. de quando a gente dançava e se amava, não tanto como eu gostaria, mas era um bom amor.

...

homens pretos e brancos cheirosos passam na minha frente. meu nariz sente o cheiro bom e meus olhos veem homens belos.

...

“seu cabelo tá bom. não ficou aquela bolota de bruxa”, disse a minha filha, enquanto eu e ela íamos andando numa calçada perto de casa, voltando depois de um longo e frugal almoço. eu tinha acabado de lavar os cabelos, que mesmo assim seguiam mais lisos que o normal. deve ter sido ressaca dos fios com aquela chapinha bizarra com que o rapaz do salão fez cachos na minha cabeleira para eu ir ao baile com cara de quem saiu do banho e prendeu os cabelos, conforme eu o instruí e ele não entendeu ...

...

sabe, eu tô com aquela dorzinha na nuca. não é dor, é que incomoda, sabe? tchau, vai com deus, me disse a senhora gorducha, com rosto redondo e liso, que estava vendendo guarda-chuvas no farol. eu não queria nem olhar pra ela, mas ela foi chegando e, em vez de me oferecer um deles, me contou do seu incômodo na nuca. uma maravilha.

...

a Oma, minha avó querida, sempre dizia que viajar é bom, mas o melhor lugar é sempre a casa da gente. ô, se é.

como viajar sozinha?

faz pouco mais de um mês, acho, que ela me falou da formatura. fazia anos que não nos víamos e eu pensei que seria incrível se eu conseguisse ir a uma colação de grau e a um baile. e então começou a epopeia.

como uma mãe viaja sozinha? foram várias tarefas. quase uma gincana.

– achar alguém para ficar com as crianças. e essa parte foi a mais tensa. até uma semana atrás não sabia se viriam os dois ou só o meu pai. três dias atrás minha mãe me disse que também viria.

– achar alguém que leve as crianças e depois as busque na escola. primeiro meu pai sugeriu que eles não fossem à escola. "é só um dia", foi o argumento. pedi para um casal de amigos levá-los. e voltarão de ônibus.

– organizar a ida de um filho a um acampamento. ora pois, não é que no dia do baile da minha afilhada o meu filho tem um acampamento? lista de itens para a mala, ficha de saúde preenchida, documentos separados e um bilhete com o endereço do ponto de partida de onde sairá o ônibus para o acampamento. na cozinha, uma lista com vários números de táxi. meu pai vai levá-lo sexta à noite. a mim cabe rezar um pouco para que não chova nem tenha um trânsito medieval.

– descolar uma folga no trabalho.

– descolar uma roupa para o baile, que será de gala. agora está resolvido, mas no primeiro momento tive pânico. minha adorável consultora de imagem e estilista resolveu o que poderia ter sido um problema e mandou fazer uma saia e uma blusa de seda supimpas.

– agora vem a parte mais ridícula. fazer a mala. quando descobri que eu não tenho uma mala para viajar sozinha, tamanho sou-civilizada-e-não-carrego-muita-coisa. controlei meus violentos impulsos consumistas – porque pensei oh, é só dar um pulo no shopping e investir mil reais numa malinha Samsonite – e ajeitei minhas várias roupas de festa numa mala que até uma hora atrás eu chamava de a mala pequena da família, mas cujo tamanho não é tão diminuto como parecia. melhor uma mala grande e quase vazia do que uma bolsa pesada nos ombros.

e esta é a feliz história de uma mãe que vai ficar menos de quarenta e oito horas longe de casa. a sensação é outra. tenho a impressão de que passarei dez dias em Paris e outros vinte em Moscou. como é bom dar valor para as coisas. neste caso, horas preciosas sem ninguém dizendo ô mãããe e com direito a salto alto para dois eventos festivos. além de uma curtíssima viagem de avião na qual poderei ler. ou dormir. iupi!

a rua veneza

eu tinha de chegar ao escritório para uma reunião. chata.

na hora de manobrar o carro na garagem do prédio onde moro, o cabra chega perto e pergunta se o carro é meu. sim, é. gentilmente, ele mostra onde ele tirou uma lasca do para-choque do meu carro. diz que está na obra do 122 e que vai deixar o telefone com o Ferreira, o porteiro. ao que eu respondo tá bom, estou indo pra uma reunião, tchau.

no caminho, fico em dúvida se devo cumprir com a besta obrigação que estava sendo postergada havia mais de um mês, talvez dois: levar o carro para lavar. fiquei pedindo para minha gentil intuição se manifestar. ante o silêncio, lá fui até o posto onde lavam meu carro em poucos minutos, na esquina do prédio onde eu teria a tal da reunião.

carro limpo, vou estacionar. uma volta na rua onde sempre paro. volta na quadra. outra volta. pego outra rua, depois dou umas voltas e pego outra paralela. nada. sinto uma vontade louca de ir embora pra casa. sigo rodando. olho pra placa que indica onde estou e leio rua Veneza. encontro uma vaga. paro o meu carro limpo, desço e bufo ao pensar que estacionei no fim do mundo. qual é a minha surpresa quando descubro que estou a uma quadra de onde sempre estaciono? não sabia que a tal rua que eu cruzo toda vez que vou embora do escritório chamava-se Veneza. nem que era uma rua bonita, apesar de cheia de carros. casas maravilhosas, velhas, grandes, cheias de jardins e árvores altas e passarinhos barulhentos. muitas ainda conservam muretas de um metro ou menos e não têm alarme. uma boniteza.

cheguei esbaforida à reunião. que foi mais *nonsense* do que chata. trabalhei devagar e atendi os telefonemas das crianças. primeiro, meu filho queria ir aos sebos perto de casa tentar vender um jogo do PSP dele. depois minha filha me informava que o irmão tinha rasgado o verso que a professora tinha dado a ela – verso esse que as crianças decoram e leem ao longo de todo o ano. depois o verso foi arremessado para o telhado do estacionamento do prédio. eu estava tentando trabalhar e depois tentando almoçar. dá um buraco no estômago, um pouco de raiva e um pouco de impotência. lembrei da rua Veneza, que estava sempre na esquina, mas que eu não conhecia.

fiquei pensando em como é preciso ter curiosidade para pelo menos olharmos até as esquinas das ruas por onde passamos. e para a vida da gente. sempre tem uma rua linda, uma casa antiga, uma árvore enorme que a gente não percebeu. e muito mais.

para o josé

desde que me conheço por gente, como se diz lá na minha terra, queria ter cinco filhos. primeiro, os planos eram feitos com o namorado amor da minha vida. aos quatorze anos, o namorado é sempre o amor da nossa vida. mas o namoro terminou, e claro – graças a deus –, eu não tinha nem um, muito menos cinco filhos.

depois, no primeiro casamento, eu queria ter filhos. diz o meu ex-marido que toda vez que eu queria, ele não queria, e vice-versa. eu só lembro da parte em que eu dizia que queria ter filhos e ele dizia pra eu deitar na rede que a vontade ia passar.

enfim, no segundo casamento, finalmente, colaborei para o aumento da população mundial. mas tudo foi muito rápido. primeiro, casei sem namorar. um dia saí para jantar com o cara que seria o pai dos meus filhos e fomos morar juntos. sete anos depois, tínhamos mudado o estado civil, usávamos belíssimas alianças, tivemos dois filhos – o José e a Lívia – e nos separamos.

well well well. e assim, dessa forma singela, termina a minha epopeia quero ter cinco filhos. sobrou vontade, faltou marido. porque criar dois filhos sozinha eu encarei, mas mais três achei que ia ser excessivamente desumano.

ufa! tudo isso pra contar que hoje fui buscar o boletim do Zé. o da Lívia eu recebi quando terminaram as aulas, mas o do José só ficou pronto esta semana. e lá fui eu pra roça, onde fica a escola das crianças, buscar o envelope.

no recado dizia que os boletins estavam disponíveis e que alguns cadernos também. eu, que sou mãe de aluno não tão perfeito como todas as mães querem que seus respectivos filhos sejam, não estava muito contente. para preservar a raça, abri primeiro o envelope com os cadernos. e então, surpresa!, o José tinha feito cadernos belíssimos. e, surpresa!, havia neles comentários otimistas da professora!

peguei a estrada e segui até outra cidade, bem pertinho de São Paulo, mas outra cidade. fui visitar uma amiga. e então passaram-se muitas horas até eu abrir o segundo envelope, este com o boletim propriamente dito.

no meio do caminho, lágrimas tímidas molharam minhas bochechas enquanto eu dirigia.

explico.

queremos filhos perfeitos. sonhamos com filhos perfeitos. e temos certeza de que deus nos mandará filhos fabulosos. perfeitos e fabulosos para quem? para todos, ora bolas.

mas eis que isso não existe. é uma grande decepção para idiotas que, como eu, pensaram assim. mas acho que o pior sobra pro primogênito. deve ser por isso que sempre quis cinco filhos. mesmo sem saber, queria muitos filhos porque sempre soube que, assim, a loucura dos pais seria diluída. quanto mais filhos, mais aprendemos e menos enlouquecemos. ou seria isso uma fantasia? os primogênitos são os ratinhos de laboratório da família.

as parcas lágrimas eram de comoção. porque vou me dando conta de que se EU acho que EU não posso errar não posso ser incompetente não posso ser deselegante não posso muitas outras coisas, isso é um problema meu. mas meus filhos podem fazer cagadas e podem aprender. e no meio do caminho eu devo aceitá-los e ensinar o que eu sei e dizer a eles o que eu sinto.

punto i basta.

os presentes de natal sob medida

as horas se arrastam. mas o pior já passou.

estava exausta, em todos os sentidos em que estar exausta se enquadra. e só por isso – podia ter uma explicação mais complexa, para não ficar me enchendo de culpa – não viajei para passar o Natal com os meus pequenos filhos.

fiquei tentando me lembrar de uma mãe adorável que tenha feito isso e não me lembrei de nenhuma. então fiquei em primeiro lugar da minha lista. não de mães adoráveis, óbvio, mas de mães que estão exaustas e, por isso, decidem ficar em casa sozinhas para passar o Natal.

na verdade, não fiquei sozinha para passar o Natal. fiquei sozinha porque o Natal era agora e eu estava impossibilitada de viajar.

as crianças foram. para minha alegre surpresa, foram e estão felicíssimas. para elas, o Natal consiste em ganhar presentes. para mim, consiste em outras coisas. e está sendo horrivelmente triste e encantador estar só nesses dias todos e descobrir o que são essas outras coisas.

fiz uma lista de coisinhas que eu tinha de fazer. para tentar não me sentir desesperadamente só. e me enchi de filmes. depois de ir ao cinema dois dias seguidos, passei na locadora e peguei outros cinco filmes. li um livro que comprei para dar de Natal para o meu filho e estou terminando outro que peguei emprestado na casa de uma amiga.

ganhei de presente de Natal não entrar na cozinha. quando liguei para os meus amigos onde eu passaria a noite de Natal, para combinar o que eu levaria, ouvi como resposta "nada". muito doce, muito gentil.

de mim, eu ganhei de presente o respeito. escolher estar só e ficar só são sinais de respeito, e só quem percebeu isso foi meu coração. e ele, o coração, agradeceu.

para as crianças, dei de presente férias de mamãe na casa do nonno e da vovó. e isso não são férias: isso é o nirvana. e eles sabem disso.

hoje o dia se arrasta mais do que os outros. até porque nos outros as horas andaram. eu tinha muito medo do contrário. e mesmo sem fazer as coisas da lista, eu sempre tinha algo para fazer. mas hoje, finalmente, fiquei sem vontade de andar de bicicleta, sem vontade de sair para o cinema, sem vontade de ir à casa de amigos tomar banho de piscina. e faz um mês que não tenho vontade de dizer feliz Natal para ninguém.

desejei feliz Natal para a santa Nalva e talvez para a minha mãe, quando ela me ligou ontem de manhã. não achei nada feliz, e esses dias lerdos e quentes estão chatos, mas úteis. para a minha hibernação.

na véspera do Natal, minha amiga fez uma oração. leu um texto lindo. e ainda deu um pequeno e delicado móbile de papel que ela e a filha fizeram para cada um dos muitos convidados que estavam na casa deles ontem à noite.

queria dormir antes da meia-noite. não ia aguentar de forma decente os desejos de feliz Natal que viriam. vim para casa com medo. com mais medo do que jamais lembro de ter sentido. estava tudo escuro. tinha parado de chover, mas em noites de Natal as pessoas não andam pelas ruas. uma ou outra pessoa solitária, o que dava mais medo ainda.

eu não conseguia encostar minhas costas no banco do carro. vinha atenta. fui acertando o caminho, peguei a estrada, depois a marginal. os carros iam rapidamente, e eu também. mas muito atenta. cheguei em casa e senti um alívio ao ver as luzes do apartamento da Nina, minha vizinha do andar de cima, acesas. quando entrei em casa, podia escutar as vozes e os barulhos dos pratos no apartamento que fica acima do meu.

dormi aliviada por ter conseguido passar um Natal assim como eu achava que tinha de ser. sozinha, mas com amigos.

o que mais senti falta foi do purê de maçã. nunca mais passarei um Natal sem prepará-lo.

desculpa, dona faz-tudo

este fim de ano não será como os outros. das trocentas – e infindáveis – listas, muitas ainda existirão no próximo ano. a casa não está arrumada, nem dona faz-tudo está descansada.

ficou tudo de pernas por ar. não desorganizado, mas um pouco zoado. e lá vou eu explicar.

mamãe precisa dormir. mamãe precisa ir ao cinema. mamãe precisa chorar. mamãe precisa ficar sozinha, em silêncio. e depois de muitas e muitas horas sozinha, mamãe precisará sair por aí de bicicleta. mamãe precisa comer pouco, beber o suficiente, e rir só se for engraçado de verdade.

...

é bom passar por situações limite, quando você fica em dúvida se vai dar conta do recado. são dias de aulas intensivas de economia de energia: você só gasta o necessário.

e assim foram as últimas semanas. homens bobos, crianças indóceis, verdades aparecendo enlouquecidamente dentro de mim. uma maravilha, se não doesse. mas dói. e, claro, azar o meu. a dor pode ser dividida, mas não terceirizada. e então descobri amigos preciosos, que não acham ruim ouvir o meu choro.

...

existem os dias muito doces. e os dias muito amargos. acho que por um erro de cálculo lá no céu a conta tem sido um pouco desigual. lágrimas não jorram, não sinto dor. mas sinto raiva.

...

as crianças passarão o Natal com os avós. dona faz-tudo ficará em casa sem fazer nada. talvez tenha ideias mirabolantes para o próximo ano. por ora sei que devo meditar mais, praticar mais corrida, respirar mais fundo e acreditar.

pronto. essa é a questão. parei de acreditar. e então um peso insuportável pairou sobre mim, e eu comecei a carregá-lo. muita tristeza.

como se escreve dru?

dezembro tem cheiro bom. faltavam uns dias para o mês começar, e eu senti o cheiro bom enquanto andava numa calçada perto de casa. fiquei pensando, e não consigo explicar. só contar.

...

o Guto escreve no Facebook que o ano foi horrível. algo como "se pudesse, gostaria de enterrar o ano que passou". aí lembrei que o pai dele morreu faz pouco e que a mulher dele (do pai) é chatíssima. mesmo assim, não é possível enterrar o que aconteceu. é preciso aceitar e, eventualmente, perdoar.

...

ele sabe meu nome, e eu não sei o dele. ele é podre de gostoso (será que se fala assim aqui na cidade cinza?) e sempre me dá oi com entusiasmo e beijo na bochecha. hoje descobri o que ele faz para viver e fiquei pensando que, além de gentil, gostoso e bonito, o cara é legal.

...

li pras crianças A *Christmas Carol*, do Charles Dickens, numa versão brasileira e adaptada para crianças. perguntei se eles não achavam que a história dava medo e eles disseram que não. a Lívia, quase dormindo, o José bordando ponto cruz e eu tentando achar legal uma história tão adulta sendo lida para crianças. a Lívia parece ter achado um saco. o José escutou com os olhos arregalados. como é bom saber que não estou sempre certa.

...

gritei e esbravejei e falei palavras horríveis no carro. ele ouviu tudo e tive a impressão de que os olhos dele ficaram molhados. ele é pequeno, mas entende muito. ele é precoce e eu odeio essa palavra. mas a gente não escolhe o destino dos filhos. uma pena. adoraria poder fazê-lo.

mas soube disso muito cedo. o José estava na minha barriga, eu não sabia se esperava um guri ou uma guria. nem sabia o nome que a criança teria. e então meu médico abriu uma pastinha durante uma consulta e me deu um belíssimo texto do Khalil Gibran que começa assim: "Vossos filhos não são vossos filhos". e então eu aprendi que os filhos são do mundo e que eu sou o meio pelo qual eles chegaram do céu. ponto.

não sou otimista quanto ao futuro. e todos os dias tenho feito o exercício de ver e aceitar.

...

íamos sair para jantar. depois ele disse que preferia um *happy hour* porque ele tinha de viajar, voltar para casa. não foi rápido, mas pareceu. conversamos e eu falei verdades que não falo pra quase ninguém. coisas que só falo pra mim.

tenho a sensação de que não nos conhecemos recentemente. porque conseguimos conversar por horas a fio e nessa conversa cada um fala o que quer e o outro escuta.

fomos embora e no outro dia li a mensagem que ele tinha me mandado assim que chegou em casa: agradeceu pelas gargalhadas.

...

todas as pessoas pareciam caricaturas. a mulher com sua bunda gigantesca por baixo da saia justa de oncinha; o homem de rosto muito fino, cabelos crespos pretos e calça com o cinto quase no tórax; a garota de cabelos alisados saia curta blusa justa sapatos com saltos gigantescos e unhas bem pintadas; o homem na padoca de nariz grande ombros largos e que falava alto; a secretária pateta da dentista me dizendo que ela, a dentista, estava atrasada; a mulher antipática que nunca me diz oi parando na minha frente pra dizer que eu estava "mais bonita ainda". tudo parecia um filme do Fellini.

...

pra mim o mês tá acabando. não marco mais nada, não irei a lugar nenhum, não me peçam nada. como a placa da serra da BR-116 que diz: "use freio motor". talvez por um milhão de dólares eu mude de ideia, mas gostaria de não receber nenhuma proposta indecente. não é cansaço, é concentração.

escreverei sobre isso. sobre o trabalho que dá dizer não. e o trabalho que dá enxergar: ele não é o homem da minha vida, o outro é um ogro, há amigos que não são amigos, a outra só reclama e eu não vou mais escutar. tudo dá trabalho, e a minha barriga não vai ficar dura por causa disso. o outro faz piadinhas idiotas, mas ele bailou na curva – tipo "se deu mal", em gauchês.

...

barulho de pingos grossos caindo. trovões. estou sem plano nenhum para as férias. e isso me parece o nirvana.

...

amanhã vou fotografar as crianças fazendo meleca na escola. "mas você não tem medo de criar seus filhos fora da realidade?", adoro a pergunta. porque na minha realidade, que é fora da deles, crianças brincam de barro, crianças fazem pão e *cookies*, mamãe fica cansada, todos na família andam de ônibus, mamãe diz que a Disney é um saco e que a vida é dura. desculpem-me os puritanos limpinhos.

...

no filme do Shrek que eles viam hoje à tarde – enquanto eu preparava a próxima reunião com o cliente –, o ogro e sua Fiona deslizavam no barro com os filhos pequenos. vou comprar todos os filmes do Shrek e vou assisti-los mil vezes com as crianças.

...

algumas crianças aprendem a ler com três anos. outras com quatro. e outras aos cinco, seis, sete, oito, nove. chegou a vez da Lívia. e ela olha pra mim e pergunta: "como se escreve dru?". fiquei olhando pra ela, e então ela falou "dru, de pe-dro".

"eu não vou chegar"

era sábado. sabia que não devia contar com a calmaria de um fim de semana, porque existem coisas que nunca são calmas em São Paulo. uma delas é o trânsito sobre a ponte que me permite cruzar o rio Pinheiros para seguir em direção à escola das crianças.

e assim foi. em vez dos doze minutos que eu poderia levar para chegar a uma reunião com uma folga de quinze minutos – o mundo ideal para pessoas que não passam bem com atrasos –, demorei uma hora menos quinze minutos. "eu não vou chegar" era o mantra que tomou conta dos meus pensamentos. coloquei boa música, pensava em coisas boas, mas "eu não vou chegar". eu estava furiosa. e nessas horas s-e-m-p-r-e penso em sair correndo da bela e cinza São Paulo.

eu cheguei. e para minha surpresa, a reunião, que sempre começa pontualmente, naquela manhã de sábado estava atrasada quinze minutos. alívio. e a raiva foi-se.

mas eu fiquei pensando no não chegar. um dia antes, eu fiquei sentada mais de duas horas e meia no carro para percorrer os vinte quilômetros que separam a escola das crianças do escritório. algo aconteceu – e sempre algo acontece aqui em São Paulo, mas muitas vezes não chegamos a saber que algo é esse – e a estrada parou. passada uma hora e quinze minutos, mandei uma mensagem pra avisar que não chegaria à reunião. e assim foi. quando abri a porta do escritório, a reunião tinha acabado de terminar.

depois, passei o fim de semana em casa, sozinha. fazendo tudo devagar. lendo jornal, vendo filme, lavando louça. e o ar, estranhamente, me faltava.

tem um poeminha do Mario Quintana que eu encontrei hoje numa gaveta. eu o conheci pendurado na geladeira da minha amiga que mora no sertão baiano. diz assim:

A vida é uns deveres que nós trouxemos para fazer em casa.
Quando se vê, já são seis horas: há tempo...
Quando se vê, já é 6ª feira...
Quando se vê, passaram 60 anos!
Agora, é tarde demais para ser reprovado...
E se me dessem – um dia – uma outra oportunidade,
Eu nem olhava o relógio.

Seguiria sempre em frente
E iria jogando pelo caminho a casca dourada e inútil das horas.

fim!

à espera

"(...) mas não se pode esperar um dia cem por cento. se você conseguir 51, você ganhou."

Charles Bukowski

...

como se eu estivesse esperando alguma mensagem, uma novidade, o reaparecimento de alguém há muito sumido, não conseguia trabalhar. cheguei cedo ao escritório e tinha muito trabalho. mas a cena era patética: eu olhava para o texto que tinha de terminar e não conseguia fazer nada. não conseguia ler, não conseguia ter ideias, não conseguia enxergar os erros.

então ia até a copa, tomava água e um pouco de café e voltava. e lá estava o mesmo texto. respirava, anotava alguma coisa na agenda, e nada. lembrei de marcar uma consulta médica. respondi a alguns e-mails. e nada de inspiração.

e assim foi o dia. sem inspiração, mas com trabalho. *sorry, baby*. da próxima vez, serei herdeira. por ora morro de nojo da ideia de ter alguém pagando as minhas contas. e assim sigo trabalhando para viver, como se diz. faço o que eu quero, não devo nada a ninguém. só uns pilas pro Itaú, que recebe com alegria os juros que eu pago todo mês.

trabalhei sem inspiração e trabalhei direitinho. os meninos me ajudaram. almocei com a Michelle, minha cliente gentil. demos risadas, falamos de comidas que nunca comemos. a vida às vezes pode ser muito sem graça. eu comia loucamente e ia dizendo pra Michelle que estava de dieta. ninguém pode acreditar que um ser humano que mata dois pratos com uma pilha de comida possa estar querendo emagrecer. mas eu quero.

faz parte da dieta a não ingestão de bebidas alcoólicas. e vou poupá-los da descrição das outras restrições. tudo bem. há calças guardadas há tempos no meu armário, mas não quero ser tão mala a ponto de achar uma dieta uma coisa muito importante. e por esse motivo uma latinha de Heineken está ao lado da minha máquina, enquanto meus dedos digitam alegremente.

muitos anos atrás meu mestre me disse que "a vida era assim, uns dias bons, outros nem tanto". e isso foi uma grande lição.

o dia nem-tão-bom acaba. não tenho presentes de Natal para comprar, não tenho armários para arrumar, não tenho de comprar passagens nem reservar hotéis. assim que é bom, saber que é um dia de cada vez. por vezes me desespero com minhas ideias *keep-calm-baby*, mas sei que é isso mesmo. um dia depois do outro. ou, como disse a Ana, "confia no processo".

a vida só nos dá o que podemos carregar. e isso pra mim parece inacreditável.

deus esteja.

a hóspede em porto alegre

acordei e fui para a cozinha esquentar água para o chá de menta da horta do velho e para o chimarrão. a louça usada no jantar de ontem jazia esculhambada por toda a enorme pia. eu não mexi em nada. quando somos visitas, temos a obrigação de não causar. e aqui na casa dela é assim: ela acha um horror deixar a louça de molho. então ficam os pratos espalhados por metros e metros de pia.

jamais ligo o computador para escrever de manhã cedo. de manhã escrevo no papel. mas aqui, na casa que não é minha, nem papel tenho. então trouxe a velha e bela cadeira de balanço que era da minha avó para o jardim, coloquei a máquina sobre as coxas e cá estou escutando a música dos passarinhos e vendo o azul escândalo do céu de Porto Alegre.

os dias têm sido maravilhosos. na sombra é fresco, no sol é quente e na piscina é gelado.

ontem minha mãe fez setenta anos. e as celebrações já tinham começado. viemos pra Porto Alegre três dias antes, por causa dos preços das passagens. e enquanto meu pai levava o cachorro e os netos à praça, eu trabalhava no mais absoluto silêncio. depois chegou a prima, e desde então a Lívia brinca ininterruptamente, da hora em que sai da cama até a hora em que volta pra ela, à noite. elas brincam sem parar e sem atritos. o nirvana.

teve produção de brigadeiros e vários balões foram enchidos e pendurados pela sala. minha irmã comprou uma torta de nozes gigantesca e os parabéns foram incendiários:

setenta velinhas mais aqueles palitinhos quase impossíveis de acender. e a Gerda apagou tudo de um sopro só.

aí veio o desejo: ela queria comer peru. não dava mais tempo de assar para o almoço, então o tal do peru foi feito para o jantar. duas amigas vieram. uma perguntou por que me separei, quase vinte anos atrás, do meu primeiro marido. pensei e disse que era provavelmente por termos nos conhecido muito jovens. ainda bem que ela pareceu satisfeita com a minha resposta inconclusiva. a outra amiga disse que eu estava muito bonita, com o rosto feliz, e eu até pensei em explicar, mas quando vi que ia dar trabalho achei melhor ficar quieta e sorrir em agradecimento ao gentil comentário.

faz quase duas semanas que fui à minha médica, que com a doçura de sempre me deu uma dieta. dessa vez bem leve, comparada com as torturas anteriores. agora minha alimentação está sem carne de vaca e de porco, sem leite e derivados, sem glúten (nenhum cereal, só arroz integral), sem açúcar e sem bebidas alcoólicas. claro que o resultado é um afinamento rápido. as calças começam a ficar frouxas. alegria. depois de mais de dois anos que rompi com os Marlboros, estou voltando ao meu tamanho original.

o velho veio até o jardim para me chamar para o café da manhã. colocarei uns pedaços de mandioca na frigideira, já que minha farinha para fazer tapioca acabou ontem. o motoqueiro que entrega a *Folha de S.Paulo* pro meu pai e pro vizinho que mora no prédio da frente acaba de subir a rua. me entregou o jornal em mãos e me deu bom dia.

vou comer.

a vida pode ser sexy

é engraçado, quase sinistro, como a vida fica interessante quando damos tempo para viver um dia depois do outro. hoje eu andei de roda-gigante umas cinco vezes – e olha que não me aventuro em brinquedos radicais há mais de uma década!

enquanto me concentro, as longas cortinas da enorme janela da sala voam animadamente com o vento que finalmente traz refresco. o silêncio reina na casa. as crianças voltaram de uma festa longínqua. vieram de carona com o Daniel que, suíço que é, trouxe meus filhos no horário combinado – depois de alguns telefonemas e negociações quase desesperadas dos meus filhos, que queriam ir atrás de doces no condomínio lá nos cafundós; o Halloween anda fazendo um sucesso desnecessário aqui na Bananaland.

então vamos à roda-gigante.

...

você é tão simples e tão chique, ele me falou, enquanto eu andava alegremente rumo ao trabalho. ele é um menino adorável, mora na favela, trabalha muito. quer ser jornalista, e tenho certeza de que poderá ser um dos bons.

eu caí na gargalhada. depois ele ainda falou algo, mas eu estava tão lisonjeada que não dei conta de ouvir o resto. ele é gentil e isso transparece em tudo o que ele faz e diz. meu dia ficou feliz por causa das sinceras palavras dele. e ele é tão sincero que eu fico sem jeito.

...

é a Catarina, me disse a santa Nalva, com o telefone na mão. Catarina é a enfermeira da escola das crianças. respirei bem fundo. ela me conta que o José pisou numa tachinha. pergunta quando ele tomou a última vacina antitetânica. sim, ele poderia ir à festa das meninas da classe lá nos cafundós, mas eu precisava observar o pé, ver se incharia e tal.

investigo na carteira de vacinação do cabra, mando uma mensagem pro pediatra e bingo!, meu filho não tomou o reforço da vacina cinco anos atrás.

ligo pro posto de saúde, pra clínica de gente abonada que paga para qualquer vacina. ok, ele poderá tomar a vacina de graça. alegria. mas só amanhã – o pé não estava inchado nem vermelho, ufa.

...

leio uma reportagem daquelas que mostram vááárias pessoas que não conhecemos. mudei-meu-trabalho-e-hoje-sou-feliz. tudo lindo e maravilhoso. mas o que eu mais gostei foi do sujeito que, quando trocou de trabalho – de bem pago num banco para empreendedor num negócio incerto –, ouviu dos amigos que ele era muito corajoso. não foi coragem, foi desespero, ele respondia.

não lembro o nome dele, nem a cara. mas acho que nunca me esquecerei da frase. ela cabe como um chapeuzinho feito sob medida para a minha cabeça. não mudei de trabalho, nem de profissão. mas quando mudei de estado civil, eu não tive coragem. só estava desesperada.

...

o telefone tocou cedo. eram sete quando escuto o toc toc toc do celular. a santa Nalva me diz que vai chegar atrasada porque ficou no hospital até uma da madrugada com o filho, que tinha quebrado o braço na escola. ela falava rápido e a ligação não estava boa.

quando chego em casa, me dou conta de que o atraso era um baita atraso. ligo e ela me diz que está chegando.

minhas compras do supermercado jaziam no carro enquanto eu via e-mails rapidamente – tinha de sair de casa em dez, quinze minutos. saio correndo, coloco as compras no carrinho da garagem do prédio e ligo de novo. ela já estava no prédio. me sinto uma idiota por correr tanto, por achar que a santa Nalva não pode se atrasar muito, por ser uma mulher medieval.

uma hora depois peço desculpas e ela também, por se atrasar e se enrolar. ontem ela também passou parte do dia resolvendo uns pepinos.

a casa não está muito limpa e eu estou me lixando. o que é mais importante? uma mulher que limpa ou uma mulher gentil que trabalha com delicadeza e em silêncio e dá conta de cuidar dos meus filhos?

...

ele me liga pra dizer que está tenso. novo trabalho, novas oportunidades e o monstro dele zicando tudo. conversamos. ele pergunta se estou brava. não, não estou. amigo é pra escutar e depois dizer o que pensa. adoro ver o sucesso dos meus amigos. sinto orgulho. ele está crescendo, aprendendo a se colocar. a vida como ela é, ponto. muito sexy.

...

existem as pessoas com forma e as pessoas sem forma. nem é preciso aprofundar, porque é uma coisa bem rasa: você olha pra pessoa e vê se ela tem forma ou não. em outras palavras, podemos falar de presença, de brilho, de integridade. é a tal da forma.

ele é disforme. bonito, inteligente e besta. não me decepcionei, disse pro meu analista. ao que ele respondeu: claro, não houve contato.

sim, com as pessoas disformes não há contato. não há nada. até a imagem delas evapora no ar.

...

amanhã é dia de festa. uma amiga querida se casa. e sete mulheres irão juntas ao casamento. hoje minha filha acordou e perguntou: "é hoje o casamento?" demorei um pouco pra entender que ela se referia ao casamento da Bruna.

"eu vou ver as roupas?", pergunta a Lívia, sabendo que nós sete vamos nos arrumar na minha casa. pra ela, a festa mais linda é um casamento. ela já foi a dois. quando tinha quatro anos, fomos até a Praia do Rosa para o casamento do Dimi, meu primo. e dias atrás fomos a Porto Alegre para o casamento do Ale, outro primo.

ela fica encantada com a noiva, o noivo, a música, os sapatos de salto alto, os vestidos de festa. acho que ela acredita no amor. e é bom ver isso. não é em vão que temos filhos: é pra melhorar o mundo.

...

la felicità

ele me disse que acabou com o perfil dele no Facebook. não era nada demais, mas ele achava que a vida dos outros era mais divertida que a própria. eu não acreditei quando ele me disse isso. mas ele continuou, sério: "e falei pra minha analista. o Facebook é ruim para a autoestima".

achei esquisito. eu acho tudo do Facebook tão falso, tão excessivo. aquelas fotos de gente feliz, de dez anos atrás, com quinze quilos a menos, pelamordedeus. e as fotos das famílias doriana? e as frases de amor?

...

falávamos sobre trabalho e sobre uma vaga a que meu amigo está concorrendo. tudo *top secret*, eu ouvindo atentamente, ele dizendo: "Tita, torce por mim". e então ele disse que precisa trabalhar num lugar em que as pessoas sejam valorizadas. eu ri e disse que eu também. mas ele foi enfático. ele precisa muito disso. fiquei pensando: o cara é inteligente, competente, educadíssimo, trabalha muito bem – já trabalhamos juntos – e ainda por cima é belíssimo. hellooooooooo!, imagina se o cara fosse um bosta?

...

ela estava fazendo um trabalho para um curso e começou a estudar a vida da Frida Kahlo. quando chegou ao acidente dela, minha amiga adoeceu.

...

conversávamos sobre algo que me fez dizer ao meu irmão que eu era independente. pode ser uma qualidade, mas eu acho que mais pode ser um defeito. ele, em êxtase, disse que isso era excelente. estou procurando o lado excelente e ainda não o encontrei. mas como faz só dois dias, talvez ainda seja cedo para conclusões precipitadas de uma pessimista.

...

você pode me ajudar?, perguntei. não, ele disse. obrigada, falei, e desliguei. tu tu tu tu.

...

eu não acredito em dias melhores. e isso me parece o fim do túnel.

...

eu estava andando devagar. ia almoçar sozinha num restaurante perto de casa. e pensei no Caio. entro no restaurante, digo que estou sozinha, escolho uma mesa, largo bolsa capa de chuva guarda-chuva e compras da papelaria e farmácia. vou lavar as mãos. ando feliz em direção aos pratos para me servir e quem vejo? o Caio. ele não acredita em coincidências. nem eu.

...

as aulas de dança iam começar hoje. depois de anos na lista das coisas a fazer, a dança ia virar uma atividade. e então ela chegou, a tristeza avassaladora. não pude ir.

...

tem madrugadas em que tenho a nítida sensação de que não vou dar conta. depois, de manhã, quando o despertador me acorda às cinco e eu sinto que não dormi nada a noite toda, uma suave sensação de força me faz levantar da cama, arrumar as lancheiras, chamar as crianças, me aprontar e seguir. mas de novo vem outra madrugada.

...

sonhei com um publicitário milionário e não muito simpático. no sonho, estranhamente, ele era amável – na vida real ele costuma ser gentil comigo, coisa que eu nunca entendi. voltando ao sonho, ele achava um táxi num lugar onde não havia táxi e ainda pagava a fortuna que o cara cobrava para me levar em casa. o cara, o publicitário, ainda fazia isso de bom humor, com visível doçura. acordei com falta de ar.

ele não teve tempo de ouvir meu sonho na sessão de análise. só deu tempo de falar da loucura. e fiquei muito cansada. mesmo depois de quase vinte anos. eu sou forte, mas eu canso. muito. para os dois casos.

aproveite o momento

estamos sempre cheios de teres, fazeres e quereres. não sei se o que estou escrevendo é português. mas o que quero dizer é que não sei como conseguimos criar tantas coisas que têm de ser feitas. tudo inventado por nós mesmos.

hoje terminam as férias mais tranquilas da minha vida. e isso não é jeito de dizer. acho que é isso mesmo. um dia calmo depois do outro. e assim ando desconfiada que possa viver em férias para sempre. porque para viver um dia calmo atrás do outro não é preciso estar em Paris, nem numa praia fabulosa de Cuba. um trilhão de chavões maravilhosos vêm à minha cabeça neste instante.

ontem consegui ler um texto que me foi enviado há muito tempo. talvez há mais de um ano. claro que eu teria tido tempo para ler qualquer coisa nesse tempo todo, mas não tinha disponibilidade. ontem tive. é um texto curto, em inglês, que fala das bolas de golfe. é mais ou menos assim:

um professor de filosofia entrou na classe e, em silêncio, encheu um vidro de maionese vazio com bolas de golfe. perguntou aos alunos se o vidro estava cheio, e eles disseram que sim. depois ele colocou pedrinhas. e de novo os alunos disseram que o vidro estava cheio. depois o professor jogou areia, e de novo a resposta à pergunta se o pote estava cheio foi afirmativa. por último, ele jogou duas xícaras de café dentro do vidro.

tudo pra explicar pros alunos que as bolas de golfe representam as coisas importantes da nossa vida. as pedrinhas, as coisas que temos – trabalho, casa, carro – e a areia, as pequenas coisas que não têm importância.

e o café?, perguntou uma aluna. o café representa o tempo que sempre vamos ter para tomar uma ou duas xícaras de café na companhia de um amigo.

moral da história do cara: não devemos encher o vidro com areia e deixar as bolas de golfe de fora. bem, esse foi o jeito que o professor achou para dizer o que muitos já disseram, e que pode virar obsessão para alguns. entre os alguns em questão incluo a minha pessoa.

voltando às férias e deixando as bolas de golfe de lado, como é incrível – e difícil – aproveitar o momento. minha filha e eu passamos doze dias na Bahia, onde choveu muito. em NENHUM momento as crianças que estavam na casa da praia conosco reclamaram. íamos à praia entre uma chuvarada e outra. às vezes chovia cedo, outras, quando estávamos na praia. à noite chovia muito, de fazer barulho e deixar as ruas de terra com muitas poças d'água.

um dia a chuva nos pegou na praia. o seu Geraldo veio correndo com um guarda-sol, que, grudado ao guarda-sol que usávamos, formou uma cabaninha. as crianças se encolheram ali até a chuva passar. ficamos todos – Lívia, Yan, Lara e eu – morrendo de frio. de repente veio o sol, que secou todas as nossas toalhas e saídas de banho.

e com toda essa chuva – também teve chuva na hora de sair pra jantar, na hora de voltar, durante a visita às tartarugas do Projeto Tamar –, as férias poderiam ter sido eleitas "as férias com chuva". mas não foram.

...

o bom de férias com amigos é que cada um faz uma parte. supermercado, almoço, levar as crianças pra praia, pensar num passeio a cavalo até as ruínas do Castelo de Garcia D'Ávila, comprar tapioca e coco na vila. todo mundo de bom humor, pelamordedeus, e todos cuidando de todas as crianças. mais ou menos o nirvana. e eu espero ter muitos amigos para poder dividir férias adoráveis e inesquecíveis.

...

bem, mas aí a viagem terminou, mas as minhas férias, não. e acho que isso foi tão delicioso quanto tomar água de coco olhando pro mar verde da Praia do Lord, na Praia do Forte.

o que devemos fazer nas férias? aproveitar. encontrar amigos, fazer uma boneca com um pedaço de calça jeans que eu cortei, cozinhar pros outros, bordar um jogo da velha de feltro, jogar trocentas partidas de pingue-pongue com a filha e começar a gostar da coisa, combinar um piquenique no parque com cinco crianças e aprender – e amar! – a andar de skate aos 41. ah ah ah.

...

voltamos pra casa ontem, depois de uma pequena obra. ter amigos que nos hospedam é um luxo. e foi um luxo ficar hospedada na casa de amigos muito queridos. o amor não se explica, me disse a avó paterna das crianças, quando fomos visitá-la semana passada. ela fez um jantar excelente pra Lívia, que teve permissão de comer ao lado do computador, enquanto jogava. na casa da vó quem manda não é a mãe, me disse a Lia. a Lívia ainda ganhou um colar delicado de pedras, comprado em algum momento pela avó em Paris.

...

passados três dias que comecei a escrever este texto, continuo acreditando em férias todos os dias. quando disse a uma amiga que tinha voltado ao trabalho, ela disse: "é a vida, né?", e quando respondi que estava mui contente, ela disse: "tu é doida mesmo". mas não seria louca se não gostasse da labuta? sempre penso que amar o que se faz é uma dádiva. porque tem as pessoas que não gostam de trabalhar, e isso, sim, deve ser muito duro.

...

um dia depois do outro, diria um velho sábio.

o jardineiro

sonhei que um amigo me convidava para uma viagem. o destino era um lugar especial, e eu, louca de vontade de ir, dizia que não dava, mas pensava em como ir. ele me apresentava um amigo. chamava-se Danilo.

...

fiquei pensando. Danilo era o nome do jardineiro dos meus avós, muito antes de eu nascer. eles, o Opa e a Oma, moravam numa casa gigantesca, tanto por dentro como por fora. e, assim, tinham um jardineiro que morava na casa deles! o Danilo não tinha nascido no Brasil. meu irmão vai morrer de rir quando ler isto, mas eu não me lembro se ele era russo ou tcheco ou o quê. parece que não tinha família no Brasil e, quando morreu, meus avós que o enterraram.

...

eu ia dirigindo o longo caminho da minha casa até a escola das crianças quando me lembrei de "quantos danilos eu conhecia". as lágrimas iam caindo timidamente, e eu as ia secando com lenços de papel.

...

quando éramos crianças, quem cuidava dos gigantescos jardins do Opa e da Oma era o Generino (ou seria Jenerino?). que não só era jardineiro como tocava acordeão, nas festas da minha família inclusive. eu era muito pequena e não sei ao certo se isso seria um comportamento normal para um velho alemão ou uma extravagância. o fato é que, pelo que me lembro, tanto o Opa quanto a Oma tratavam com amor os empregados que eles tinham. e um dia o Generino casou-se, e nas fotos eu via um túnel feito de espadas. era o caminho da entrada da igreja até o altar. me diziam que era uma religião diferente. e como o noivo já não era novo, a noiva igualmente não era nova.

tem mãe que é megaperfeita

dois monges, Tanzan e Ekido, caminhavam numa estrada enlameada depois de uma forte chuva. perto de uma aldeia, eles encontraram uma moça que estava tendo dificuldade em atravessar a estrada por causa da lama. se ela continuasse, estragaria seu quimono de seda. sem titubear, Tanzan a pegou no colo e a carregou para o outro lado da estrada.

os monges prosseguiram na sua caminhada em silêncio. cinco horas depois, quando já estavam perto do templo onde passariam a noite, Ekido não conseguiu mais se conter.

— por que você carregou a moça para o outro lado da estrada? – perguntou. – nós, monges, não devemos fazer essas coisas.

— faz horas que coloquei aquela jovem no chão – respondeu Tanzan. – você ainda a está carregando?

(Eckhart Tolle, em *O Despertar de uma Nova Consciência*).

....

eu tinha saído para andar. coisa muito nova na minha vida, sair para andar quando não é supermegacedo. as crianças tinham ido pra casa do pai, e isso tinha sido meio demorado. ficaram esperando na calçada, com a bicicleta, o suporte para carregá-la mais os elásticos extensores, os patins e a patinete. e assim eles anunciaram ao pai, com sucesso, que IRIAM ao parque naquele domingo, depois de muitos e muitos anos de tentativas vãs.

mas estava eu andando nem tão cedo assim, sob um sol belíssimo, quando um grupo de mulheres passa por mim, às gargalhadas, e uma delas diz: "tem mãe que é megaperfeita". o comentário parecia não ter conotação negativa nem positiva. elas riam e falavam alegremente, e tive a impressão de que ELAS não se incluíam no grupo dessas megaperfeitas.

achei muito engraçado. fiquei pensando nas coisas que a tal da megaperfeita devia fazer para ser eleita como tal. tentei escutar mais da conversa, mas caminhávamos em direções opostas, e não as escutei mais.

como é besta a gente achar que uns fazem melhor do que a gente. mas elas não falavam isso de forma besta, e isso é encantador.

o comentário dessa mulher me fez pensar nas tantas coisas que a gente carrega pela vida, se cansando à toa, a ponto de nunca sermos megaperfeitos dentro do que é megaperfeito para NÓS mesmos. montes de cargas, de tenho que, de tarefas, de prazos, de exigências, de sorrisos sem vontade. tenho a impressão de que muitas vezes esquecemos o que é essencial pra gente e nos perdemos no meio do caminho. vamos inventando tarefas, coisas a comprar, dinheiros a ganhar, e nos perdemos. como a personagem de *Com Amor... da Idade da Razão*, que chega aos quarenta ganhando muito bem e vivendo uma vidinha de merda.

eu estava achando o máximo sair para andar quase na hora do almoço. e depois também achei o máximo ver um filme sozinha em casa ao meio-dia, e achei o máximo esquentar uma sopa que estava na geladeira. também adorei dormir à tarde e tomar banho não de manhã, mas quando o dia já estava acabando.

parece besta, mas às vezes é tãããão absurdamente difícil fazer as coisas de todos os dias de um jeito diferente. não só pra variar – "variety is the spice of life", disse Shakespeare, de acordo com a cultura vasta que o Daniel Piza, um amigo do meu ex-marido, tinha –, mas pra carregar menos peso mesmo.

e tenho me esforçado todos os dias, durante todas as horas, para lembrar disso. e fazer o que é essencial e importante para mim. deixando de lado os pesos inúteis. dá um trabalhão, mas é muito, muito divertido. parece que a cada coisa que deixo de lado – mas por que mesmo eu só podia andar e correr antes das oito??? – eu ganho uma medalha. daquelas que a gente ganhava quando era criança e levava pra casa cheio de orgulho e felicidade por ter feito algo legal. e onde se lia “honra ao mérito”.

acostumando-se e preenchendo-se

passamos a vida nos acostumando às coisas. podem ser grandes coisas ou pequenas, não importa. aí quando vêm as novidades, temos frio na barriga, medo de que não dê certo, um pouco de falta de sono. e então nos acostumamos à novidade, que vira rotina.

lembro quando saí de uma casa enorme para um apartamento enxuto. pensava que não ia caber no novo lar, que não teria como trabalhar com dois filhos pequenos sob o mesmo pequeno teto. coubemos, assim como coube o meu trabalho.

depois troquei um carro muito grande por outro bem menor. comprei um porta-bicicletas para carregá-las e, depois das primeiras reclamações e lágrimas quando armava tudo, me acostumei. agora prendo três bicicletas nele em menos de cinco minutos.

com o trabalho é a mesma coisa. nos acostumamos com o horário, as pessoas, o caminho para chegar ao escritório, as tarefas. e se mudar? e se for ruim? e se for horrível? se eu não tiver amigos?

e se formos falar de casamento, aí, sim, chegamos ao maior medo. acostumamo-nos a amar e a viver com uma pessoa, e depois nem pensamos mais no assunto. é um ponto final bem forte, sem possibilidade de virar uma vírgula, uma interrogação ou reticências. tudo porque mudar dá medo. e no amor, mais medo ainda. e estou falando de duas pessoas somente. quando há filhos, aí tudo fica maior ainda: o medo, a dor e a incapacidade de mudar de rumo.

...

fui buscar minha filha numa festinha. o bolo, exuberante, estava sobre um prato daqueles com cara de prato da casa. olhei para o bolo e perguntei para a dona da casa quem tinha feito. ela, uma mulher que trabalhou a vida inteira e que durante grande parte desse tempo teve duas empregadas, tinha feito o bolo. "ficamos a tarde toda de ontem preparando a festa", me contou, visivelmente orgulhosa. elogiei o bolo e perguntei se era a primeira vez que ela fazia um para o aniversário da filha. sim, era, me disse. até então, as empregadas davam conta do recado. mas ela resolveu parar de trabalhar porque, me disse, via cada vez menos os três filhos. mas, para poder parar de trabalhar, teve de parar de pagar as empregadas. resumo da ópera: ela está não só cuidando dos filhos como da casa também. eu disse a ela que festas feitas em casa têm alma, diferentemente das festas encomendadas. ela riu, acho que com alívio por eu entender o que ela dizia e sentia quando mostrava um sorriso feliz durante a nossa conversa.

...

ela veio morar no Brasil depois de muitos anos vivendo nos Estados Unidos. quando a conheci, ela parecia ainda estar se adaptando. um dia, numa viagem, ela conheceu um amigo de um amigo. nada de mais. ele veio visitá-la. nada de mais. e então foram para o casamento de um amigo em comum na Europa. ainda nada de mais. ela dizia algo como: "estamos nos vendo". um viajava para ver o outro – cada um morava em uma cidade – e então foram passar uns dias na Europa, mas não era nada de mais. como assim?, perguntei. ela ficou meio sem graça e acho que no outro dia ligou pra ele pra contar nossa conversa, que tinha acontecido numa bela praça, enquanto olhávamos o sol que se preparava para dormir. hoje soube que ela não acreditava que poderia conhecer alguém legal no Brasil. falávamos de como se educa filhos no Brasil, com excesso de zelo, e como depois viramos adultos calhordas, numa sociedade que aceita que filhos não saiam da casa dos pais mesmo quando já são adultos, e como crianças de classe média ou média alta não utilizam o transporte coletivo. mas eis que o amigo do amigo virou namorado, e ela nem acredita em como tudo mudou. demos risada quando vimos uma renda fabulosa e eu disse que queria me casar com um vestido de renda. pensei que ela seria uma noiva chiquérrima com um vestido feito com aquela renda delicada e maravilhosa. mas ela precisa se acostumar com tantas mudanças.

...

passamos a vida toda atrás de preenchimento. quero dizer que passamos a vida atrás de conforto – aquilo que sentimos quando abraçamos um amigo querido, quando beijamos um filho que ainda está dormindo, quando vemos uma paisagem bela, quando ouvimos ondas quebrando na areia, quando vemos o sol se pondo, quando nuvens ficam cor de rosa no amanhecer e enxergamos uma imagem pitoresca pelo retrovisor do carro, quando comemos um bolo delicioso, quando damos um beijo na boca.

o único problema são as possibilidades de desvio de rota. é quando achamos que um carro novo nos deixará felizes, quando pensamos numa casa maior para ter mais espaço, quando queremos comprar para nos divertir, quando convivemos com pessoas que não sabem dar um abraço quente, quando temos falta de ar e achamos que mudando a cor do cabelo vai passar, quando falamos sem parar para não ficar em silêncio e, pior dos mundos, quando não aguentamos a dor.

vamos nos acostumando a tudo para não deixar nenhum vazio tomar conta. esquecendo que só sentindo o vazio vamos conseguir sentir o cheio. haja coragem.

sem título

quando a gente mora longe da família, é assim: você sabe que alguém está morrendo por um telefonema. assim foi com a minha Nonna. depois com a minha Oma. e com a minha tia Ienete. e agora com a minha adorada tia Olinda.

nunca a chamei de tia. mais velha de sete filhos, a Olinda sempre foi muito, muito doce. eu era pequena e uma vez por ano, acho, íamos para Ijuí. Era uma longa, longuíssima jornada para nós, que éramos pequenos e não entendíamos nada sobre ir, porque só queríamos chegar.

meus pais deitavam o encosto – único – do banco de trás do carro e armavam uma cama para nós três. colocavam edredons e íamos dormindo. não lembro das malas. talvez fossem num bagageiro em cima do carro ou ao nosso lado.

passados dez minutos de estrada, começávamos: "paaaaaaai, falta muito?" o velho, que nunca foi a pessoa mais paciente do mundo, não gostava da pergunta. muitas vezes ele virava para trás aos gritos e dizia que não devíamos mais perguntar. afe!

lá em Ijuí, uma cidadezinha do interior do Rio Grande do Sul, encontrávamos todos os irmãos do meu pai, menos o tio Didi, que morava longe (e ainda mora). todos tinham filhos, menos a Olinda.

ela trabalhava no supermercado do meu tio Willy. e eu achava aquilo muito mágico: um tio ter um supermercado e a Olinda por ali, sempre pelos corredores, quando íamos fazer compras.

uma dia a Olinda brigou com o Zé, o marido dela. foi o maior bafafá. meu pai ajudou minha tia a comprar um carro – nem sei se a briga era por conta do carro ou o quê. no fim tudo ficou bem e a Olinda e o Zé foram vivendo seus dias felizes. hoje lembrei disso, enquanto dirigia. como os adultos são bobos ao contar tudo o que acontece uns para os outros. acaba vazando, transbordando, um monte de coisa besta.

a Olinda foi miss, acho que miss Ijuí, e isso sempre foi motivo de orgulho para todos. ela sempre foi uma mulher belíssima. quando foi envelhecendo, mantinha a força da beleza, o que é raro.

liguei para o meu pai há pouco e pedi a ele que trouxesse para mim um colar e um anel da Olinda. ele deu uma gargalhada, não sei por quê.

eu solucei hoje, bem baixinho. estava no escritório quando minha mãe me ligou e perguntou onde estava o meu filho. senti um nó na barriga e disse que ele estava na escola. então ela contou que a Olinda estava hospitalizada e que estava indo pro CTI. é muito elegante, porque a minha mãe sempre me avisa quando as pessoas estão partindo. aí dá tempo de rezar, meditar, chorar e me despedir em silêncio e à distância. "Eu sei que tu gostas dela", ela me disse.

esses dias sonhei com a Olinda, pensei em ligar para ela. mas com os compromissos infindáveis, acabei não ligando. mas eu tenho certeza, absoluta, de que ela tá vendo o meu rosto molhado. tenho certeza de que o céu está se preparando para recebê-la. e que ela está partindo em paz.

...

doze dias depois, minha bela tia morreu. eu estava esquisita, com a sensação de não estar em nenhum lugar. pensei que fosse por causa de uma reunião. então minha mãe, que sempre me dá as notícias, ligou.

a lua estava mui bela no céu.

devemos criar afetos, não desafetos

eu nunca tinha ido a uma defesa de tese – tenho de checar se é assim mesmo que se fala. mas dessa vez fui convidada e consegui desmarcar, adiar e cancelar compromissos para, às duas da tarde, chegar à USP e, depois de dar uma bela volta por uma grande e linda avenida, encontrar o prédio e, por fim, a sala 114.

não demorou para eu descobrir que uma defesa de tese é um evento longo. eu havia me programado para ficar na sala 114 por quase duas horas. mas aí soube que a conversa se alongaria até pelo menos as seis. me sentei muito perto da porta, para que a deselegante saída fosse quase imperceptível.

e então, quando todos os professores chegaram, a orientadora apresentou a doutoranda e os integrantes da banca e os trabalhos começaram. eu não olhei no relógio, mas a apresentação da tese deve ter durado pouco menos de uma hora. e foi muito legal.

a Dani fez uma análise de textos que tratavam de contaminação do solo publicados pela *Folha de S.Paulo* e pelo *Estadão*, de 1992 até 2007. e para quem, como eu, acha que teses dão sono, tive uma surpresa. o trabalho da Dani tem coração, é envolvente. além da análise dos fatos, trouxe dúvidas e sugestões. maravilhoso. qual é o papel da mídia? como jornalistas e cientistas podem se aproximar? como formar profissionais aptos a cobrir acidentes/catástrofes ambientais de forma equilibrada e não rasa feito um pires de cafezinho? o fato é que trabalhamos tanto que não sobra tempo para perguntar nem para responder. talvez por isso existam pessoas animadas que estudam e estudam e, assim, se aprofundam em questões importantes, mas esquecidas.

escorreguei porta afora quando o segundo integrante da banca ia começar a falar. não podia cancelar os compromissos do final da tarde. e além de lamentar minha ignorância, que me fez reservar tão pouco tempo para permanecer na sala 114, fiquei com a culpa da prevaricação.

como podia passar uma tarde sem acesso ao computador?

no final do dia, quando finalmente coloquei os pés em casa, liguei a máquina e a coloquei ao lado do meu prato de sopa. e comecei a jantar e trabalhar ao mesmo tempo! sabia que era bizarro, mas mesmo assim fui respondendo e-mails entre colheradas de sopa.

fui trabalhando e dando conta das outras tarefas por umas duas horas. coloquei meus filhos na cama, , resolvi duas questões por telefone, respondi mais e-mails. tudo ao mesmo tempo. mas os dias terminam. e os e-mails também.

para o meu alívio, hoje li um texto fabuloso sobre concentração e sua relação com produtividade, criatividade e, claro, felicidade. em A *Mágica de Fazer uma Coisa de Cada Vez*, Tony Schwartz dá dicas tipo "tire férias verdadeiras" e "não leia e-mails durante reuniões". parece tão óbvio que às vezes eu tenho vergonha de falar. mas foi ele que disse, ah ah ah. vale a pena ler o texto que, além de curto, é muito bom.

é engraçado como as ideias que parecem tão obsoletas são tão relevantes, úteis e verdadeiras. voltando à sala 114, eu fiquei muito impressionada ao escutar de uma professora que a tese da Dani "passava emoção". não sabia que a emoção fazia parte da academia. e talvez por isso sempre tenha achado assustadora a ideia de fazer outros cursos depois que terminei a minha graduação, o que aconteceu no século passado. e essa mesma professora citou a frase título deste texto, que ela tinha escutado de outra professora presente na banca, tempos atrás.

fiquei tocada ao ver minha amiga literalmente brilhando; fiquei horrorizada em trabalhar enquanto comia; e me dei conta de que é preciso ampliar os horizontes quando penso em trabalho. tenho de saber que trabalho não é só sentar na frente do computador – não sei de onde eu tirei essa ideia tão, tão pobre. ah, e tem mais uma lição: desligar celulares sem culpa. tenho muito trabalho pela frente.

siamo tutti bene

cada vez mais tenho certeza de que vale a pena viver o momento. isso quer dizer viver uma coisa de cada vez, fazer tudo devagar e não ter falta de ar.

e então, para colocar minhas teorias à prova, meus filhos reduziram as férias deles com o pai a cinco dias. sendo que nesses cinco dias – seis, na verdade, contando o dia que eles passaram na estrada para voltar pra casa –, me ligaram muitas vezes, ora chorando, ora perguntando: "mãe, quando você vem nos buscar?" ou seja, uma tortura. tentei reduzir as ligações a uma por dia e, no primeiro dia do acordo, eles perguntaram se podiam me ligar não só de manhã, mas à tarde também.

voltaram e ficamos mui felizes. eu não acreditava que eles estavam trocando banhos de mar por um sofá velho da nossa sala, mas essa foi a escolha deles.

é engraçado quando tudo o que você organizou deixa de fazer sentido. eu trabalhando muito, as crianças de férias em casa, a empregada de férias na Bahia. o que fazer? trabalhar, cozinhar e, eventualmente, subornar as crianças para que se comportem. ofereci cinco reais pra cada um – quantia a ser paga no final do dia, claro – caso passassem o dia sem brigar e sem chamar pela mãe treze vezes a cada cinco minutos. na verdade acabei economizando dez reais, porque exatamente no dia do acordo a avó os convidou para passar o dia na casa dela.

aliás, quando os planos vão pro ralo, surgem sempre coisas novas. e o grande presente destas férias de pouco menos de sessenta dias, acho que cinquenta e oito dias, e que ainda não terminaram, foram os dias passados na casa da avó.

tenho a impressão de que o mês de janeiro teve trezentos e oitenta e sete dias. faz só uma semana que as crianças voltaram das férias encurtadas. e me parece que estou trabalhando em casa enquanto as crianças veem TV há muitos meses.

liguei para marcar hora no acupunturista e uma gravação atendeu. “clínica dr. Kong. de 15 a 29 não trabalha. dia 30, trabalha. desculpe.” fiquei comovida com a gravação. tão simples, tão direta, no português precário do médico chinês cujas mãos são de um anjo. meu corpo todo dói e o caminhão que passou por mim foi na verdade um trem com vários vagões. trabalho, filhos, prazos, almoços a serem feitos, medo de não dar certo, reunião com filha no colo, casa suja. e muita, muita alegria. parece esquizofrênico, mas não é.

conseguir cuidar dos filhos da gente dá muita alegria. parece uma coisa idiota, mas quem cuida do filho sabe o que é isso.

amanhã a doce Nalva volta ao trabalho, depois de longas férias. as dela, claro, que começaram antes do Natal e vão terminar nos últimos dias de janeiro. ela me ligou da Bahia. perguntei se estavam bem e ela, com a fala mansa, disse: "mais ou menos". os filhos dela pegaram catapora e eles não puderam embarcar para voltar na data combinada. como não recebi nenhum telefonema depois desse, creio que o embarque, adiado para ontem, foi possível.

uma coisa de cada vez. se ela não vier amanhã, faremos o almoço enquanto termino o relatório de um banco cujo prazo é meia-noite. estou ensinando as crianças a cozinhar. e amanhã a aula de culinária será sobre como fazer arroz e carne de panela.

deus esteja.

faça disso o seu nirvana

ela conta a história sempre com bom humor, mas com um pouco de incredulidade também. a mãe dela foi fazer faculdade quando já tinha tido as filhas. então levava todas (três) a tiracolo. tinha uma creche na faculdade justamente para essas alunas que eram mães. mas antes de a creche existir, e tomara que minha memória esteja me ajudando neste momento, a Nísia levava as meninas pra faculdade e as deixava na lanchonete, enquanto ia assistir à aula.

...

cheguei ao escritório com as duas mãos ocupadas. numa segurava uma mão do José, noutra segurava uma mão da Lívia. com a empregada de férias, arranjei uma substituta que, depois de um dia de trabalho, adoeceu. ela chegou à minha casa e quando fui dar bom dia ela começou a chorar, colocou uma mão sobre o estômago e começou a se retorcer. disse que fosse ao médico e depois que fosse pra casa descansar. "mas você não vai ficar brava comigo?" não, eu não ia ficar brava. nessas horas a gente não fica brava: fica furiosa ou desesperada.

as crianças adoraram. mas eu tinha uma reunião. então experimentei participar de uma reunião com uma criança de seis anos sentada no meu colo e me fazendo perguntas durante sessenta porcento do tempo.

como tudo passa, a reunião acabou. então encontro o José cruzando o escritório atrás de uma régua. régua em mãos, o guri começa a rastejar pelo chão perto de uns armários, para onde minha filha provavelmente tinha deixado rolar uma bolinha de metal de um joguinho desses que se compra em qualquer Free Shop a caminho de Nova York ou Tóquio. ele não encontrou a bolinha, e eu morri de vergonha de entregar a caixinha do jogo assim, capenga, para o Estevam, dono da agência.

para conseguir finalizar poucas tarefas antes de partir, dei um celular para cada filho. e enquanto eu respondia uns e-mails e resolvia umas coisas rápidas, ouvia os barulhos insuportáveis dos enlouquecedores joguinhos que VIERAM nos meus celulares, sem eu nunca ter pedido nem baixado nem comprado.

num ato de coragem e determinação, desliguei meu computador, pedi desculpas aos colegas pelo barulho, peguei nas mãozinhas das crianças e parti.

...

pouco antes da minha partida, o Guto olhou pra mim e disse que lembrava das vezes em que foi com a mãe dele, professora, à faculdade. o ambiente era mais *trash*, disse ele. tentei respirar com alívio, mas não consegui. é *trash* levar filhos pro trabalho. mas pelo menos muitos e muitos já fizeram isso!

...

daqui a dois dias o pai dos meus filhos vai voar do Rio até São Paulo para buscá-los para as férias com o pai. todo ano é assim. dos sessenta dias de férias escolares, eles passam quinze com o pai. mas, surpresa!, este ano eles não querem ir. ponto.

num primeiro momento isso significa que eu vou provar a minha sanidade pra mim mesma em quinze dias. trabalhando, sem empregada e com dois filhos de férias em casa.

aprendi que a intuição é melhor do que o conhecimento, do que a praticidade, do que o desespero. então não fiz nada ainda. na hora de agir a gente sempre sabe o que fazer.

amanhã iremos ao parque de bicicleta, os três. hoje andamos de bicicleta no pátio do prédio e as crianças riam e diziam: "que legal nós todos juntos", "que legal nossa família andando de bicicleta". eu ouvia e pensava: meu deus!, e os quase vinte dias de férias que acabei de tirar com eles na casa dos avós? eles falavam como se eu NUNCA estivesse estado com eles nos últimos quinhentos e oitenta e sete dias!

...

olho pra parede tomada de quadros com fotos da nossa família e respiro feliz. temos vivido uma vida muito plena. nem sempre feliz, mas sempre verdadeira. e isso, me parece, é o que importa. vivemos de verdade. lágrimas. terei força. como diz a Adriana, o peso da carga é o que conseguimos (e temos de) carregar.

voltamos

o silêncio reina. escuto o barulho do vento, uns galhos de árvores que se mexem e uns carros que passam não muito perto.

voltamos das minhas curtas férias. fomos passar as festas de dezembro lá na bela e verde Porto Alegre. as férias do José e da Lívia chegaram à metade, eu volto à labuta amanhã. eles ainda descansam em casa por uns dias e depois irão ao Rio de Janeiro e à Ubatuba. e ainda descansarão outros dias em casa até a volta às aulas.

fomos pro Sul nos despedir da linda e singela casa de praia que os meus pais construíram trinta e dois anos atrás. eles decidiram vendê-la e nós fomos, felizes da vida, pro último veraneio em Xangri-lá. sim, este é o nome da praia, antes uma prainha, agora uma praia de gente bem rica, ou bem metida a rica, com casas grandes, cercas, alarmes e quetais. e veraneio é como a gente chama o período que passamos na praia. o "a gente" se refere aos gaúchos.

e pronto. foi só chegar pro último veraneio que eu enxerguei tudo com outros olhos. achei tudo uma delícia. o vento, a chuva, o frio. depois o sol, o céu de um azul sensacional, o mar com suas algas marrons e fedorentas e ondas fortes e deliciosas (na verdade eu sempre achei tudo isso uma delícia e, por isso, passei muitos e muitos fins de semana na casa da praia com meu ex-marido. e, depois que as crianças nasceram, passamos lá todas as férias possíveis).

tiramos fotos de todos os tipos de flores do jardim, jogamos futebol e críquete. deitei e dormi na rede e deixei meus filhos comerem toneladas de sorvete. ainda não sei quantos quilos eles ganharam, mas eles estão com as bochechas redondas feito bolas de futebol. meus pais contrataram a Maria para fazer comida pra gente, o que significa pão quentinho no café da manhã, peixes assados no almoço, bolinhos fritos com açúcar e canela à tarde e saladas e pastéis à noite.

na hora de irmos embora, meu filho se sentou em uma das camas do quarto onde estávamos e começou a chorar. foi o único. enquanto ele chorava com vigor, eu chorei discretamente. dei a ele minha câmera e disse que fotografasse toda a casa. ele saiu andando e tirou muitas fotos. eu ainda pensei em dar a volta naquele imenso terreno antes de entrar no carro, mas achei que ia chorar feito uma louca e quis me poupar disso. até porque a casa não era minha e fiquei um pouco constrangida com a minha tristeza. toda vez que minha mãe pedia ao meu pai para vender a casa, eu dizia que as crianças – todas, que são cinco na família – amavam passar as férias ali. mesmo em períodos diferentes. porque nunca demos conta de reunir a família com tranquilidade.

fomos e voltamos felizes. meus filhos não sabem que estou chorando. ai meu deus, parece tão exagerado e brega escrever isso. pelo menos estou chorando longe de todos.

tenho horror de fazer planos. mas vou achar uma praia pra termos belas férias, o José, a Lica e eu, no ano que vem.

por ora pensarei nos dias que passaremos em São Paulo juntos. serão sete. mas eu vou trabalhar e eles ficarão em casa, vendo TV, sem a mãe enchendo o saco. depois disso, terei minhas férias de mãe. é quando brinco de mulher solteira sem filhos e caminho de manhã cedo, trabalho muitas horas no escritório e ainda cozinho à noite.

...

tudo pode ser bom. se estivermos com os olhos abertos e o coração atento.

os muito casados e os nem tão casados

eu não os conhecia. estávamos na casa de uma amiga e ela disse que uns amigos chegariam. demos uma geral no ambiente, afinal o almoço tinha começado no fim da manhã e já era fim de tarde. vamos arrumar a casa pra eles não acharem que estão chegando no fim da festa, ela disse, enquanto ajeitava cadeiras, almofadas, copos.

estávamos todos sentados ao redor da mesa. quando eles chegaram, sentaram-se conosco. conversamos e conversamos e o mais incrível é que cada pessoa falava e todos escutavam. eram assuntos legais, interessantes, como se todos nós ali nos conhecêssemos havia muito tempo e sempre tivéssemos conversado daquele jeito.

aí me dei conta de que estava na frente de um casal de verdade. ou, como tentei definir hoje à tarde, quando pensei neles, um casal muito casado. não sei se faz sentido na língua portuguesa, mas parece fazer sentido nesse contexto.

eles pareciam ser casados há muito tempo. davam sinais de uma intimidade que costuma vir com o tempo. aquela intimidade que dispensa palavras e aceita os longos silêncios.

depois de muita conversa, me dei conta de que eles tinham coisas admiráveis:

- eram amigos da mesma mulher e tinham gratidão por essa amizade (e nenhum ciúme);

- riam do lado B do outro, sem ridicularizar nem expor vergonhosamente o parceiro. eram comentários verdadeiros, mas delicados, isentos e quase sutis;

- tinham novos amigos. é admirável ver pessoas que conseguem fazer novas amizades, e verdadeiras, aos quarenta, aos cinquenta, sessenta;

- cada um dava a sua opinião com profundidade, que o outro escutava com silêncio e respeito;

- pareciam felizes, plenos, serenos;

- não demonstravam nenhum sinal de histeria, tampouco de rancor.

...

pausa para eu respirar. meu deus. e assim, desde domingo, sei que existem dois tipos de casamento: os muito casados e os nem tão casados.

...

existem pessoas muito inspiradoras, pessoas muito belas, pessoas muito boas. é uma dádiva encontrá-las. fiquei pensando em como é bom quando somos muito casados. quando casamos e nosso coração vai junto e carregamos o respeito e a admiração.

...

acabaram as minhas palavras.

o homem com o saco de pão

depois de anos me culpando pela falta de tempo para práticas esportivas, este ano comecei a andar quando dá. isso quer dizer uma vez por semana, duas vezes por semana ou uma vez a cada sessenta dias.

o lugar onde fica a praça é mui lindo, mui limpo, mui asséptico. acho que isso é mania de gente rica. de manhã cedo há serviçais lavando calçadas, outros lavando carros e outros passeando com os cachorros. o perfume das flores nesta época do ano é maravilhoso, assim como são as flores. um tronco de árvore estava tomado, de cima a baixo, de orquídeas floridas. tinha flores brancas, flores amarelas, flores cor-de-rosa. ah, esqueci de falar dos guardinhas. são muitos, tantos que eu até fico confusa e nunca lembro pra quais eu já dei bom dia.

bem, eis que estaciona um carro ao lado da praça. um carro que chamou a minha atenção por ser um carro comum. não era preto, não era novo, não era um SUV. dele saiu um homem que também chamou a minha atenção. tinha a aparência de um homem comum: não usava terno, não estava com o motorista ao lado dele, não tinha cara de almofadinha. ele saiu do carro carregando um saco de papel daqueles de padaria.

eu imediatamente tive certeza de que se tratava de um homem que sabia das coisas boas da vida. e por isso tinha comprado um pãozinho e estava chegando à bela praça para tomar seu café da manhã escutando a sinfonia dos passarinhos.

claro que eu não vi se dentro do saco tinha pão, nem vi se o homem se sentou nalgum banco. mas saí andando com a leveza que as coisas boas e simples da vida nos dão. e lembrei do taxista que esses dias me disse, assim que entrei no carro, que não gostava de trabalhar.

era um senhor com cabelos completamente brancos e de corpo bem magro. acho que nem era verdade que não gostava de trabalhar, mas talvez fosse uma mentira a que ele já estivesse acostumado a contar havia anos.

ele me disse que tinha o táxi fazia trinta anos. trabalhava o dia todo no táxi fazia vinte, desde que, aos cinquenta e três anos de idade, havia sido demitido. mas ele contava tudo com tanta leveza que era difícil acreditar nas reclamações.

o meu dia estava chatíssimo e eu estava adorando dar gargalhadas com aquele senhor. ele errou o caminho e eu achei ótimo. ia demorar uns minutos a mais para chegar a outro compromisso chato.

nisso ele me diz: eu tenho cinco diretrizes na vida. a palavra "diretrizes" é reproduzida para ser fiel ao que saiu da boca do homem. e ele os enumerou – e eu rapidamente me pus a anotar, porque tinha certeza de que dali sairia coisa boa. ei-las:

- dormir de seis a oito horas

- comer a metade

- tomar no mínimo um litro de água por dia – dois litros, se possível

- não deixar para fazer amanhã o que deve ser feito hoje, - nem fazer hoje o que deve ser feito amanhã

- sorrir bastante, de você mesmo, de uma briga, sozinho, alto

isso você já faz, né?, me disse, quando falou a última diretriz da lista. eu desci do carro às gargalhadas.

de repente, a cama

lá vou eu escrevendo, na minha velocidade estonteante. bem, aqui, na minha cama, é o único lugar em que consigo seguir lenta. e por isso, uau!, adoeci. não por isso, mas para isso.

...

foi bem singelo e bem rápido. dia útil entre um domingo e um feriado, eu trabalhando feito uma mula jovem. de repente, começo a bater queixo. me encho de roupa de lã, coloco meus pequenos filhos na cama e vou dormir às seis da tarde, morrendo de frio. duas bolsas de água quente, trocentos cobertores e frio. e assim passei três longos e doces dias: na cama, ora suando, ora tremendo de frio. meus filhos pacientemente iam me visitar na cama, porque doía sair dela.

aí eu fiquei pensando em como não devo fazer planos, não devo fazer tantas listas, não devo desejar tantas coisas. trabalhei pouco – trabalho com pessoas gentis e delicadas que não me incomodaram e ainda fizeram o que eu não conseguia fazer.

...

ela falava do tempo. deu uma bela definição, que nem dela era, mas de um professor cuja palestra ela havia assistido. qual a diferença entre perder tempo e aproveitar o tempo? aha! e então ela nos explicou: a gente PERDE tempo quando não está presente no que está fazendo. quando estamos viajando na maionese, pensando no que poderemos estar fazendo no ano que vem, sem olhar para o que está de fato acontecendo agora. e a gente GANHA tempo quando está inteiro, olhando e enxergando o que está acontecendo.

...

foram dias tristes. meu mestre sempre me diz que a tristeza é o sentimento que conecta, que nos liga direto ao coração. é engraçado como a vida para quando a gente tá de cama. as horas têm outra duração, as urgências desaparecem, o relógio nem faz sentido. eu dormi de dia e de noite. sonhava e sonhava e acordava muitas vezes, muito suada. de tanto sonhar e de tanto cobertor por cima de mim.

...

parece exagero, mas senti tudo muito diferente quando saí da cama. o tudo, claro, sou eu. fiquei sentindo e pensando em como é bom não dar importância. talvez importância não seja a palavra. o que quero dizer é que quando saí da cama senti uma leveza. acho que deixei num sonho ou foi-se com o meu suor um peso que eu andava carregando havia alguns anos. o peso do eu-tenho-que. quando a gente fica de cama, a gente não *tem que* nada. não tem que comer, não quem que beber, não tem que ver e-mails, não tem que ir ao supermercado.

...

aí sobraram três peras e diversos limões e o José disse que queria comer abacaxi. sugeri pera, mas ele não gosta mais de pera – crianças odeiam a monotonia, por isso todo dia deixam de gostar de algo. nesse dia a pera foi a eleita. eu tinha dez reais. sugeri que ele fosse ao supermercado comprar um abacaxi. mas ele achou pouco. então a Lívia e o José começaram a procurar a carteira da Lívia e, pouco depois, eles aparecem com duas notas de vinte reais. ótimo. tínhamos cinquenta reais. o José fez uma lista e partiu com uma mochila vazia nas costas. eu queria ser uma mosca pra ter visto o figurinha empurrando o carrinho no supermercado e escolhendo maçãs, abacaxi, bananas, pêssegos e ameixas. além de duas embalagens com filés. ele chegou em casa com cara de vitorioso, descarregou as compras e se pôs a devorar as frutas. depois eu o ensinei a fritar o bife. como é fácil!, ele disse, e eu pensei que o meu esforço não estava sendo em vão.

...

eu fiquei boa. e lenta. me sinto tonta e a cabeça anda doída. mas estou me movendo devagar. afinal, foi pra isso que bati queixo, morri de frio e depois morri de calor. continuo destemperada, com mais roupa do que o necessário e com mais calor do que o normal quando vou dormir e ao acordar. nessas horas é bom ficar quietinha, porque sempre tem um anjo assoprando algo. e se a gente não está quieto, não dá pra escutar. vou torcer pra que ele assopre frases gentis.

o trabalho, o serrote, a força

eu pensei que ter uma furadeira seria a representação máxima da testosterona entre os meus pertences. mas eu estava enganada. ontem investi em um serrote e em algo que eu chamaria de serrinha, mas que deve ter outro nome.

bem, vamos aos fatos. uma das 14.753 atividades escolares do meu filho este ano é fazer uma casinha. qualquer casinha, com qualquer material, de qualquer tamanho, desde que sobre uma base de madeira. o tamanho da base de madeira é 70 cm por 50 cm, aproximadamente.

"filho, vamos pensar no projeto da casa. como você quer fazê-la?" a pergunta deve ter sido feita uma dúzia de vezes, até ele me responder: "quero fazer um castelo com cinco andares".

eu tenho de ter bons motivos para desmaiar. não foi dessa vez. então a minha pergunta mudou e eu sugeri um castelo TÉRREO. dois andares, ele disse. meu desespero consistia em tentar fazer meu filho entender que na vida fazemos o possível. e o possível nem sempre é o que QUEREMOS fazer, mas o que PODEMOS fazer.

peguei um caderno, olhei pro José e disse: este é o caderno do projeto da casa. ah ah ah. eu pegava o caderno, abria, dizia: "vamos escrever as coisas que o castelo terá", e ele nem respondia. um dia, ele escreveu numa das páginas em branco: campo de futebol, salão de festas, quarto de hóspedes, quarto das crianças, quarto dos empregados, banheiro das crianças, banheiro dos hóspedes, banheiro dos empregados e mais umas dez peças. mais uma vez, eu não desmaiei. um dia conseguimos fazer um desenho sobre a madeira que será a base do trabalho. o pai dele estava conosco na escola num fim de semana e quando voltamos pra São Paulo disse para ele subir ao nosso apartamento e ajudar na concepção da casa que seria um castelo.

peças definidas – um quarto, um banheiro, uma sala, uma cozinha e talvez um espaço para os cavalos –, fui atrás das madeiras para levantar a obra. ah, duas torres e uma ponte levadiça estariam na parte da frente.

anotei as medidas num papel e fui à marcenaria da escola conversar com o Flaviano, o gentil marceneiro. ele me contou, rindo, que já tinha passado por isso. TRÊS filhos já tinham feito o terceiro ano na escola. suspirei aliviada, passei minhas anotações pra ele e, no dia combinado, fui pegar tudo. ele tinha colocado os pregos, indicado os locais onde deveria usar cola, uma beleza. fiquei com vergonha, perguntei quanto devia, ele deu uma risada, aí entendi que ele tinha trabalhado muiiiiiito para executar o que eu teria feito em casa se fosse um homem. no outro dia fui à marcenaria e entreguei a ele um envelope com o valor que eu achava que pagava a execução de uma tarefa que, sem ele, não teria sido executada.

há uma semana o José olhou pra casa/castelo e disse: "quero outro castelo. este está com cara de casa". minha barriga começou a doer. e eu expliquei que podíamos pensar em REFORMAR o que tínhamos. ele chorou, gritou e minha barriga doeu mais ainda.

rabisquei outras torres, outras paredes e fui à marcenaria da escola pedir ao Flaviano outro castelo. ele ria com um pouco de ironia. sim, eu devia estar com cara de louca. e ainda por cima umas lágrimas escorreram pelas minhas bochechas quando terminei de explicar a ele o que eu queria. "é duro criar filhos sozinha" minha boca disse, sem eu tê-la autorizado.

combinamos a data da entrega e ontem fui buscar a sacola com as torres e as paredes do novo castelo. mas quando abro minha linda sacola de feira colorida vejo que há menos pedaços de madeira do que oito paredes de torres e quatro de castelo. mais lágrimas correram pelas minhas bochechas e eu me encostei numa mureta da escola e fiquei pensando: "meu deus que dureza, e se essa casa não der certo?"

sorte que eu tinha um ensaio para cantar músicas de Natal no teatro de fim de ano do jardim de infância da minha filha.

...

depois de cantar, fui pra casa pegar as crianças para levá-las a uma festa de aniversário. uma festa de aniversário de verdade, com crianças pulando felizes, colchonetes floridos sobre a grama, pessoas gentis e amorosas. mas ANTES fomos comprar um serrote, uma serrinha, um pincel, duas latas de tinta para madeira e lixas.

hoje de manhã serramos, lixamos, martelamos e pensamos. o José queria destruir tudo e começar tudo de novo. "não quero medir nada, mãe, vamos fazendo", me disse ele, com uma coragem assustadora. expliquei que podíamos medir e marcar com um lápis, para serrarmos as partes certas.

cada vez que eu usava o serrote, eu suava e meu braço tremia um pouco. claro, eu sabia que não era uma questão de força, mas de jeito, e eu ia dizendo pro José: "filho, temos de aprender a fazer isso, pra não usar tanta força". não aprendemos, mas fizemos.

amanhã pedirei ao Flaviano mais uns pedacinhos de madeira, cujas medidas já anotei. O José parece estar felicíssimo. e parece entender agora que, quando fazemos o melhor que podemos, estamos sendo bons.

onde é a próxima estação?

olho pra minha cama e vejo uma bolsinha de plástico transparente cheia de Pollys e roupinhas e sapatinhos e tal. dois telefones, um deles desligado. o telefone sem fio da minha casa. pastas para arquivar e as pastas para as reuniões de amanhã.

olho pra minha mesa de trabalho e vejo a minúscula pilha de papeizinhos meus – entre eles, a história do Natal e da coroa de advento –, minhas flores coloridas de feltro, o celular sem chip que meu filho ganhou do meu pai para jogar e uma pilha de uns quinze centímetros de papéis que eu ia arrumar, mas não arrumei. ah, e um tubarão Lego ou Playmobil me olha sem nenhuma doçura.

olho pro chão e acho um laço de plástico *pink*, menor que a unha do meu dedo mindinho, que é pra prender o cabelo das Pollys.

há pouco conversava com um cliente sobre como aprovar um trabalho. ele disse que estava exausto e eu sugeri que retomássemos a conversa amanhã. ele queria decidir tudo hoje. para o trem que eu quero descer, falei. ao que ele respondeu: só preciso saber onde é a próxima estação. claro que não reproduzo *ipsis litteris* o que conversamos, porque nesse horário meus neurônios de vovozinha já foram dormir. mas achei a ideia ótima: na verdade, não é preciso que o trem pare para eu descer, porque a viagem é divertida.

mas é preciso que eu desça na próxima estação só pra descansar um pouco. tomar um banho de mar, comer uma boa comida, nadar um pouco e depois voltar.

...

rezo todos os dias para aceitar o que vem e para buscar o que quero. tomara que eu sempre tenha a coragem de estar só para estar feliz. se é pra ser, que seja inteiro. tenho horror a migalhas e de mais ou menos. ou é bom, ou não é. *punto i basta*, como dizia a Giusi, minha professora de italiano.

...

e que deus nos proteja, pelamor.

sobre tristezas e alegrias

ela me disse que tinha tido o dia dos pais mais feliz da vida dela e também o mais triste. lágrimas jorravam dos meus olhos e eu escrevi pra ela pra dizer que eu também tinha tido um dia dos pais triste e feliz.

...

as fotos fotografam a minha tristeza. ela disse que eu devo guardar os momentos belos. mas acho que os perdi. preciso olhar fotos para ver que fui feliz. para ver minha alegria, que anda bem escondida.

...

ela escreveu: "Foi mto bom vc ter vindo, seus filhos estão lindos e educados, vc, encantadora como sempre, amei meus presentes!" no dia dos pais dei pra ela um presente lindo, que eu ganhei no dia das mães. uma forma de bolo em forma de rosa, que nunca funcionou comigo.

...

o velho tava com a voz estranha. me disse que era de emoção. eu acreditei. mandamos um CD fabuloso e agora as crianças entram no carro e falam: "queremos escutar Renato Russo".

...

"você pisca, eu amoleço", escreveu ele. nem lembrava disso.

a primeira vez

eu sempre ouvia de amigas casadas e com filhos que eu, pelo menos, tinha folgas. claro que nesse raciocínio minhas amigas não incluíam a carga dobrada que mães que criam filhos sozinhas têm. acordam sozinhas, fazem o café da manhã sozinhas, levam o filho pra escola buscam da escola e arrumam o almoço e coordenam as atividades fora da escola e dão o jantar e colocam as crianças na cama todos os dias.

escrevo enquanto meu filho dança enrolado na toalha, todo molhado, e minha filha me pergunta como se escreve Patrícia.

mas voltando às folgas sobre as quais eu falava, não há mais folgas. primeiro, minha filha disse que não iria passar fins de semana na casa do pai. depois, meu filho falou o mesmo.

eu acho que mulheres desenvolvem dispositivos chamados vou-dar-conta depois que dão à luz. sem esses dispositivos, jamais seríamos capazes de dar conta do recado.

neste momento os pequenos selvagens gritam e se jogam contra o sofá. a vida sem açúcar seria, definitivamente, mais calma. eles comeram *cookies* que fizemos à tarde e estão em ebulição, literalmente.

teríamos um feriado enorme. meu filho iria viajar e desistiu nos quarenta e seis minutos do segundo tempo. leia uma hora, mais ou menos, antes de o pai dele o buscar.

fiz uma listona das coisas a fazer antes de viajar. sim, as férias da família começam daqui a uma semana.

primeiro, uma aula de ioga de mães com filhos. fizemos ao ar livre, sobre a grama, olhando as árvores da mata. depois vimos pontinhos brilhantes no ar, que aprendi que é prana, a energia do ar ou a energia, simplesmente? por fim conheci um templo budista. fiquei pensando em como é legal fazer coisas pela primeira vez. ver coisas que eu nunca tinha visto.

fomos ao centro da cidade de ônibus e andamos por calçadas imundas até acharmos uma loja incrível numa galeria antiga. tudo do século passado, mas não do fim do século, e sim da metade, pelo menos. depois me perdi pelas ruas do centro e entrei em três trens do metrô e num ônibus até chegar em casa. exausta, de tanto andar.

os caras se animaram para ir a um museu amanhã. desses que são legais pra todo mundo, pelamordedeus, porque meus filhos odeiam programas de adulto e eu odeio programas de criança. precisamos de meios-termos, de equilíbrio.

estamos nos preparando para a maior aventura de todas. uma grande viagem a lugares desconhecidos para os meus filhos, um longo passeio de dezenove dias com mar e sertão, comidas novas, frutas jamais vistas e meu medo de ficar preocupada em vez de curtir.

fico pensando em como é legal escolher fazer coisas novas. pode ser desde andar por uma rua perto de casa por onde nunca havia passado até partir de férias com meus filhos acreditando que todos teremos energia para subir morros fantásticos e quebrar caranguejos com o martelinho. e tudo o que vem junto.

neste momento eles se cansaram, graças a deus. para as próximas férias, terei coragem de levar quatro crianças, não só duas. não é pra parecer mãe de Aldeia SOS. é bem menos nobre. é pra que meus filhos brinquem sem brigar. cada um com um amigo. vou começar a pensar nisso assim que voltar pra cidade cinza.

a cozinha e o coração

o dia tinha começado triste. tem dias que são assim. aí você pode achar um horror ou ficar quieta e ver o que acontece. eu costumo achar um horror. odeio chorar antes das dez.

mas eu acordei e muito cedo estávamos chorando, meu filho e eu. ele chorou muito e eu fiquei quieta, tentando ser uma estátua por fora, para ver o que acontecia por dentro. e então chorei com ele, porque vamos combinar que tem tristezas que devem ser compartilhadas.

não brigamos, não gritamos. eu estava tentando entender o que ele queria dizer com as palavras que saíam da boca dele dançando polca. quando entendi, chorei e babei com ele. literalmente.

quando as lágrimas secaram, o frio passou. e nós ficamos o dia todo em casa. fizemos almoço, pão integral, *cookies* de chocolate e brigadeiro. na verdade, passamos o sábado todo na cozinha.

no outro dia, estávamos nos preparando para ir ao parque quando meu pequeno filho me perguntou se eu estava gostando do fim de semana. você acha que está melhor do que no sítio?, perguntou ele. tínhamos sido convidados para ir ao sítio da Júlia, e ele, o José, pediu para não ir. depois fomos convidados para irmos dormir no sítio do Felipe e da Flávia, mas eu estava exausta e quente e não queria ir pra estrada à noite, onde seria escuro, frio e solitário. é engraçado quando respostas saem da boca da gente SEM passar pela cabeça. eu disse a ele que adoraria ter ido pro sítio, mas, como não tínhamos ido, eu tinha ficado feliz.

ele ficou feliz de ouvir minha resposta.

e pra fechar o fim de semana, eu ganhei um compadre. o José escolheu um dindo, já que o posto estava vago. e agora tenho mais um compadre! mas o melhor de tudo é que ele tem um dindo que vai me ajudar nas cousas de menino que eu tento dar conta, mas não dou – sim, mães são meninas, por mais mães solteiras que sejam. e que venham muitas viagens à praia, jogos de futebol, idas ao parque, chimarrão, jogos de futebol na TV, idas ao estádio, partidas de pingue-pongue, banhos na piscina térmica, churrascos, passeios de bicicleta, jogos de vôlei na praia e tudo mais que meninos gostam de fazer!

devagar, menina

não há nada como um dia após o outro, diria a minha avó. mas não há nada como um ano após o outro. eu adoro ficar mais velha. a-d-o-r-o. e hoje eu descobri, mais uma vez, por quê.

uma das habilidades que todas as pessoas podem desenvolver depois de procriar é a flexibilidade. eu não estou falando de cancelar um compromisso ou marcar algo de última hora. estou falando de mudar COMPLETAMENTE o seu dia porque um filho adoeceu – exemplo *light*.

hoje eu não fui nadar. em vez de mergulhar na piscina quentinha às sete, nessa hora eu estava chegando à escola das crianças. meu filho pediu para levá-lo até a classe. *houston, we have a problem*. por milagre, não chegamos atrasados. ninguém queria sair da cama e meu filho, em vez de fazer um desenho para o amigo com quem ele havia brigado de forma medieval no dia anterior, ficou lendo o caderno de esportes da *Folha de S.Paulo*. *lovely*.

chegamos. os meus pequenos herdeiros foram para suas respectivas salas, eu tomei um cafezinho e parti. cheguei em casa em inacreditáveis trinta minutos, pegando o caminho que costuma ser megaparado. a intuição vai funcionando mais com o passar dos anos e com o surgimento acelerado de cabelos brancos.

tudo isso pra dizer que eu não estava tensa com o possível atraso na escola nem com as trocentas tarefas que eu tinha de realizar hoje. peguei a estrada para voltar pra casa e, descontando meus pensamentos homicidas que tomam minha mente toda vez que vejo mais de oito motoqueiros por segundo buzinando histericamente, vim dirigindo bem feliz. mas minha felicidade teve uma pausa quando meu celular tocou e a irmã da doce Nalva disse que ela, a Nalva, podia estar com dengue.

cheguei em casa e brinquei de ah-como-é-bom-morar-em-paris. digo Paris porque não falo francês, mas acho o suprassumo do charme falar francês e, bem, acho que na França as pessoas comuns como eu não têm serviçais. lembrei da Renata, que mora na terra do Tio Sam, adora e não tem empregada. e rala.

em outros inacreditáveis trinta minutos arrumei as camas, dobrei as roupas e pijamas jogados, guardei sapatos, coloquei roupas para lavar, soquei as toalhas na secadora, recolhi os lixos seco e comum, limpei as mesas da sala e da cozinha, guardei a louça que havia lavado ontem, tirei a mesa, lavei a louça e, suando, sentei aqui onde estou sentada novamente agora e comecei a trabalhar, esbaforida, mas sem ódio.

esqueci de contar que esfreguei violentamente a panela em que ontem muito arroz havia queimado. a doce Nalva estava passando muito mal e, pelamordedeus, queimar o arroz era o mínimo que podia acontecer. enquanto eu esfregava a panela que tinha ficado de molho por umas vinte horas e tinha ido pro fogo com água e sabão de coco – achei que isso poderia fazer a creca preta soltar –, fiquei pensando na tal da sustentabilidade. e lembrei quando uma colega de trabalho escreveu sobre sustentabilidade e a relacionou com a criação de filhos. ela tem conhecimento de causa: tem quatro filhos. e estudou sobre o tema. fez faculdade, especialização, pós e mestrado. o que ela escreveu: a maternidade é o mais importante aprendizado sobre sustentabilidade.

o ponto é esse. hoje pensei muito nas minhas amigas que reclamam dos afazeres. muitas têm duas empregadas e um marido. eu acho um luxo. morro de inveja – mesmo lendo os textos da Danuza Leão, que me lembram que reclamar é besta e que o melhor é agradecer o que temos. salve o Krishnamurti e o Eckhart Tolle! mas o luxo não reduz a carga dos afazeres nem ensina a gente a andar devagar. para isso, é preciso beber noutra fonte.

trabalhei à tarde com dois filhos gritando no meu ouvido. eu tento explicar que é um privilégio poder trabalhar em casa. mas pra eles privilégio é jogar futebol, coisa que fizemos hoje, sob um vento gélido e dando muita risada, jogo da velha e comer pipoca à tarde. o resto é o resto.

eles queriam dormir na casa do pai, mas o pai disse que não dava. não sei por que, nem quero saber. meu filho ligou para saber e me disse que a irmãzinha deles (dos meus filhos) ficaria sob os cuidados de uns amigos e que, por isso, ele e a irmã não podiam ir dormir no pai. minha filha chorou, disse que o pai era um cocô de algum animal, e eu chorei com ela. a mochila ela tinha arrumado quando chegou da escola, para ir dormir fora de casa.

contei lindas histórias e eles dormiram. eu adoro sentir a doçura da vida e ver que meus filhos também veem a beleza, a delícia, o amor, o preenchimento. mesmo com o vazio, que é sempre insuportável.

amanhã vamos tomar café na padaria. e eu vou brincar que moro em Paris. de novo.

boas, médias e más notícias

é engraçado como tudo é relativo.

todos os dias eu rezo e agradeço e penso que vou tentar ser legal, justa, decente. e bem humorada. mas nem sempre é possível.

os dias de mães que moram com filhos pequenos em São Paulo e trabalham o dia inteiro são dias corridos. então, como todo dia, saí da cama cedo. não às cinco, mas às cinco e quinze. pronto, a correria começou mais ou menos às cinco e dezoito, quando fui até a cozinha preparar o café da manhã e arrumar as lancheiras do José e da Lívia. fui pulando de um lado pro outro, pra dar tempo de tomar banho antes de chamá-los. mau sinal. pular antes das dez é coisa pra gente louca.

tudo deu supercerto. a Lívia reclamou, voltou pra cama vestida, não tomou café da manhã e foi pra escola feliz da vida no carro do Zé Maria, que os leva alguns dias da semana e é um pai adorável. eu cheguei ao trabalho às sete da madrugada bem feliz. dei conta das tarefas da lista de afazeres antes de a reunião com cliente e fornecedor começar, às nove.

reunião, telefonema de outro cliente, diálogos que fariam o Woody Allen se ajoelhar de tanto rir – não, não era cômico, era patético, eu explicando no telefone por que não poderia sair de uma reunião e chegar à outra – e um telefonema pra casa para dizer que era bom levar as capas de chuva das crianças na hora de buscá-las. hoje mamãe não podia chegar à escola a tempo, papai me explica que tem XPTO no braço e não pode dirigir. a santa Nalva os buscaria.

bem, resumo da ópera: a Nalva ficou doente e veio com meus filhos aos trancos e barrancos. eu cheguei para almoçar em casa e eles não tinham chegado. arrumei a mesa, eles chegaram, eu disse para a Nalva deitar e se cobrir com muitas cobertas.

hum, almoço delicioso e eu pensando meu-deus-o-que-faço-com-a-nalva-passando-mal-e-meu-filho? Lívia tinha dentista e fono, puta que o pariu, por que eu marquei DUAS CONSULTAS em UMA tarde? tentativas de otimização.

liguei pra casa do pai das crianças e pedi à santa Neide se eu podia levar o José para passar a tarde lá, sim-claro-que-pode-tita, ela me respondeu. dinheiro para o táxi, tchau Nalva, deixo um no pai e levo outro ao dentista, depois à fono, depois busco o outro no pai e volto pra casa.

encher banheira, preparar jantar, ó meu deus, as louças do almoço estão empilhadas na pia, ó-sim-a-nalva-estava-passando-muito-mal-e-eu-disse-vai-embora-depois-eu-lavo-a-louça.

a banheira enche, as crianças brincam na sala, a água ferve na panela, eu lavo a louça e... o celular toca e eu não atendo. mas o telefone toca e o José atende.

é a professora, mãe, ele diz. me dá o telefone, sai da cozinha e fecha a porta. merda.

ele te contou?, a doce Marta pergunta. tento lembrar de algum relato do dia, mas não lembro de nada. "não", respondo.

outro resumo da ópera: blá-blá-blá e quinta o José não irá à escola. uau!, eu penso, e começo a chorar. a Lívia grita da banheira, eu digo que tenho de desligar, estou sozinha com as crianças, tchau.

bem, na classe do José, quando há brigas, as crianças não vão à escola no outro dia e, em casa, preparam algo para a classe, que pode ser um desenho, um bolo. mas como amanhã é o aniversário de um amigo querido, o José terá o privilégio de só não ir à escola na quinta. e na quinta eu viajo às seis e quarenta e cinco para um treinamento no interior. delícia.

ele liga pro pai, pede para EU contar o que aconteceu, chora e vai dormir sem jantar, exausto e muito triste.

eu choro, termino de lavar a louça, coloco a Lica na cama e venho trabalhar. e lembro que esqueci de escrever o melhor do dia: hoje soube que passarei a trabalhar em casa. *home office*, como o mundo corporativo gosta de dizer.

salve salve. tem sempre as boas notícias, as médias e as más. concentrar-me-ei nas boas, pelamordedeus.

je m'apelle tita cornichon

eu andava pensando nos pepinos. meu pai sempre diz que "pepino depois de grande não endireita". ele fala com gosto, de uma forma mui elegante, quando quer espinafrar um sujeito que não presta.

e eu, que não posso espinafrar todos os que acho que merecem ser espinafrados, estava me sentindo uma empepinada. não sei se a palavra existe. mas com minha postura fina de moça que trabalha demais e anda com os ombros curvados, uma coisa horrorosa, disse que não me chamaria mais Tita Berton, mas Tita Cucumber. ao que escuto "Tita Cornichon é melhor".

por que será que qualquer palavra em francês é mais bonita, mais forte, mais doce aos ouvidos?

"je m'apelle Tita Cornichon", eu fiquei repetindo. "enchanté", ele disse. fui dormir gargalhando e acordei rindo. e agora, com os ombros travados – pepinos, muitos pepinos –, ainda me divirto.

fiquei pensando que Tita Cornichon pode ser o nome da minha empresa. ninguém vai saber o que significa, só as pessoas que falam francês, e essas nem acharão bizarro. sim, porque ninguém vai saber por que é Tita Cornichon.

"allow yourself to be happy", estava escrito no e-mail. eu fiquei transtornada, com falta de ar, tonta, triste e fraca. je m'apelle Tita Cornichon, mas será que quem enche minhas vinte e quatro horas diárias de pepinos sou eu???

Tita Cornichon vai esperar. porque na dúvida nunca devemos fazer nenhuma ultrapassagem. vou esperar, mas acho que vou mudar. tirar os pepinos. e substituí-los por o que mesmo?

"je ne sais pas".

o mundo mais que imperfeito

queria ter um dos meus violões agora, pra tocar e cantar. mas não tenho nenhum. vou colocar na lista de compras. um violãozinho lindo que eu ganhei aos oito anos, eu troquei por um tapete feito de lã de ovelha. o outro quebrou e eu não mandei consertar e o doei assim, quebrado. agora faz falta, depois de quase dez anos.

cheguei em casa há pouco, depois de trabalhar muitíssimo. e, surpresa!, as criaturas estavam acordadas! e a criatura que é paga para cuidar deles, mas não para educá-los, me olhava com sua doce cara de baiana sossegada, cara esta que não tem nada de sossegada quando as criaturas em questão são os filhos dela. aí ela vira bicho.

mas os filhos eram os meus e não os dela. então eu disse tchau-você-pode-ir-embora e perguntei pro José se ele tinha feito a lição. não, não tinha. assim como não tinha ido à natação. minha filha tinha dormido à tarde, coisa que não deve acontecer senão a guria não dorme à noite.

mas como eu tenho ficado muito, muito brava por muito menos, nem me irritei. levei as criaturas pro quarto. elas se deitaram e eu disse boa noite. você-pode-contar-uma-história?, ele pediu. eu disse que não. trocentos palavrões ontem e hoje e eu não aguento ser doce quando estou magoada.

fiquei sozinha na sala, no escuro, e pensei puta-merda-porque-é-tão-fácil-ser-tão-imperfeito?

fui fazer cafuné nas criaturas e elas dormiram. me sinto exausta. me sinto só.

adoro muito vc

era pra ser mais um daqueles dias ordinários. ela acordou quando o despertador tocou e foi pra cozinha, no escuro, preparar o café da manhã e as lancheiras das crianças. e então sentiu as lágrimas quentes que escorriam pelas suas bochechas.

o lusco-fusco iluminava a cozinha. espaços entre as nuvens no céu a fizeram pensar que o dia poderia ser ensolarado.

ela fez o que tinha de fazer na cozinha, depois tomou banho e se vestiu. usou uma blusa que comprou numa liquidação – mas por que liquidações são tão irresistíveis?, pensou – e que ficou maravilhosa. quando estava tudo pronto, era a hora de chamar as crianças.

a doçura é tão importante quanto a paciência para uma vida decente. ela andava pensando muito nisso nos últimos dias. e com essa ideia na cabeça foi, no escuro, acordar os pequenos. o dia estava preparando muitas surpresas para ela, mas como ela ia saber?

as crianças acordaram num bom humor inacreditável. depois de vestidas, tomaram café da manhã alegremente. saíram correndo de casa e, quando passaram pelo porteiro, ela grunhiu um bom-dia-estamos-atrasados, e ele respondeu é,-dá-pra-perceber. ao que ela pensou mas-por-que-não-falei--com-ele-com-mais-doçura?

dirigiu com pressa e chegaram à casa da Helô cedo. crianças embarcadas no carro, ela deu tchau para os filhos dela e para os filhos da Helô.

dirigiu até o trabalho e, quando chegou, disse ao manobrista hoje-o-dia-vai-ser-longo-vou-a-são-bernardo-e-depois-pra--cotia-e-jandira.

subiu os cinco andares pelas escadas pensando mas-pra-que--contar-o-dia-pro-manobrista?

conseguiu se concentrar, editar um texto, tomar um café, responder e-mails, arranjar carona pra filha voltar da escola. foi pra são bernardo. o motorista não se perdeu e chegaram cedo. o treinamento foi bom. voltaram pra São Paulo e ela almoçou num lugar calmo onde a comida parecia ter sido feita com calma. conversou calmamente com a Patrícia, colega de trabalho, jovem e inteligente.

voltaram pro escritório, ela falou merda, deu risada, pensou meu-deus-respira-fundo-pra-terminar-o-que-você-precisa-fazer-antes-de-ir-pra-cotia e ganhou um pacote de erva-mate. a

Alessandra, outra colega de trabalho, tinha ido de São Paulo a Florianópolis de carro e tinha comprado um presentinho interesseiro. ela pensou que fosse um presente pequeno, mas era um presente enorme: o que é melhor do que ganhar um presente de alguém que vai viajar e lembra de você?

mas ela também chorou. quando o Beto sentou ao lado dela e disse me-sentei-aqui-para-dizer-que-me-solidarizo-com-você. o Beto, que senta mais ou menos atrás dela, tem dois filhos, como ela, mas é casado. divide com a mulher levar e buscar as crianças da escola. disse pra ela se-pra-mim-é-difícil-imagino-pra-você. ela chorou porque ficou emocionada. ela sempre fica emocionada quando alguém fala com o coração.

e então ela se foi pra Cotia, pegar a filha. no meio do caminho o telefone tocou. a Ana Maria, que também é uma colega querida, precisava de um número de telefone. "estou na estrada", ela disse pra Ana, que respondeu: "que delícia, pra onde você tá indo?" ela gargalhou e disse que estava indo buscar a filha na casa de uma amiga em Cotia. e as duas gargalharam no telefone, muito. depois ela ligou pra Helô e combinaram que a Helô levaria o filho dela pra São Paulo. isso queria dizer que ela ia dirigir uns vinte quilômetros a menos do que tinha planejado.

no caminho de volta a São Paulo foi pensando na gentileza. hoje era um dia em que ela não tinha como buscar a filha na escola. a Danusa, mãe da Manô, disse quer-que-eu-pegue-a-sua-filha? quando ela disse eu-não-tenho-como-vir-pra-escola-na-sexta. como é bom contar com anjos na vida da gente. ela respirou aliviada.

a estrada andava, parava, andava, e ela ia feliz, olhando de vez em quando a filha pelo espelho retrovisor. ela chegou em casa e pegou a filha no colo e cobriu a cabecinha dela com um casaco porque estava chovendo. a Helô disse que traria o filho dela até em casa, por isso ela não precisaria chamar um táxi para trazê-lo.

agora estão todos em casa. ela teve de abrir o computador pra terminar o trabalho, interrompido às três e meia da tarde, e viu a seguinte mensagem: ADORO MUITO VC. e pensou: existem os dias que são mais que perfeitos.

sobre intimidade, febre e dor de barriga

fui acordá-la de manhã cedo e ela, ao abrir os olhos, olhou pra mim e começou a chorar, com aquela boca linda, que fica enorme quando ela chora com mágoa.

coloquei a mão na testa dela. estava fervendo. pronto. simples assim. a isso eu chamo de intimidade. mãe conhece o filho e assim fica fácil perceber quando tem alguma coisa diferente.

resumo da ópera: fui dar um rolê no pronto-socorro pela primeira vez desde que virei mãe, quase nove anos atrás. lembro de uma vez ter levado um motoqueiro para o pronto-socorro. o cara tinha se acidentado na nossa frente e eu e meu marido colocamos o motoqueiro no carro e o levamos, ele sangrando e dizendo que estava tudo bem.

mas desta vez foi diferente. ninguém sangrava e eu estava com dor de barriga, frio na barriga, embrulho na barriga.

liguei pro plano de saúde pra saber pra onde levaria minha filha. e fomos, ela perguntando por que eu estava fungando e dizendo categoricamente que não permitiria nenhuma agulha espetada no corpo dela. e eu sem jeito pra dizer que não íamos ao pediatra, mas ao hospital e que sim, ela mui possivelmente teria uma agulha espetada. eu só não sabia em que parte do corpo.

depois da consulta, ela ganhou um pirulito de chocolate e me perguntou o que significava a etiqueta com a data no pirulito. expliquei que aquilo era a data de validade e ela ficou radiante. minutos depois eu compreendi o motivo: ela tinha entendido que teria de comer pirulitos de chocolate até o dia 11 de junho. fabuloso, não?

no caminho pra casa, eu aliviada porque a médica havia nos poupado do exame com a agulha, dizendo que os sintomas da Lívia não eram de meningite, um telefonema da escola. meu filho queria falar comigo, disse a moça cujo nome não lembro, porque ela é nova na escola. menos mal, porque quando é a enfermeira que liga, eu sei que meu filho não quer falar comigo, mas sei que tenho de ir buscá-lo. bem, mas eu tinha de ir buscá-lo, mesmo não tendo falado com a doce Catarina. ele me dizia, com voz moribunda, que estava com torcicolo.

lá vou eu.

com o carro cheio, volto pra casa. tralalá. uma doente, outro carente. e uma tentativa de mãe concentrada e dedicada, trabalhando em casa, cuidando dos filhos e ligando pro pediatra conforme a febre aumentava e a dor na nuca não ia embora.

fiquei me lembrando da minha arrogância quando digo que fico sossegada com filho doente. fico, mas fico com dor de barriga, vontade de roer unhas – coisa que eu não sei como fazer, mas que tenho vontade –, vontade de fumar um cigarro e tomar um uísque. aguento, mas fico rezando, rezando para ter paciência e medindo a temperatura quando minha mão toca na testa quente de quase 39 graus.

senti um cansaço, uma falta de vontade de rir, e fiquei pensando em por que as mães ficam tão cansadas. mas talvez eu devesse pensar um pouco diferente: a pergunta deveria ser por que as mães não admitem e simplesmente FICAM cansadas? será porque assistimos a muitos episódios da mulher-maravilha quando éramos pequenas?

o voo das ideias

eu estava saindo do prédio, feliz da vida, e o vejo na calçada. aceno, e ele retribui. muito simpáticos, nós dois.

ele não tem filhos. o dia que fiz essa pergunta pra ele escutei um ahahah antes da resposta. é claro que ele não tinha filhos. o cara sai para andar todos os dias, tem sempre cara de feliz, viaja horrores, parece trabalhar o suficiente e definitivamente não tem cara de quem cuida de alguém além dele próprio.

voltando à minha saída do prédio, ele estava de calção de corrida, boné e com a sua habitual cara de a-vida-é-bela. eu tinha minha bolsa pendurada num dos braços, mais uma sacola de pano vazia, e nas mãos levava as chaves do carro e da casa, meu celular, um papel com os itens a serem comprados no supermercado, um agasalho – eu poderia ir ao cinema e odeio morrer de frio por causa de ar-condicionado. e bufava.

olhei o frescor do meu vizinho e morri de inveja. eram dez horas. ele devia ter saído da cama meia hora antes dos nossos acenos recíprocos. mas eu tinha acordado às cinco e meia, acho. meus filhos jamais sentem sono aos sábados e domingos – sono é coisa para se sentir de segunda à sexta, e isso deve ser uma informação genética que está presente em todas as crianças do mundo. tínhamos ido à padaria tomar café da manhã, porque o pão que deveria ter sido feito em casa na sexta não existia. e café da manhã sem pão não é café da manhã, penso eu, que não como pão. depois de muito comer, voltamos para casa, mui contentes, os três. então eu arrumei a mochila das crianças, meu filho ligou para o pai para dizer que ele já podia vir buscá-los e nós nos sentamos no jardim do prédio para esperá-lo. depois eu andei até a adorável Teodoro Sampaio para fazer compras rápidas, como sabonetes e shampoos.

voltei pra casa, descarreguei a bolsa de pano, olhei minha lista de afazeres e então desci para a garagem. foi então que encontrei o simpático vizinho.

putaqueopariu.

muitas coisas aconteceram depois do aceno. fui cortar os cabelos, o dr. Kong quase me quebrou com sua massagem absolutamente maravilhosa, tirei uma soneca para me recuperar da semana medieval, comi moqueca de camarão e troquei as fraldas da marianinha, para matar a saudade, comprei um macacão e um cafta numa liquidação e finalmente me sentei para tomar uma cerveja sossegada, num pé sujo cujo serviço é lamentável, mas onde encontro meus amigos de coração.

quando voltei pra casa, sem carro, vim andando a passos de tartaruga. minha amiga ficou boquiaberta quando contei a ela. era uma noite perfumada, incrivelmente perfumada. e eu ia andando e olhando e sentindo aqueles perfumes de flores maravilhosos e pensando em como adoro morar em São Paulo.

peguei agora o papel da lista das compras do supermercado de sábado. nesse papel eu tinha escrito sobre o perfume das flores e sobre o aceno feliz do Carlos, o-homem-que-parece-não-ter-problemas.

ainda bem que eu escrevo. senão as ideias saem voando e eu nunca mais as encontro.

as alegrias de dezembro

é engraçado como o mês de dezembro pode virar uma tristeza, em vez de alegria. basta uma falta de atenção e pronto, tá feito o estrago.

os dias ficam mais quentes e deliciosos. os filhos entram em férias escolares. e entra em férias escolares o despertador também. uns dias de folga, mesmo que poucos, estão garantidos, afinal, Natal e réveillon são festas respeitadas e comemoradas por muitos. as reuniões também fazem parte desses últimos trinta e um dias do ano: amigos, colegas de trabalho, pessoas que não encontramos durante o ano, mas que queremos ver antes de o ano acabar. e, finalmente, os encontros familiares. que podem ser uma alegria, se houver espaço para senti-la.

mas por que será que todas essas coisas podem ser mui facilmente esquecidas? porque olhamos pra fora e esquecemos de olhar pra dentro. saímos feito loucos de carro pela cidade para comprar. não só presentes, mas lembrancinhas, panetones para os empregados do prédio, caixas de bombons para os professores, o tal do amigo-secreto que virou mico-secreto de tão odiado. e presentes para todos da família, crianças inclusive.

existem, contudo, algumas pessoas que ficam olhando a roda girar, mas não entram nela. essas pessoas NÃO ficam tontas no mês de dezembro, NÃO gastam todo o dinheiro que têm, NÃO falam mal das comemorações, NÃO fazem promessas bestas e impossíveis de ser cumpridas. NÃO reclamam da vida NEM bufam.

a prova disso são os adoráveis bolinhos cor de rosa que eu ganhei de uma amiga. ela me ligou para dizer que queria me ver. não perguntou quando eu poderia sair, aonde poderíamos jantar. ela sabe que eu moro com meus dois filhos e que saídas à noite exigem programação e boa vontade. eu disse que tinha um vinho em casa e que poderíamos tomar uma sopa. super sem graça, eu pensei depois de fazer a sugestão, mas também super sem estresse.

ela aparece na minha casa com uma sacola de pano pendurada no ombro. “trouxe uns mimos”, disse. ela tira de dentro da sacola dois potes. num, bolinhos recheados e cobertos com goiabada. noutro, bolinhos em forma de flor recheados com goiabada e polvilhados com açúcar. ela tinha ido pra cozinha à tarde e feito o lindo presente.

não, ela não é casada. não, ela não tem filhos. não, ela não paga plano de saúde, escola, empregada, motorista, natação, pediatra. não, ela não acorda às cinco. mas e quem disse que pra ser feliz é preciso "fazer menos do que a gente?" ela fez bolinhos com goiabada não porque não tem filhos, mas porque GOSTA de fazer bolinhos com goiabada. como é difícil tirar os pensamentos das estúpidas caixinhas em que os colocamos.

o fim de um ano pode trazer alegria. não porque ano que vem vai ser diferente, porque ano que vem vai ser igual. *sorry, sorry love*. mas fico feliz, felicíssima, ao pensar que dá para viver pensando que um dia vem atrás do outro. e ponto. e pensar que um ano pode ser tempo suficiente para aprendermos a dizer não – e sim também – com doçura e determinação. para aprender a esperar menos e enxergar mais. aprender a dar conta da vida sem sofrer. e a agradecer as coisas que não acontecem. isso também é um presente da vida.

sobre um porto seguro

ela era uma mulher belíssima. quando a conheci, fiquei boquiaberta. linda, divertida, inteligente, charmosa. eu achava que ela namorava meu amigo. mas eles não namoravam. ela tinha um namorado e ele, meu amigo, era o outro. o amante.

mas eles andavam tanto juntos que eu tinha certeza de que era uma cousa mais séria. mas um dia tudo terminou. e ele assim me explicou: ela tinha dito pra ele que o namorado dela era o porto seguro. apesar de ela gostar muito dele, "o outro". ao que ele disse: "então vá pra puta que o pariu".

acho que não foram essas as palavras usadas por ele, mas foi assim que ele me contou o caso. vários anos se passaram, ele está casado – com outra mulher –, tem um filho, e a que tinha o namorado como um porto seguro parece que também se casou e teve três filhos.

toda essa história me veio à cabeça hoje, que é o meu dia de ficar horas no trânsito. fiquei pensando em como é desconfortável a sensação de estar pisando em ovos e era assim que eu estava me sentindo hoje de manhã. onde estava o meu porto seguro?

lembrei de quando tinha menos de dezoito anos e morava na casa dos meus pais. todos na casa tinham ido viajar e eu tinha ficado em Porto Alegre. meu namorado dormiu lá e, quando eu acordei, eu estava sozinha. ele tinha deixado um bilhete. ao ler a mensagem eu não senti um vazio dentro de mim. eu senti um rombo, uma cratera.

é engraçado como é difícil conviver com as crateras que temos dentro da gente. por isso tentamos colocar o vazio pra fora. queremos direcionar os vazios, como se alguém pudesse preenchê-los. se tivermos azar suficiente, encontramos alguém para ser o nosso porto seguro e começamos a acreditar que esta pessoa pode nos dar segurança e nos fazer ter certeza de que estamos pisando em terra firme, não em ovos.

mas que horror. por que será que a coragem nos falta bem na hora em que devemos saber que os buracos de dentro serão sempre buracos, ora parcialmente preenchidos, ora esvaziados? e que isso não tem a ver com ninguém além da gente?

num surto meu-deus-eu-nem-sabia-que-existiam-vazios eu comi. parei de fumar os adoráveis Marlboros (uau!, eu não sou mais viciada nem fedida!) e comi. agora não tenho mais o cheiro horroroso dos cigarros, mas posso ser confundida com uma grávida que está no final da gestação. ah ah ah. eu tô brincando. seria o meio da gestação, lá pelos cinco meses. ah ah ah de novo.

pois eu vou me concentrar e rezar e meditar pra não pensar num porto seguro. pelamordedeus. era só o que faltava.

quando eu achar que estiver pisando em ovos, vou andar bem, mas bem devagarzinho. e quando o chão me parecer mais firme, vou sair correndo.

a doce visita

fazia um ano que não nos víamos. ele chegou na hora em que eu tinha de levar os meus filhos e os filhos da Roberta pra escola. estava louca pra encontrá-lo, mas fui pro trabalho. ligava pra minha casa de quinze em quinze minutos, mas ninguém atendia. eu tinha deixado a chave na portaria.

só fui encontrá-lo quando voltei pra casa. eram quase sete da noite.

é engraçado como a distância é abstrata. meu irmão mora nos Estados Unidos há mais de três anos e só nos vimos duas vezes desde então. uma vez ano passado, quando ele veio com a Leila e as gurias passar as férias na bananaland, e agora.

meus filhos foram passar o feriado na casa do pai. eu tinha de trabalhar um pouco no feriado e o Paulo tinha de estudar para o concurso que ele está prestando esta semana. a cobaia era eu: ele me deu aulas sobre dramaturgos e eu ia dando palpites leigos sobre as aulas dele, muitas delas cheias de informação e nenhuma emoção.

ele queria ir ao teatro. eu queria ir ao cinema. eu sugeri um acordo, mas ele queria que fôssemos ao cinema e depois ao teatro durante os três dias. mas eu não aguento.

fomos ao cinema e ao teatro e, no terceiro dia, meus filhos ficaram com saudades e pediram ao pai que os trouxesse de volta pra casa. eles devem ter sentido o cheiro de felicidade e quiseram participar.

eu bebi muito vinho, dei risadas o dia inteiro e fiquei tão feliz que parecia que eu pesava o que uma pena pesa. o Paulo dormiu até as dez e não acreditou. disse que fazia mais de dez anos que não dormia tanto.

férias são sempre boas, mesmo quando não são. o Paulo veio para o Brasil, mas a Leila e as gurias ficaram em casa, lá na terra do Obama. ele sente muita saudade e parece que sofre. a Leila, minha cunhada, também.

a gente ligava todos os dias pros Estados Unidos e pra Porto Alegre, onde estavam os meus pais e a minha irmã. como se ligando pra todo mundo nós estivéssemos todos juntos.

eu moro longe de todos eles há muito tempo. toda vez que os encontro fico muito, muito feliz. mesmo quando é chato.

eu falei coisas engraçadas pro Paulo. no nosso primeiro jantar juntos, pedi desculpas por pegar as folhas de alface com a mão. disse que estava muito contente de jantar com ele porque eu sempre janto sozinha.

domingo, quando ele estava arrumando a mala e vendo o que ia deixar dentro do meu armário – porque ele volta pra minha casa daqui a uma semana, para então voltar pras terras longínquas onde faz um doutorado –, eu disse que achava engraçado estar deitada na minha cama e conversando com ele. porque nunca fico deitada na cama conversando. porque durmo sozinha.

ele dava risada com os meus comentários. não sei se ele entendia o que eu estava dizendo, porque ele é casado há muito tempo. mas, se não entendia, acho que ele sentia o que eu estava dizendo.

eu acho que ele pode passar no concurso. ele não acha. e só de pensar nisso fico feliz. de pensar que o meu irmão pode morar perto de onde eu moro e que as crianças podem passar férias juntas. claro que não é tão simples assim, porque quando estamos com filhos eu e o Paulo brigamos muito. eu fico mais chata, ele também. não conheço ninguém que não perca a compostura quando está com os filhos. faz parte.

e enquanto os dias passam, fico torcendo pra que ele se dê bem nas provas, mesmo sabendo que se ele passar ele não consegue a vaga, porque tem de voltar pro Colorado e terminar o doutorado dele.

daqui a três dias ele volta pra minha casa, que vai ficar cheia de alegria. a Lívia, que não lembrava do tio, passa o dia dizendo "ô, Paulo", como se tivesse visto meu irmão todos os dias desde que nasceu, cinco anos atrás. e o José dá gargalhadas sonoras e felizes com as barbaridades que o meu irmão fala o tempo todo. e então ele pergunta: "tu prefere um tio lento ou um tio demente?", e o guri cai na gargalhada e diz "demente".

se tem uma coisa que ele NÃO é, é demente. mas como ele passa representando o tempo todo, o José acha que isso é ser demente.

compraremos mamão, artigo de luxo lá naquele país onde ele mora, e bons vinhos. e vamos comemorar por poucas horas a distância inexistente. depois vem a distância concreta, que eu chamo de abstrata. e que me faz chorar de saudades.

sobre solteiros(as), homens e samambaias

"as únicas pessoas que querem casar são os homens e as pessoas solteiras", ela disse. eu estava num dia surto e não parava de dizer que estou encalhada. troço chato, mas que acontece. e ela veio com essa.

ela é casada, muito bem casada. mas nunca dá pra saber das vidas alheias. às vezes nem sabemos das nossas próprias vidas, então como saber das dos outros?

mas o comentário, *and I am so sorry*, foi bizarro.

casamento é bom quando é bom. ponto.

...

eu e o meu primeiro marido tínhamos frases maravilhosas sobre casamento quando nos casamos. a que eu mais gostava, que ele dizia, era que ele não queria estar casado com alguém com quem não tivesse o que conversar. ele sempre citava o exemplo, tão bobo e lugar-comum, da cena do casal num restaurante em que um olha pro outro com cara de samambaia. a samambaia é ideia minha, porque faz muitos anos que ouvi as frases dele e agora não lembro a palavra que ele usava. eu soube que os meus dois casamentos tinham chegado ao fim quando me senti uma samambaia na frente do homem que eu amava. plantas não falam. e quando não dá mais pra falar é porque o casamento terminou.

a outra barbaridade, que é maravilhosa, é chamar o marido de pai. ele dizia que isso era o fim. não tivemos filhos para colocar à prova a nossa teoria. mas acho que provei quando casei com o pai dos meus filhos. nunca, jamais, o chamei de pai. ufa!

a ideia de casar com alguém que eu um dia chamaria de pai sempre me assustou. é o horror dos horrores. pai é o pai da gente ou o homem que criou a gente (muitas crianças chamam o padrasto de pai, quando ele vira o pai de verdade, mesmo não sendo o pai de sangue). não consigo pensar em ter tesão por alguém que eu chamo de pai.

...

fiquei pensando em como a gente consegue levar coisas insuportáveis durante mais tempo do que seria aceitável. empregos horrorosos, casamentos chatos, amigos que não são amigos, hábitos medonhos. e pensei em como é difícil ter uma vida em que NUNCA somos uma samambaia. aos mais jovens que eu, uma explicação: quando eu era criança, as casas eram enfeitadas com dezenas de samambaias, que eram colocadas nos jardins, nas salas de estar e nas de jantar. em vasos no chão ou dependurados em ganchos, nas paredes ou nos tetos. era um *must*. ah ah ah.

...

sou uma velhinha. sempre fui. uma vez duas amigas super-hiper-descoladas me convidaram para ir a um bar. eu devia ter dezesseis ou dezessete anos. foi uma experiência assustadora. elas não íam a um bar para sentar e conversar, mas para circular e ver se havia rapazes interessantes. achei aquilo enfadonho e fui pra casa infeliz.

na minha condição de louca que reclama do encalhe – graças a deus isso não é todo dia, só em dias de surto –, escuto frases abomináveis. a mais legal de todas é: "você tem que sair". eu não sei o que as pessoas que dizem isso querem dizer. como eu me nego a ter uma empregada que durma na minha casa, isso pode ser um 'impulso, algo tipo já que você não tem uma empregada que more na sua casa, você nunca vai conhecer um belo rapaz. mas a minha resposta sai rápido da minha boca: eu saio, e muito.

tentei encontrar um exemplo equivalente ao raciocínio infeliz: alguém sai de casa para procurar um amigo? não que eu conheça. o mesmo acontece com conhecer rapazes. pelamordedeus. amores cachos amigos acontecem. não os procuramos, mas sim os encontramos.

o bolo de fubá, o suco de laranja e o jantar

nada como ficar velho. "aos noventa e dois anos, as minhas preocupações são: se vai ter bolo de fubá no café da manhã, se o suco de laranja tem gelo ou não [eu não posso com gelo] e o que vai ter para jantar. só isso." a frase eu reproduzo da coluna da Mônica Bergamo. diz a coluna: "de Antonio Candido, um dos principais nomes da crítica literária, sobre a polêmica distribuição dos *royalties* do petróleo entre Estados e a União".

o dia tinha começado chato. e terminou chatíssimo. sem graça mesmo. mas essa frase sensacional, que eu li bem cedo de manhã, me fez pensar em como deve ser maravilhoso ser velho e ter problemas reais, não imaginários. morri de inveja de quem é velho e sábio.

...

as minhas gargalhadas devem ter acordado o meu filho. era tarde da noite ontem quando eu conversava com uma amiga. falávamos das durezas da vida, de como ficamos doentes para aprender a viver direito. enquanto ela ia me contando coisas verdadeiramente tristes, eu dava gargalhadas pelo modo sábio que ela dá conta de tudo. ela me contou da triste morte do cachorro, que teve de ser sacrificado por causa de um tumor gigantesco no cérebro. falamos de dinheiro, principalmente da falta dele. e de outros assuntos impublicáveis. no meio da conversa, meu filho me chamou e voltou a dormir.

fui dormir com a doce sensação de ser uma pessoa feliz, mesmo louca nesse desemprego que parece não ter fim.

hoje de manhã, enquanto terminava um trabalho pequeno, cujo prazo está chegando ao fim, fiquei emocionada com outra amiga, que com uma coragem absurda deu o pé na bunda do marido. a coragem não foi dar o pé, claro. mas fazer isso enquanto a linda barriga dela cresce, com um menino dentro. o raciocínio dela, me diz, foi simples assim: entre ficar casada e não ser cuidada e ficar sozinha, ela escolheu a segunda opção. e assim ela vai vivendo um dia depois do outro, cuidando dos dois lindos filhos que tem e se preparando para a chegada do terceiro.

...

como ia ser bom se amanhã eu pensasse em três coisas somente: no bolo de fubá do café da manhã, no suco de laranja com ou sem gelo (com, por favor!) e no que vou comer no jantar.

a vida pode ser bela, muito bela

a cunhada de uma amiga chamava de show de horrores o fim do dia, quando os três filhos chegavam da escola. banho, jantar e cama. é duro, mas é real.

...

vou desenvolver um botão, que poderá ser acoplado a qualquer criança. o botão só poderá ser acionado por mães durante ataques de descontrol (das mães, óbvio). vai ter três opções:

nível 1 – meus filhos ficarão doces e nenhum vai espancar o irmão nível 2 – meus filhos vão me obedecer porque mamãe chegou do trabalho e está exausta

nível 3 – meus filhos vão dormir, porque está na hora*

...

a motorista dos meus filhos parou no farol e, quando um daqueles insuportáveis vendedores de bala passou pelo carro dela, a Lívia pediu pra ela comprar balas. a Luli, uma pessoa adorável, um anjo que apareceu na minha vida, disse que balas não eram legais, porque não faziam bem pros dentes. disse ainda que ela mesma nem gostava de balas. ao que a Lívia respondeu: "eu também não gosto. mas a minha barriga gosta e a minha garganta também".

a Lívia tem quatro anos e não ganha balas da mãe.

sobre vinhos alegres e vinhos tristes

foi uma descoberta. aconteceu de um dia para o outro. literalmente.

primeiro tomei o vinho triste. tinha chegado em casa no fim do dia e achei que um pouco de vinho ia me ajudar a digerir, entender e aceitar as palavras duras que tinha acabado de ouvir. sim, eu, como a maioria dos mortais, passo mal quando escuto verdades profundas. daquelas que tocam a alma sem passar por nenhum lugar antes. daquelas que a alma escuta antes dos ouvidos e antes do coração.

* O mais sensacional de todos

não sei por quê, liguei pra ele. eu não costumo fazer isso, porque ele é uma pessoa pra quem eu não tenho nada pra falar, descontando umas coisinhas cotidianas que podem ser resolvidas por email. mas eu liguei e o telefonema durou horas. um telefonema de horas pra mim significa qualquer conversa pelo aparelho que dure mais do que dez minutos. mas durou mais do que isso. muito mais. pelo relógio, talvez uma hora, mas pela minha alma durou uma eternidade.

eu consegui falar coisas horrivelmente profundas, dolorosas e verdadeiras pra uma pessoa pra quem eu costumo falar, no máximo, oi e tchau. muitas vezes só oi, porque o tchau eu acabo achando desnecessário.

chorei, senti falta de ar, chorei mais ainda. quando desliguei o telefone, não acreditava que tinha rolado uma DR com quem eu não tenho R nenhuma.

depois dessa DR sinistra, fiquei triste, mas tenho a impressão de que a tristeza não é em vão. a raiva que mora dentro de mim foi dar uma volta e, no lugar dela, a tristeza chegou, sentou e ficou. tristeza pelo que já passou, pelo amor que era lindo e acabou, pelas coisas que eu sempre disse e que ele nunca escutou e, pior de tudo, pelas coisas que ele sempre disse e eu nunca considerei. porque nunca as entendi.

...

o vinho alegre veio logo depois. mais especificamente, uma noite depois. quando eu tava dura, eu e meu corpo e minha alma, tentando juntar uns pedaços de mim que tinham ficado separados desde a noite anterior.

o vinho alegre veio acompanhado de pessoas doces, comida boa, músicas lindas e risadas. e de um vaso com três flores cor-de-laranja belíssimas. o oposto da noite anterior, que tinha tido conversa amarga, um pouco de sopa, nenhuma música e muitas lágrimas.

o vinho alegre era suave, tinha cheiro bom, era claro. diferentemente do vinho triste, que era quase amargo e escuro, horrivelmente escuro. vinhos tristes são escuros, densos, sem chão.

...

talvez eu devesse ler um livro de autoajuda daqueles bem idiotas, que dizem que o importante é ter bons pensamentos, acreditar que as coisas vão dar certo e blá-blá-blá. mas tenho nojo disso.

me sinto uma adolescente. parece que todo o esforço tem sido em vão. coisa chata essa sensação de o-amor-próprio-chega-ao-chão-e-eu-me-sinto-uma-idiota.

...

faz frio lá fora. e aqui dentro também. lembro dos felizes dias que vivi em Boston, quando fazia tanto frio, mas eu estava sempre tão quentinha. uma parte doce da minha vida, quando achei bom sair do Brasil e deixar um belo apartamento, um bom emprego e um carro novo pra viver ao lado do meu amor. o bom disso tudo é que eu não sei se faria tudo de novo, mas não me arrependo de um segundo do que vivi lá. mesmo sabendo que, passados muitos anos, ele, o da DR, não lembra de nada disso nem nunca me disse que foi feliz como eu fui.

as minhas melhores amigas – sem singular

faz frio. lá fora e aqui dentro. o dentro é em mim.

noite passada dormi poucas horas, mas horas felizes. sonhei com o vazio. sonhos são íntimos e raramente falo sobre eles. mas os sonhos da noite passada eram sobre o vazio. tudo era vazio. eu senti o vazio dentro de mim e as coisas que eu tinha de fazer, no sonho, eram vazias. meu trabalho, minhas ideias e o que eu sentia. tudo era vazio.

eu não tenho um dicionário de sonhos em casa e meus muitos anos de análise ainda não me tornaram uma pessoa capaz de entender as imagens dos meus sonhos. quando acordei senti um alívio de sentir o vazio. é o espaço para coisas novas. e eu sei o que isso quer dizer. mas não vou contar pra ninguém, só pra mim, porque é muito pessoal.

a semana foi übermegablaster enlouquecedora. muito trabalho, fim das férias escolares, início do trânsito surreal absurdo e nojento da cidade cinza. fui uma *hard working woman* e uma geleca todos os dias. muita energia para acordar, sair, trabalhar, voltar, cuidar dos filhos, dar conta da empregada, pagar contas e dormir sossegada.

não atendi todos os telefonemas nem respondi todos os emails. e minha lista de coisas a fazer aumenta em vez de diminuir.

um dos telefonemas que não atendi era da minha melhor amiga Flávia. mas sou educada quando sei que isso é bom para a minha alma e liguei pra ela depois que meus pequenos herdeiros estavam dormindo em suas camas fofas, cheirosas e muito quentinhas.

a Flávia tava louca, os três filhos dela ainda estavam acordados, mas conseguimos conversar por uns longos quinze minutos. meu vazio recebeu doses cavalares de amor. eu adoro as minhas melhores amigas. não são muitas, mas são o suficiente para o meu coração se encher de alegria e para eu saber que tudo faz sentido.

minha melhor amiga Carla veio tomar sopa de cenoura com curry e comer salada de grão de bico com quínua comigo esta semana. um dia antes da visita gastronômica ela tinha vindo à minha casa chorando para pegar o carro emprestado e ir a uma festa. a carona dela tinha dado o cano. ela raspou meu carro ao sair da garagem e me ligou chorando. disse pra ela ir pra festa. semana que vem vou ao mecânico pra arrumar o carro e negociar condições de pagamento decentes pra Carla.

minha melhor amiga Paula responde só os emails essenciais. e toda vez que eu os recebo, meu coração se enche de alegria. quando fomos trabalhar juntas, um ano atrás, achavam que nunca daria certo. e tá dando certo pela segunda vez. nem sempre os achismos fazem sentido.

ufa!

como é bom sentar e escrever e saber que meus melhores amigos vão ler e seus corações vão se encher de alegria. ou se esvaziar de alegria. que no fim é a mesmíssima coisa.

minha melhor amiga Reh me disse esta semana que meu corpo está livre dos metais tóxicos. disse também para eu seguir minha dieta superhipermegablaster sinistra, sem açúcar nem laticínios, e para eu fazer algo com o meu corpo. leia "práticas esportivas". eu vou, quando der, mas não sei quando vai dar.

ainda faz frio lá fora. e aqui dentro também.

depois de ler "A Moça sem Mãos", dos Irmãos Grimm, para o meu filho, uma ou duas lágrimas fininhas rolaram pelas minhas bochechas. "pode chorar, mãe", ele disse. "mas da próxima vez que contar essa história, não." no conto, um anjo ajuda a menina que teve as mãos cortadas pelo pai a pedido do diabo. e deus faz suas mãos cortadas crescerem novamente. claro que não é uma história para crianças, mas por algum motivo que desconheço meu filho decorou os contos dos Irmãos Grimm dos oito volumes que compõem a obra completa em português e me pede para contar uns estranhíssimos.

meu estado geleca, de quando cheguei em casa há quatro horas, evoluiu para um estado de congelamento. hora de tomar uma sopa que a doce Nalva fez. e de ir dormir chorando, sabendo que o vazio não é em vão.

o novo está chegando, para ocupar o lugar do velho, que já partiu. vou me aquecer e dar risada quando deitar na minha cama cheirosa e macia e quente e dormir. no meio da noite vou morrer de calor, chutar metade dos cobertores e vou dormir feliz.

assim é a vida.

deus esteja.

(a paciência é a maior virtude, depois vem a compaixão. aprendi isso vivendo e lendo Dalai Lama. mas quando vou aprender isso com o coração? não sei.)

sobre as crianças lindas, fortes, doces e felizes

chegaram duas bolas hoje aqui em casa. presente de aniversário atrasado, que minha amiga Flávia mandou pela Nice, que trabalha na casa dela e que é irmã gêmea e idêntica da Nalva, que trabalha na minha casa.

indiscutivelmente, nenhum presente supera uma bola. descemos para jogar, cada um com a sua bola. a Lívia esqueceu não só da bola como da maçã que estava comendo. voltou ao apartamento para buscar a maçã e uns minutos depois sumiu. pensei que ela estivesse andando pelo pátio do prédio, mas não. ela tinha subido de novo as escadas para pegar a bola.

ela pulava lépida e faceira enquanto o irmão dava chutes fortíssimos, ora contra o meu carro, ora contra o carro do meu vizinho Carlos, ora contra a parede, ora contra a irmã. que chorava e continuava andando atrás (ou ao lado) dele enquanto ele chutava e chutava com a fúria e a alegria que só meninos têm quando estão diante de uma bola. eu dizia para ele NÃO acertar os carros e ele dizia que não dava para controlar. eu não disse a ele, mas ele tinha razão.

e eu me sentei no sol e fiquei tricotando. literalmente. depois de uns anos sem mexer em agulhas de tricô, voltei à ativa. enquanto eu escutava os estrondos dos chutes, ria sozinha, porque era óbvio que a bola passaria sobre o muro e cairia nos nossos vizinhos, nos homens da obra do metrô.

pof. foi. o José olha pra mim e conta que a bola foi pro outro lado do muro. antes de eu pensar em me levantar e andar até a obra (é só virar a esquina, mas eu estava com muita preguiça), o José se pendura numas correntes bizarras que caem da calha do telhado da garagem, coloca as mãos no topo do muro e com as pernas fica praticamente em cima do muro. como tem uma cerca elétrica, ele parou antes. "moço, minha bola caiu. você pode me jogar, por favor?" em poucos segundos a bola aparece voando sobre o muro em nossa direção.

passados uns minutos, um chutão e pof, a bola sumiu. procuramos no telhado, no jardim do prédio, até que o José trepou no muro de novo e perguntou a outro cara da obra do metrô se ele tinha visto uma bola. o cara trepou nas madeiras que eles devem colecionar na obra, porque são pilhas e mais pilhas que só crescem e nunca diminuem, jogou a bola e disse que a jogaria quantas vezes ela caísse lá. gentil, o cara.

na hora de subir para o apartamento todos seguiram alegres. o José havia pedido para a Nalva: "por favor faz um bolo de chocolate?" sim, ela faria um bolo de cenoura com calda! quando eu disse vamos pra casa comer bolo, eles vieram correndo e, melhor de tudo, felizes.

é difícil colocar as crianças no caminho. não sei se são os sete anos, mas meu filho está numa fase pavorosa de querer tudo. hoje almoçamos na escola, que eles amam. no carro, de volta para casa, ele pediu para ir à locadora. eu disse que não. quando chegamos ao apartamento, ele começou a chorar e perguntou quando eu vou comprar um pote de sorvete. aí ele pede para jogar banco imobiliário e para andar de bicicleta. ah, saindo da escola ele pediu para ir à casa de um amigo cuja mãe eu nem o nome sei. ele deve ter pedido mais umas treze coisas que fugiram da minha memória.

fizemos a lição juntos, depois de ele rasgar quase uma dezena de folhas de papel. as folhas do caderno, onde estava a lição, já haviam sido riscadas de roxo, porque ele tinha errado, me disse. então sentei ao lado dele e fomos fazendo juntos, eu escrevia uns números, ele, outros. momentos tensos. mas terminamos e acho que o coraçãozinho dele se encheu de alegria. colei as folhas da lição que havíamos feito sobre as folhas riscadas de roxo do caderno.

a coisa mais difícil de todas é que a gente fica exausto, mas educação não parece permitir exaustão. sinto que meus olhos têm de sempre estar atentos e meu coração sempre aberto, para eu enxergar e entender o que passa com essas pequenas pessoas que são os meus filhos.

estou sozinha em casa, porque o José e a Lívia foram dormir na casa do pai. os homens da obra de metrô dão umas pauladas em algo que parece ser de ferro, mas o barulho para de vez em quando. vou dormir daqui a pouco, para ganhar de presente sonhos maravilhosos. vou dormir feliz, muito feliz. depois de ver o José e a Lívia andando, brincando, comendo e dando conta das coisinhas deles. pedindo bolo e pedindo a bola, sempre com um por favor que é como um beijo amoroso para mim. o trabalho não é em vão: a exaustão chega, mas depois vai embora. e as crianças crescem lindas, fortes, doces e felizes, muito felizes.

a idade, a sabedoria e a doçura

eu lembro que, quando comecei com o jornalismo (quando eu estava na faculdade, era proibido trabalhar antes de ter o registro profissional, o MTB, então eu trabalhei com publicidade até me formar), eu trabalhei com uma professora minha, a Alice Urbim. na época, *hacen muchos años*, a Alice fez quarenta anos. e me disse, gargalhando, e a gargalhada dela era altíssima e feliz, que ela daria uma festa para celebrar a data, tão importante.

eu lembro como achei incrível uma pessoa fazer quarenta anos e achar isso o máximo. isso faz mais ou menos vinte anos.

eis que chego em casa dia desses e fui colocar meu pijama morrendo de frio. *oh my god*, agora posso acabar com a minha reputação! mas o frio que eu sentia, e que sinto tantas vezes, é um frio localizado. não é nos pés nem nas mãos, mas na cintura, na parte das costas. um frio absurdo, que surgiu depois que o meu filho nasceu.

coloquei meu pijama e enrolei na cintura um incrível cachecol que eu ganhei de aniversário há muitos e muitos anos da Carla. faço aniversário no verão, e a Carla me presenteou com um kit luvas cachecol gorro. ela tinha ido a Paris visitar uma amiga e eu tinha emprestado um par de luvas. amigos gaúchos costumam ter várias roupas para emprestar a amigos paulistanos. pois ela queimou minhas luvas no aquecedor do quarto em Paris e, em vez de me trazer luvas de presente, me trouxe o kit, que eu uso tão pouco nas temperaturas amenas da cidade cinza.

pois bem. enrolei o cachecol fofo na cintura e dormi como um anjo. mas antes de cair no sono escrevi *vecchia, felice* no meu caderno de sonhos, que mora ao lado da minha cama, para eu lembrar de escrever sobre isso.

isso quer dizer, os anos que passam, e eu adoro cada ano que passa na minha vida. na verdade me causa estranheza ver os cabelos brancos, mechas gigantescas que crescem alegremente na minha cabeça. mas do resto eu gosto. das rugas, do cansaço (eu nunca me cansava aos vinte anos, n-u-n-c-a).

a minha paciência hoje é gigantesca e a minha intuição funciona quase vinte e quatro horas por dia. eu tenho medos que ninguém conhece e tenho poucas, pouquíssimas certezas. descobri que amar é de fato infinito sem estar amando ninguém especificamente. e descobri que o dinheiro é tudo e nada ao mesmo tempo, dependendo de quem vê e de quando vê. sei que devo andar com as minhas próprias pernas e não esperar nada de ninguém, sem dor. eu sempre soube disso, mas anos atrás isso doía e agora não dói mais. eu rio mais e tenho mais e melhores amigos. grito menos, falo menos e faço menos.

sei me aquecer quando estou com frio (quando eu tinha vinte anos eu até sentia frio, mas não sabia que sentia). o melhor de tudo é que agora consigo dar conta do que sinto. não acho que quando eu era jovem e magra e louca eu não desse conta, mas eu não sabia o que estava sentindo. tudo jorrava e eu não sabia o que fazer com tudo o que eu sentia.

eu gosto de saber que meus alimentos não são mais exclusivamente externos. gosto de saber também que verdades são relativas, e a justiça, mais ainda. gosto de saber que a vida que eu tenho fui eu que escolhi, considerando o que eu POSSO escolher. mas o que eu não posso escolher eu consigo aceitar. o que é uma tarefa hercúlea, que exige todos os meus músculos do corpo e todos os músculos da minha alma também. acabo de chegar de uma chácara onde fui com os meus filhos ao aniversário de um colega do José. hoje é sábado e as crianças deveriam ter ido pra casa do pai delas cedo. mas combinei com ele de ficar com elas hoje e de ele as buscar amanhã, domingo, para que eu pudesse levá-los à festinha.

fomos e voltamos felicíssimos. eu levei uma marmita de pessoa-que-está-numa-dieta-que-veta-pipocas-cachorros--quentes-sucos-adoçados-brigadeiros-bolos-pizzas-pastéis e quetais. pedi desculpas aos presentes e mandei ver num pote com alface e rabanetes e cenouras e tomates e quínua e muito azeite de oliva e noutro pote com grão de bico e cebola e orégano e cenoura ralada e ovo e pimentão verde. as crianças correram das onze às cinco. futebol, piscina num frio horroroso – eu sou uma gaúcha falsificada, depois de mais de uma década morando na cidade cinza –, parquinho com escorregador e algo que lembra uma microponte pênsil, balanço, caça ao tesouro, pebolim e amigos para gritar correr e vibrar.

pessoas civilizadas que não fazem dietas sinistras tomavam Heineken em garrafinhas. eu tomava chimarrão. qua qua qua, para dizer o mínimo.

mas eu queria falar da doçura da festa, que nada tem a ver com o bolo, que eu não comi, evidentemente. a doçura é das pessoas, as crianças e os adultos que eu tenho conhecido desde que meus filhos trocaram de escola. pessoas que têm conexão direta com seus corações e que são doces, dulcíssimas. felizes, serenas, adoráveis. que conversam animadas, sem reclamar da vida, dando risadas boas. que se sentam e escutam o que eu falo.

são oito da nioite e meus filhos dormem, depois de correrem talvez um quilômetro dentro de casa, fugindo da cama e dando gritinhos. lágrimas jorraram dos meus olhos enquanto eu tomava um bom prosecco e fumava um bom cigarro na janela. lágrimas têm jorrado dos meus olhos insistentemente nos últimos dias.

eu tenho o privilégio de não abrir esta máquina diariamente. assim, não escrevo todos os dias, tampouco vejo meus e-mails. tenho me esforçado para não surtar por falta de trabalho. trabalhos vêm e vão, como tudo na vida. e tento aceitar que atualmente os trabalhos mais vão do que vêm. qua qua qua de novo. não tem nada de engraçado, até porque dinheiro acaba, mas as contas, não. mas sei que tudo passa.

a tia querida

nos últimos tempos eu sonhava muito com ela. era quase sempre a mesma cena: algumas pessoas da minha família e eu reunidos na casa dela, comendo. comendo comidas muito boas.

eu ligava pra ela e contava que tinha sonhado com ela, que estava sempre linda nos meus sonhos. ela dava risada. dizia que eu tinha de ir visitá-la, pra ela fazer comida pra mim.

não deu tempo. eu vou viajar pro Sul daqui a um mês, mas os anjos a levaram pro céu ontem à noite. eu achava que não ia dar tempo pro nosso último encontro quando ela foi pro hospital e começou a ter dificuldade pra respirar. rezei todos os dias pra que o sofrimento dela fosse pequeno.

...

a tia Ienete sempre morou no interior. e como eu sempre morei em Porto Alegre, as viagens para visitar a família do meu pai eram um evento.

primeiro, porque meu pai ameaçava nos deixar no meio estrada umas trinta e seis vezes durante as longas seis ou sete horas em que ele e minha mãe dirigiam. eu e meus irmãos íamos brigando no banco de trás.

segundo, porque, pouco antes de chegarmos a Ijuí, nós parávamos numa lanchonete em Soledade, para comer cueca virada (ou calça virada, uma massinha frita que depois é passada em açúcar com canela). quando não tinha cueca virada, ou quando tinha, mas não eram fresquinhas e quentinhas, minha mãe reclamava tanto que perdia a graça. mas quando tinha, comíamos vorazmente, com um refrigerante para cada um.

terceiro, porque a tia Ienete morava numa casa em cujo jardim tinha uma rampa que terminava numa porta de ferro enorme, que rangia e dava no pátio do supermercado da família! o tio Willy, marido dela, tinha um supermercado e nós achávamos isso uma das coisas mais sensacionais do mundo. íamos com nossos primos comer sorvete na lanchonete! ou íamos simplesmente fazer compras. eu ficava boquiaberta: a tia Ienete enchia um carrinho e não pagava nada! saíamos pelos fundos e entrávamos na casa dela pela tal da porta que dava na rampa, que já era no jardim da casa dela.

...

quando eu era criança, a tia Ienete fazia questão de nos hospedar, nós cinco. meu pai, minha mãe, eu e meus irmãos. ela hospedava também os outros tios e tias com suas proles e a gente passava o dia inteiro brincando.

com os meus primos preparávamos um Nescau que hoje eu acho muito nojento, mas que na minha infância era uma bebida de outro mundo: colocávamos uma colher de sopa de Nescau, uma colher de sopa de Toddy de morango, uma colher de sopa de açúcar e leite. eu, que não tomava leite, tomava esse meleca feliz da vida.

...

na Páscoa, minha irmã, que é afilhada da tia Ienete, ganhava uma cesta de chocolates surreal. não vinham só ovos de chocolate. vinham bombons, chokitos e outras maravilhas.

eu e meu irmão (teria de perguntar a ele, para confirmar, mas acho que sim) morríamos de inveja. ela era afilhada da dona do supermercado, então não tinha muito como discutir justiça nesse caso.

...

lembro de vê-la sempre reclamando das empregadas que trabalhavam na casa dela. como ela era uma superdona de casa, nenhuma empregada era boa o suficiente. a casa dela era extremamente limpa e organizada. tudo tinha cheiro bom, cheiro de limpo.

...

quando meu filho tinha dois anos, viajei pra Ijuí pras minhas tias conhecerem o José e vice-versa. pedi pra ficar na casa dela, que me hospedou docilmente. o José tinha acabado de tirar as fraldas e fazia muito, muito frio. resultado: ele fez xixi na cama que eu tinha feito no chão pra ele, com muitos edredons e cobertores macios. no outro dia, eu e ela levamos tudo pra lavanderia e colocamos tudo na máquina.

o José estava tão feliz de brincar com os brinquedos do João Pedro, meu primo que tem um ou dois anos mais que meu filho, que os dois ficavam enfiados por horas num quarto onde minha tia Estela guardava uma quantidade absurda de carrinhos. como fazer xixi é menos legal do que brincar, meu filho só vinha correndo falar comigo quando já estava todo mijado. e lá ia eu pro tanque lavar cueca, calça e meias. quando as roupas limpas dele acabaram, acho que lá pelo sexto xixi nas calças consecutivo, tive de usar a secadora.

...

ano passado, fui com os meus filhos e meus pais visitá-la. ela usava um gorrinho preto de lã na cabeça em casa, pra não precisar usar peruca. e meus filhos, claro, ganharam muitos chocolates dela e do tio Willy. porque a casa deles sempre foi uma fábula gastronômica. nessa visita ela já não estava tão forte como sempre tinha sido. ela teve quatro filhos e andava sempre com as unhas pintadas de vermelho quando eu era criança, que é do que me lembro. andava pela enorme casa dela com passos firmes. com passos de mulher forte.

...

e ela sempre perguntava como íam os gatos. ano passado eu disse pra ela que não havia NENHUM gato na parada. ela me olhou incrédula. eu expliquei: "tia, se não for um cara muito legal, melhor ficar sem gato e feliz". ela concordou muitíssimo comigo. mas torcia taaaanto pra que eu me casasse que agora, lembrando da nossa conversa, fico rindo sozinha.

...

um dia a tia Ienete e o tio Willy resolveram que a casa era grande demais pra eles. meus quatro primos já tinham casado e eles finalmente se mudaram para o apartamento que eles tinham comprado havia anos, mas que permanecia fechado. ano passado, quando fomos visitá-los, eles estavam morando no apartamento. e minha tia parecia muito feliz por não ter mais tanto trabalho na casa tão grande, tão cheia de quartos, salas, banheiros, cozinhas, móveis, enfeites.

...

ah, ia me esquecendo de falar sobre o nome da tia Ienete. ela contava, e os irmãos dela também, que quando foram registrá-la, o cara do cartório escreveu Janete, que era o nome escolhido pelos meus avós. mas o jota ficou parecendo um i e o a virou um e, com um acento circunflexo, que seria a parte de cima do jota, mas foi parar sobre o e. por que o "a" de Janete virou "e" de Ienete eu não sei. e assim a tia Ienete, ou Iênete, teve um nome único. ainda que ela tenha sido chamada muito mais pelo apelido do que pelo nome. Mana. tia Mana.

eu sei falar um palavrão em gaúcho

era um almoço especial. num dia da semana qualquer, tínhamos um convidado ilustre: o Wesley, um dos filhos da Nalva, que trabalha na minha casa.

meu filho olha pro Wesley bem concentrado e diz: "eu sei falar um palavrão em gaúcho".

tive de forçar a boca para não cair na gargalhada. fiquei esperando para ouvir o que viria na sequência. ao que o José diz: "puna granputa. é um palavrão em gaúcho e quer dizer filho da mãe".

encerrada a explicação pro Wesley, o José olha pra mim solenemente e diz: "é um palavrão em gaúcho. meu avô que me ensinou, mãe".

bom, o que ele acha que eu pensaria? é óbvio, desde o início, que era coisa do avô. mas ele continuou o almoço com uma cara solene, séria, porque afinal ele estava nos ensinando, a mim e ao Wesley, uma valiosa lição.

liguei pro meu pai depois disso, pra contar a história hilária e para saber como se dizia a palavra tão fina. "cuna granputa", me explica o velho, com a mesma voz solene do neto.

'não' é a minha palavra predileta

estou aprendendo, aos trancos e barrancos, a dizer não. tudo para ser uma boa menina. comigo, é claro, e não com os outros.

acho que na época em que eu nasci, há quase quatro décadas, as crianças tinham de ser boazinhas. assim eu fui criada: para ser uma menina boazinha.

na verdade, acho que ainda hoje as pessoas querem ter filhos bonzinhos. educados, gentis, doces. sem ataques, sem braveza.

anos e anos depois eu consigo ser uma boa menina para o que for bom para mim. e lembro de cenas picadas de quando eu era bem pequena, quando assisto aos ataques não bonzinhos dos meus filhos. eu fui criada para ser boazinha, mas eu era brava, furiosa, o que não era bom para os adultos que me cercavam, pelo que me contam.

eu acredito que a gente pode melhorar a espécie sendo bons pais e tentando fazer melhor do que fizeram com a gente. não é um julgamento, mas uma tentativa hercúlea de ser uma pessoa decente, que ensina decência para os próprios filhos. como os meus pais fizeram comigo.

oh my god. como dói viver.

voltando à decência, é muito decente tentar ser melhor e isso tem a ver com estarmos conectados com o nosso coração. por isso assisto bravamente ao crescimento do José e da Lívia, crianças tão cheias de vontades, como as pessoas gostam de dizer toda vez que uma criança faz birra.

eu me orgulho profundamente de poder levar meus filhos a todos os lugares. eles não comem quiabo nem abobrinha, mas entendem que os adultos sabem mais que as crianças. sabem que cadeiras existem pra gente sentar nelas e que a todo ato gentil dizemos obrigado. eles sabem que toda vez que a gente pede alguma coisa e fala por favor a gente afaga os ouvidos de quem nos ajuda. eles sabem que a mamãe fica louca às vezes e que dar risada é bom.

eu não ensinei nada disso pra eles. mas eles veem a mãe fazendo tudo isso. crianças só aprendem o que enxergam, não o que escutam. eles aprendem vivendo.

...

tenho feito exercícios diários para treinar a dizer não. durante os fins de semana é mais divertido. se tenho duas festas para levar meus filhos, só vamos a uma. se temos um almoço, ficamos em casa de manhã, bem felizes, eles brincando, eu lendo o jornal.

mas nas minhas correrias loucas durante a semana eu também me divirto e tento me comportar. é verdade que tenho uma ajuda celestial: à noite tenho de ficar em casa porque meus filhos são pequenos e não ficam sozinhos. mas nos dias em que meus filhos não dormem em casa tenho de fazer um grande, gigantesco esforço para sentar. para conseguir respirar devagar, ler devagar, conversar devagar, beber devagar e comer devagar.

...

de manhã cedo, ainda é escuro quando eu e meus filhos nos sentamos para tomar café da manhã. quando eu percebo que o atraso é iminente, começo a surtar. Lívia, você tem de colocar a roupa!, digo, tentando não gritar. ela olha pra mim com o olhar mais sereno do mundo e diz: "mas eu tô comendo o meu pão, mãe". ups! não há nada como ter os ouvidos e os olhos bem abertos, para aprender com as crianças as lições valiosas que eles tranquila e incansavelmente nos ensinam.

"mamãe, eu tô com muito sono"

"mamãe, eu tô com muito sono", ela me disse meio chororô.

a festa da aniversário da Lívia tinha terminado. digo que é a última festinha que fiz na vida. por festinha quero dizer uma festa em casa, em que vieram os três melhores amigos dela. tinha bolo de chocolate e brigadeiros, feitos por mim e pela minha mãe. cachorro-quente e pipoca. e umas frutas.

festas são eventos maravilhosos que fazem a gente arrumar a casa lindamente. arrumei, desde as nove, os cds que estavam empilhados há tempos sobre a caixa de som, os brinquedos que andavam pela sala em vez de irem pra estante do quarto das crianças, o telefone que estava num lugar muito impróprio.

fiquei um pouco culpada, achando que era uma festa muito pequena. mas muito pequena pra quem? a Lívia ganhou presentes lindos. todos foram abertos e admirados por ela. lindeza. a meia-irmã, que tem sete meses, brincou no chão da sala com as panelinhas que ela ganhou. enquanto outras crianças jogavam balões de um lado pro outro, a pequena dava risada brincando com quem estivesse sentado ao lado dela.

eu estou exausta e durante dois dias vou descansar. porque depois desses dois dias vou fazer toneladas de brigadeiros para a festa do José. esta sim uma festa, não uma festinha. um piquenique no parque, um dos parques mais bonitos de São Paulo, com muita mata atlântica, sombra, passarinhos e macaquinhos brincando nas árvores.

talvez no ano que vem eu tenha de pensar em duas festas ou surtar violentamente e fazer uma festa para os meus dois filhos, com trocentos convidados e toneladas de brigadeiros.

fiz tudo sozinha, como tenho feito há tanto tempo, e não sinto tristeza por isso. mas acho que quando eu fizer festas para as crianças e puder compartilhar com alguém vai ser bem mais divertido.

tudo tem seu tempo, apesar dos meus ataques de fúria quando penso que a vida não é tão gentil comigo como eu acho que deveria ser. como lembrou a Dora, a doce professora do José: "deus pai, concedei-me a serenidade para aceitar o que não posso modificar, coragem para modificar aquilo que posso, e sabedoria para perceber a diferença".

todo dia ela faz tudo sempre igual

a rotina é uma parte importante da vida. só fazendo as coisas com um mínimo de ritmo (ou será repetição?) é que os olhos conseguem olhar pra dentro (e não só pra fora).

ela é uma pessoa quase monótona. vai trabalhar, volta pra casa, fuma um cigarro, pensa na vida. as roupas são compradas numa só loja, porque dá menos trabalho e menos chances de arrependimento. com o cabeleireiro ela tem uma relação mais fiel do que a maioria dos casamentos. acho que até quando sai do banho ela deve se secar do mesmo jeito. os cremes usados são os mesmos todos os dias. o jeito de dizer bom dia parece também ser igual – mas não deve ser, porque aí seria demais.

receita de bolo, quando faz sucesso, é repetida. receita de comida também. as férias foram as mesmas durante uns anos, quatro talvez, numa conjunção de falta de dinheiro, filhos muito pequenos e solteirice.

perfume acaba sendo o mesmo quando surge um que agrada. mas os amigos não são sempre os mesmos. os chatos são descartados, enquanto os bons permanecem na lista de amigos por longos anos.

as ideias também não são sempre as mesmas, mas às vezes elas – as ideias – demoram pra ser trocadas. quando isso acontece, viram o ponto de partida e ponto.

ela gosta, acho que desde que nasceu, de dormir cedo e acordar cedo também. quando bate o olho em qualquer coisa, já tem opinião formada. principalmente quando a coisa for ruim. gente sem graça, roupa feia, trabalho chato, comida malfeita.

para ela, só repetindo as coisas é que sobra espaço pra poder olhar pra dentro e poder mudar por dentro. e essas mudanças são bem mais demoradas do que as quatro horas sentada no cabeleireiro pra mudar a cor do cabelo ou o financiamento de cinco anos do carro novo.

agora ela diz que sente tonturas, sem contar a barriga, que tá estranha, doída, embolada. as sensações que vêm de dentro também costumam ser mais difíceis de ser percebidas do que as que vêm de fora. se o esmalte descasca, é só ligar pra manicure. mas se, quando fechamos os olhos, temos a sensação de que o chão some, ah, isso demora mais pra ser sentido e, pior, digerido.

tudo dói, diz ela. viver um dia atrás do outro, sentir um dia atrás do outro, respirar o tempo todo. mas assim, repetindo as coisas, tudo vai mudando. a coragem vai aumentando, a força das pernas também, a cor dos olhos fica mais nítida e as noites de sono são muito, muito bem dormidas. as dela, é claro.

“ser loira é tudo na vida”, disse ela, às gargalhadas

ser loira é tudo na vida, disse ela ao ver meus muitos cabelos brancos quando inclinei a cabeça para provar que estava grisalha.

ela é loira como eu, mas muitos anos mais jovem e com um senso de humor admirável. pois bem. então eu decidi gostar da cabeleira da cor que é. loira grisalha. e resolvi fazer uma lista de determinações-a-seguir-para-garantir-um-mínimo-de-alegria-e-felicidade-no-ano-que-começou. ei-la.

ter uns bons amigos por perto – bom é um parâmetro pessoal, mas cada um sabe o que isso significa para a própria vida. eu sou feliz de poder contar nos dedos (de mais de uma mão!) meus adoráveis amigos, com quem eu posso contar pra dar risadas ou pra encharcar meu rosto com lágrimas.

ter uns bons amigos bem longe – eu não gosto de partir e não gosto quando meus amigos partem. egoísmo na mais pura forma. mas ter esses amigos longe (pode ser a quinhentos quilômetros ou pode ser do outro lado de algum mar) faz bem. pra gente lembrar que o amor não tem nada a ver com quilômetros e que a proximidade não tem nada a ver com constância de encontros.

ter belos copos em casa – não importa a bebida. pode ser água, coca, suco de abacaxi, vinho. mas beber em bons copos faz diferença. e eu vou comprar toneladas de copos maravilhosos, coloridos, de vidro reciclado, de cristal, pra sempre achar especial até o copo d'água que fica ao lado da minha cama para as noites insones.

ficar parada – na dúvida, não fazer nada. eu lembro quando aprendi o significado de *stay put*, expressão que era frequentemente usada nos textos de jornais e revistas quando eu morava nos Estados Unidos e o Mr. Bush começou a barbarizar com a guerra do Iraque e tal. ora pois, diziam os textos que, num eventual ataque (a grande paranoia norte-americana), deveríamos *stay put*. ficar parados, não sair de onde estivéssemos. não sei se o conselho é de fato útil, porque não rolou nenhum ataque em Boston, onde eu morava. mas vale pro dia a dia. na dúvida, fique parado.

gargalhar todos os dias – as gargalhadas que eu dou sozinha, fazendo qualquer coisa que faço sempre, são absolutamente maravilhosas. para a minha alma, claro, porque só eu que escuto. e essas são as melhores, me parece.

olhar para o céu – coisa que sempre esqueço. e toda vez que faço, lembro de como é bobo olhar pra baixo e não pra cima.

lembrar que tudo passa – essa é minha velha companheira e mesmo assim frequentemente acabo esquecendo. o que é bom passa e o que é ruim também. toda vez que lembro disso, não importa o quão atolada esteja, sinto uma leveza inenarrável.

agora vou imprimir isso e grudar na porta do armário ou no espelho do banheiro. pra lembrar em todos os mais de trezentos e cinquenta dias que estão por vir do ano que acaba de começar.

ele tem muito mais dinheiro que você, mamãe

e como é que a gente vive longe dos filhos depois de tê-los? não vive.

depois de uma semana de labuta na cidade que está super mega hipercinza, as crianças voltaram da praia, felizes e bronzeadas. o que me faz crer que estou cada vez mais verde. verde da chuva e do trabalho. mas tudo bem, tudo passa e isso também passará. qualquer dia desses vou pra praia e vou perder a cor bolor-de-escritório.

mas voltando aos meus pequenos e bronzeados filhos: o melhor de tudo são as frases sensacionais. uma semana não parece uma semana para uma mãe que fica longe dos seus herdeiros. parece um pouco mais, para não ser exagerada. pois bem. ontem enchi a banheira e lá se foram eles pra dentro d'água. saio do banheiro e, quando volto, a pequena Lívia tinha saído da banheira e se secava alegremente. "eu sei me secar sozinha, mamãe. ó, tô bem sequinha", me disse ela, com os cabelos embaraçados e as costas molhadas. fui ajudá-la a vestir o pijama e ela recusou a ajuda, "eu sei pôr sozinha".

mas o melhor ainda estava por vir. meu filho tem uma prancha e o pai dele me conta que comprou outra. de forma que pegam onda juntos. nota de esclarecimento: meu filho tem seis anos e pega jacaré há uns três. não resisto e pergunto: "como é teu pai pegando onda?"; "ah, mãe, é ridículo."

mas a frase *hors-concours* é da Lívia, 3. vem o José me contar que está cheio de moedas e me pergunta se com duas moedas de vinte e cinco centavos e uma de dez centavos ele consegue comprar uma revista. explico que não, que uma revista custa mais do que sessenta centavos, e a Lívia diz: "mãe, ele tem muito dinheiro. ele tem muito mais dinheiro que você, mamãe".

eu caio na gargalhada, mais pela delícia de imaginar isso sendo verdade, um filho de 6 anos tendo muito mais dinheiro do que eu, do que pela inocente falta de noção deles, que acham que com algumas moedas de vinte e cinco, dez ou cinco centavos pode-se comprar algo.

ps – prometi dar dez reais pro sujeito, pra ele comprar a tal da revista que ele quer. mal sabe ele que nem um milhão de reais compensariam todas as risadas que eles me fazem dar. *oh, god!*

será que devo fazer a contagem regressiva? *oh, no!*

está tudo indo muito bem nessas últimas horas do ano que já já vai ser o velho. calcinhas novas trazem sorte, dizem os entendidos, e eu resolvi abstrair. mas pra não me achar uma chatonilda que nem quer comemorar o ano que vai ser o novo, comprei esmaltes franceses incríveis. as unhas estarão coloridas, cor de rosa barbie, pro ano que vai ser o novo ser bem sossegado, manso mesmo.

hoje, enquanto enchia meu carro com caixas e sacolas do supermercado, da loja de vinhos, de produtos verdes de limpeza, dos tais dos esmaltes, ia pensando nos meus desejos. sim, o mínimo é ter UM desejo, afinal vai o ano que vai ser velho e vem outro, que a gente, com otimismo sem freios, chama de novo.

nossa, que *blasé*. eu não quero comprar uma casa nem trocar de carro nem tirar férias na Bósnia ou na Croácia. não tenho planos de mudanças significativas nem quero muitos amigos novos. alguns poucos são suficientes.

quero ter longas horas de sono, bons sonhos e pouco medo. quero acreditar que meus filhos crescerão fortes e que terão coragem. quero trabalhar sem taquicardia nem tristeza. quero andar mais devagar – mas isso já é uma obsessão – e dar muita, muita risada. quero viajar pouco de avião e muito de carro. beber bom vinho e em boa companhia. e só.

claro que eu não tô falando toda a verdade, porque as paredes do pequeno apartamento serão mui coloridas em poucos dias, eu vou comprar uma esteira que não será um cabide de roupas, mas uma possibilidade de eu correr muito cedo de manhã, quando meus filhos ainda estiverem dormindo.

sempre desconfiei que a vida ficasse enfastiada quando fazemos muitos planos. imagino que ela deva dar suspiros cansados, às vezes exaustos, com a nossa loucura de desejos e planos e consumos.

então que eu, pelo menos, tenha coragem de querer pouco. só o suficiente. pra não ficar empapuçada.

você não tá nem acordada, nem levantada nem andando

você não tá nem acordada, nem levantada nem andando. com essas palavras eu fui gentilmente acordada na minha primeira manhã de folga da corporação. *bon jour*, feriado de Natal!

minha filha estava brava, porque afinal ela estava acordada, o avô estava "tirando a barba", a avó parece que estava tomando banho e eu, a mãe, estava dormindo. inadmissível.

hoje é domingo e a pequena família trapo – ou seria melhor família trapinho? – partiu rumo aos pampas há menos de vinte e quatro horas. no aeroporto eu me dei conta de que acho um horror ser mãe solteira, uma anomalia social. mesmo pensando que casamentos não costumam ser os eventos mais felizes/satisfatórios/alegres do mundo.

revoltas à parte, papais noéis chineses que cantam e gritam *merry christmas* fazem um barulho ensurdecedor quando são ligados. tiras e mais tiras de luzinhas iluminam portas e janelas da casa dos velhos e a piscina nos aguarda o tempo todo com água fresca, maravilhosa para o calor porto-alegrense.

crianças e avô assistem a um filme totalmente impróprio, cujo barulho é insuportável, e um peru gigante foi colocado no forno porque talvez minha irmã venha almoçar aqui com a gente. uma torta de chocolate com amêndoas, sensacional, aguarda nossa gula pós-almoço dentro da geladeira.

eu não sei se vou sobreviver a uma semana de folga, quando tudo parece mais simples (mesas fartas com comidas deliciosas feitas por habilidosas cozinheiras) e mais denso, como a falta de ar que veio junto na minha mala sem eu tê-la colocado ali.

olho pro céu e fico admirada com o azul, lindo, limpo e intenso. tinha esquecido da cor do céu desta terra longínqua e tranquila.

e tinha esquecido que férias de filhos não são férias de mãe. não seria isso uma injustiça?

os casamentos nossos

depois de um dia frio, chuvoso e com vento, chego em casa e encontro meu apartamento bem iluminado. a obra do metrô está a mil, os peões estão tirando caçambas lotadas de pedras do buraco do metrô. essas caçambas têm o conteúdo jogado dentro de um caminhão. na rua, outro caminhão, este com uma caixa d'água gigante, aguarda para manobrar canteiro de obras adentro. um sujeito solda qualquer coisa e isso quer dizer que as luzes das faíscas iluminam minha sala mais ainda. ah, um guindaste é que iça as caçambas do buraco, e o barulho é chato. depois as pedras são jogadas, e me sinto num conto do Irmãos Grimm. não pode ser real, é um conto de fadas. já no outro canto da obra, o que dá para as janelas dos quartos, também tem uma luz medieval que ilumina meu quarto, o das crianças e o banheiro. parece que são dez da manhã de um dia ensolarado, mas são sete e trinta e oito da noite de uma quarta-feira fria e cinzenta.

o dia foi leve. acordei pensando nos casamentos que a gente faz. não só com pessoas – marido, filhos, empregada, namorado, familiares, mas com instituições e manias. o que, na verdade, tem a ver com as escolhas que fazemos. assim, podemos ter só um marido, mas vários casamentos felizes. ou não. podemos ter diversos casamentos infelizes. e nem ter um marido.

estava eu a pensar na vida, hoje cedo, metida debaixo das cobertas mui deliciosas da minha cama, e fiquei com vontade de tomar banho e me mandar pro trabalho. era minha manhã de folga, crianças na casa do pai. ontem tinha ido cedo pra cama e hoje acordei cedo e feliz. e fiz o que estava com vontade de fazer: banho, roupa e ao trabalho!

cheguei cedo na corporação e fui tomar café da manhã. sim, grandes corporações oferecem cafés da manhã para os esfomeados começarem o dia felizes, com a barriga cheia. pão branco, pão preto, pão francês, croissant, pão com chocolate. frios, iogurtes, suco, frutas, café, leite. uma fartura admirável. depois de encher minha bandeja, me sentei numa mesona vazia – refeitórios têm mesonas, nunca mesinhas – e comecei a ler o jornal. pensei em como estava feliz com o meu novo trabalho, que estava me parecendo um casamento bem feliz, sereno, leve.

mas daí pros outros casamentos... fiquei pensando neles também. em como é bom a gente mudar, tentar não repetir tudo todo dia. acordar um dia mais cedo, colocar uma roupa que nunca usa, ligar pra quem a gente nunca liga, não reclamar de nada um dia inteiro. olhar pro outro lado, ver as árvores floridas e maravilhosas numa cidade tão cinza, falar mais baixo, tomar mais vinho. tomar banho com sal grosso, chamar a empregada de querida (só se ela for mesmo), não ficar brava porque a saia nova rasgou no primeiro uso. olhar diferente, mudar de ideia, trocar de amigos, dar risada do que acontece sempre.

depois de passar o dia trabalhando muito, muito mesmo, e nuns intervalos pensar nos casamentos que fazemos, fiquei feliz de saber que tenho escolhido bem. tenho suportado bem o que é ruim e inevitável e tenho buscado com dedicação o que é bom e o que posso escolher.

que venham mais dias frios, chuvosos e com vento, para eu ficar assim inspirada e conseguir ver tudo com olhos diferentes.

antes de terminar: os peões ou foram jantar ou foram dormir. o silêncio é absoluto, exceto pelo uhuhuhuhuhuh do vento, pelos toc toc toc da Maria Helena, que mora no apartamento acima do meu e sempre anda com sapatos dentro de casa, e pela tosse seca do meu filho.

deus esteja.

ode à amiga perfeita

o nome dela é Márcia. eu a conheço desde que pisei nessas terras longínquas do Rio Grande para ficar. há exatos treze anos.

pois ontem ela me ligou. domingo de manhã, eu no supermercado. quando ela me liga aos domingos sei que está de folga da Rede Globo. ela me diz que tem um vinho no carro. combinamos de ela passar na minha casa no fim da tarde. fico de ligar para dizer quando estiver chegando em casa, porque à tarde eu iria à escola das crianças, onde rolaria a frugal festa da primavera e onde fui chamada de gângster por um dos pais presentes, o Paolo, porque dancei a dança circular de calça, colete superhiperquente de pluma de ganso preto (um colete à prova de balas, me disse ele, jurando ser isso um elogio) e óculos escuros.

terminada a festa, e eu ainda não considerando ser chamada de gângster um elogio, cheguei com as crianças ao apartamento e enchi a banheira. minha filha chorava, meu filho grudou na frente da TV. quando vou ligar pra Márcia? dei banho nos dois, depois jantar. antes de levá-los à cama a Márcia ligou, ufa!, disse pra ela vir.

amigas perfeitas, mesmo as que não têm filhos, caso da Márcia, entendem o que é ter filhos. crianças na cama, porteiro avisado pra não tocar o interfone. canto duas músicas, minha filha chapa e meu filho quase, escuto a Márcia chegar. digo pra ele sair da cama pra ver a dinda. ele tava tão chapado que deitou no colo dela no sofá, eu coloquei um cobertor por cima e ele quase dormiu. levei o cara pra cama e ele chapou em um, no máximo dois minutos.

amigas perfeitas chegam na casa da gente a qualquer hora. a Márcia não só tinha uma bela garrafa de vinho tinto dentro da bolsa, como um pão com tomate seco e um saco com um quilo, no mínimo, de jabuticabas! amigos perfeitos não trazem presentes, trazem amor.

sentamos, bebemos, conversamos e eu contei que estava cansada. ela só disse "eu sei". contei que estava trabalhando num projeto sobre o qual não podia falar. de novo ela disse "eu sei" e não perguntou nada.

acho que nossa conversa durou uma hora. ela disse: "vou embora, você tem que dormir". disse que podíamos conversar mais um pouco, rimos, ela se levantou e foi embora. antes das nove eu estava de pijama, dentes escovados, meias grossas para o rigoroso frio de quinze graus da capital paulista, deitada na minha cama, lendo o último caderno do jornal, que eu não tinha conseguido terminar de ler de manhã.

dormi feliz e acordei pensando na mesma coisa: como alguns amigos podem ser tão especiais a ponto de fazer a gente achar que a vida é mais leve do que parece?

os luxos da vida

saí da banheira e obedeci às ordens do José, 6: "fique no quarto e espere eu preparar o jantar-surpresa".

lá fui eu me deitar, de camisola, com uma luzinha quase insuficiente para eu escrever num caderno que mora ao lado da minha cama. enquanto isso, escutava não só os diálogos dele com a Lívia, 3, como tinha de responder a eventuais perguntas, como: "mãe, o que você vai jantar?"

quando achei que o tempo passado deitada na cama esperando era mais do que suficiente para a produção do jantar-surpresa, dei um grito do meu quarto, para saber se já podia ir.

sim, eu já podia. levei velas, que acendi, e busquei uma ou duas coisas na cozinha, como uma faca com serrinha para cortar o pão preto fresco e uma espátula para passar mostarda no pão.

meu filho apagou as luzes e jantamos à luz de velas. como dias tediosos como sábados nublados e chuvosos com homens da obra do metrô fazendo um barulho desagradável que entra no nosso apartamento podem se transformar em noites abençoadas e plenas?

costumo dizer pro meu filho que as coisas boas de verdade não custam dinheiro. e quando eu sinto uma alegria que vem de dentro (e não de fora, que é outra alegria), eu sei que o que eu falo pra ele é a mais pura verdade.

quanto alguém poderia pagar para ficar deitado na cama depois de um banho de banheira enquanto os filhos arrumam almofadas no chão da sala, com toalha de mesa sobre as almofadas e potinhos e pratinhos diversos, para depois sair da cama e jantar com essas crianças? e quanto custaria contar uma história maravilhosa ("A Pequena Polegar") pra um filho enquanto a filha veste sua boneca e, ao final da história, ver o sujeito chorando porque a andorinha teve de dizer tchau pra Pequena Polegar, que se casou com o príncipe das flores e virou a princesa das flores?

eles dormem e eu vou dormir para sonhar com um príncipe. não acredito que existam príncipes fora das histórias que eu conto pros meus filhos. mas em sonhos eles existem.

fim de semana COM crianças

dizem meus amigos casados e com filhos que eu tenho um privilégio: eu tenho finais de semana SEM filhos.

mas não posso deixar de escrever sobre o meu fim de semana COM filhos. vamos lá.

sábado. estou dormindo. escuto um mããããe. acordo, vou até a cama do sujeito, ele diz que quer fazer cocô. eu resmungo qualquer coisa do tipo: "meu filho, pra fazer cocô não precisa chamar a mamãe". não escuto resposta. espero o cara, descarga, mãos lavadas, luzes apagadas, digo pra ele dormir porque ainda é de noite. na cama, vejo que são quatro e quinze.

perto das seis, o cara me chama de novo. diz que quer fazer cocô. mas era um golpe. fez um xixizinho e foi pra minha cama. espiou pra fora da janela, viu que estava amanhecendo e ele sabe que quando o dia começa eles (ele e a irmã) podem deitar na minha cama. disse pra ele que ainda era cedo, que dormisse. nada. conversou comigo (um monólogo, porque acho que não respondi nada) e saiu da minha cama para ir pra sala brincar.

acho que menos de cinco minutos depois chega a minha filha à minha cama, chorando, quer a chupeta. ela havia largado a chupeta na sexta: colocou a última que restava num caixinha cheia de brilhos pra fadinha levar. e a fadinha levou.

voltemos ao sábado de manhã. disse pra ela ir procurar na cama dela, pra ver se a fadinha tinha deixado uma estrelinha. ela sai do meu quarto e logo volta correndo e rindo: olha mãe, o que eu achei, uma estrelinha!

café da manhã. vou vesti-los. gaveta das calcinhas da minha filha com UMA calcinha. coloco roupas para lavar na máquina. vou tomar banho, enquanto os dois brincam e brigam.

às nove eu tinha a missa de sétimo dia da Annamaria, mãe da minha amiga Dani. olho no relógio: oito e meia. estendo a roupa correndo, ligo pra amiga que iria comigo à missa e na casa de quem meus filhos ficariam. "estamos atrasadas", digo no telefone, e a Rafa concorda. estamos não, né, EU é que estava atrasada.

dirijo rapidamente pela Vila Madalena. chegamos. descemos do carro, meus filhos e eu. entramos no prédio, subimos ao nono andar, jogo as crianças pra dentro e de dentro do apê saem a Rafa e o Juliano.

vou dirigindo rapidamente em direção à av. Paulista até que a Rafa grita do banco traseiro: "Tita, assim a Ramona vai nascer". ela está para parir a qualquer momento. entramos na igreja às nove e dez, a missa já tinha começado.

depois de rezar e muito chorar, voltamos à casa da Rafa, onde a fofa da mãe dela cuidava dos meus dois filhos e da neta dela.

estou morrendo de fome. são onze horas e eu acho que vou morrer de inanição. saímos, vamos ao um restaurante, onde depois do almoço meu filho fica uns quinze minutos trancado no banheiro, fazendo cocô!

em casa, ligo pra NET. o aparelhinho da minha TV caiu ou foi jogado no chão. o técnico virá entre as quatorze e as dezessete horas, me avisa a moça do 4004.7000. coloco minha filha à força na cama, que está exausta, mas grita pela chupeta.

ela dorme. e eu jogo canastra na sala com meu filho. o cara da NET não aparece. ligo pro pai dos meus filhos, que teve um nenê que eu quero conhecer. ele diz que não podemos ir porque a mulher dele e o bebê dormem.

esperamos. brincamos. e o cara liga. podemos ir visitá-los.

as crianças felizes que vão ver a irmã, mas a irmã está mamando. não devem fazer barulho. até começarem a pular pelo sofá, dando gritos. eu penso: "mas essa é casa do pai deles, não sei por que estou constrangida". mesmo assim, morro de vergonha.

eles pulam feito selvagens, suam feito loucos. digo: "vamos embora". nada. o pai deles abre a porta do apartamento. coloco os agasalhos nos pequenos, as meias, os sapatos e vamos na ponta dos pés ver a maninha, que dorme no berço. ufa, consigo ir embora.

em casa aborto o banho, coloco pijama nos caras e dou-lhes o jantar. pra cama. meu filho chapa e minha filha chora. quer a chupeta! duas horas depois, ela também chapa.

domingo. a moçada acorda feliz às seis da manhã. café da manhã especial no meu quarto, depois varro o chão. vamos pra pracinha. levamos a bicicleta do José, cujos pneus têm de ser calibrados. beleza. posto e, finalmente, pracinha.

comemos, eles correm, a Lívia anda de balanço, o José anda de bicicleta e eu tomo chimarrão. eles descobrem um monte de areia de uma obra da pracinha e ficam lá umas duas horas. imundos, vamos embora. padoca, frango. eles querem ficar no carro. quando chego com a sacola com frango e outra com sorvete, eles estão gargalhando: jogaram minha mochila mais o balde mais tudo o que estava no carro no porta-malas.

vamos pra casa. na cozinha, percebo que o frango não veio: me deram costela. eles pegam as respectivas havaianas e voltamos pra padoca! pegamos o frango. em casa, banho, todos na banheira, e almoço. Lívia dorme, eu também. meu filho, um anjo, brinca quase em silêncio na sala. até entrar no meu quarto correndo e gritando, dizendo que teve um pesadelo. “tu dormiu?”, pergunto. ele diz que não. mas que viu uma sombra na sala e ordena que eu acorde. eu não obedeço, é claro. porque em casa os adultos podem mandar, mas as crianças, não. eu sou antiga. ele enche o saco, até que eu saio da cama e vamos à canastra. depois a família toda lava louça. foi super rápido, todo mundo ficou molhado e nem tudo ficou beeeem limpo. estendo mais roupas da máquina (tudo o que tínhamos levado pra pracinha ficou cinza da areia, inclusive meu colete com pluma de ganso que saiu da máquina destruído e aparentemente não poderá mais ser usado).

fim de tarde. vamos ao supermercado. não há mais frutas em casa. no meio das compras, minha filha diz que quer fazer xixi. deixo meu filho na fila do caixa, aviso o operador e vou com ela ao banheiro. compras pagas, vamos embora.

em casa, o carrinho de compras do prédio vira um brinquedo emocionante pras crianças na minha cozinha. digo pra pararem. nada. a Lívia se machuca e eles QUEBRAM uma parte do carrinho de supermercado. inacreditável.

levamos o carrinho quebrado pra garagem. estou brava, mas não posso ficar tão brava porque os carrinhos do prédio são do tempo do Ariri Pistola* e precisam ser repostos, conforme já determinado na reunião de condomínio, mas não cumprido pelo síndico. comemos. eles se espancam por causa de uma ameixa. até o José dar sua ameixa pra Lívia e aceitar outra, maior, que eu ofereço a ele.

escovar os dentes, lavar as mãos, colocar pijama, vou contar história. um quer uma, outro quer outra. começo com "Os Três Porquinhos", o José fica puto e grita muito. digo que ele ficará sem história. ele grita mais ainda. conto pra Lívia, ele grita. conto pra ele. e os dois saem do quarto.

escrevi metade do texto, levei os dois pra cama. ele dorme, e a Lívia está organizando algo na sala, perto de mim, falando baixinho.

socorro.

eu vou levá-la à cama, tomar uma cerveja e *bye bye baby*, dormirei o sono dos justos. é assim que se fala? não seria o sono das santas? ah ah ah!

---

* Expressão usada por gaúchos quando se referem a algo que é muito antigo.

ps – a Lica foi pra cama sozinha. são oito e trinta e quatro. ela costuma dormir às sete. será que amanhã ela estará cansada???

ah ah ah de novo!

deus esteja!

a mãe esgoelada

depois da insônia, porque EU TINHA de escrever, agora travei. uma semana cheia de ideias, mas esgoelada.

por que será? ah ah ah. as mães passam as suas vidas se esgoelando, numa tentativa hercúlea de serem boas mães e não deixar a peteca cair com as outras 4.678.432 coisinhas importantes na vida da gente, como trabalhar, ganhar dinheiro, encontrar os amigos em ambientes sem menores de trinta anos, ter tempo para relaxar, praticar exercícios, viajar (com ou sem filhos), ler, evitar o acúmulo de tecido adiposo espalhado pelo corpo, namorar, ir ao cinema, olhar pro céu pelo menos uma vez por mês, manter um guarda-roupa decente, ir ao cabeleireiro, à depiladora, à manicure, lembrar das revisões anuais do dentista, oftalmologista dermatologista, ginecologista e outros istas, ir à terapia, dar risada no mínimo dez vezes por dia. chega. a lista é extensa.

na verdade o que eu queria dizer é que em momentos esgoelados é importante dormir. sim. quando o corpo der uma relaxada (o que às vezes demora vários dias), voe para a cama. cama? o que é isso?

eu sempre achei que quem dormia muito era preguiçoso. colaborou para o meu ponto de vista uma educação na qual ouvia que "deus ajuda quem cedo madruga" e "não deixe para fazer amanhã o que se pode fazer hoje". acreditei nisso por mais de duas décadas. agora acredito no contrário.

devagar. lentamente. uma coisa de cada vez. um treinamento intensivo pra ser uma monja. como é difícil NÃO atender o celular quando toca dentro do carro, NÃO abrir o computador no fim de semana, NÃO ligar pra ninguém à noite, NÃO entupir o dia de amanhã da agenda com oito coisas, NÃO encher a bolsa com listas de coisas para fazer, NÃO passar na locadora.

são quase seis e meia. eu vou jantar e, depois, dormir.

eu e quatro crianças na pracinha das babás

o lugar é lindo. árvores e mais árvores bem ao lado de uma avenida barulhenta de São Paulo. chego com quatro crianças. duas minhas, duas da Nalva, minha adorável empregada. quando fui escrever o título, lembrei que a tal da pracinha no lugar lindo é conhecida como a pracinha das babás.

eu estou tentando ser um ser humano melhor, por isso estou me esforçando para seguir o desapego, o não julgamento e a não resistência. prometo explicar o edificante tema em outro texto. acabo de me babar de cerveja preta. meu deus! mas como estava escrevendo, estou TENTANDO ser um ser humano melhor. mas não resisti. contei: na pracinha havia onze babás e duas ou três mães. em nova contagem eram dez babás e duas mães. das babás, somente uma não estava com aquelas roupas admiravelmente brancas.

a ideia era fazer um pequeno piquenique com as crianças, já que a Nalva levou as dela para a minha casa para poder trabalhar – eles não tinham aula hoje, e ela não encontrou ninguém que pudesse ficar com eles. eu estava achando insuportável ficar num apartamento numa linda tarde ensolarada de sexta-feira com QUATRO crianças com idades de três a oito anos gritando e fazendo cabanas e essas coisas que crianças fazem.

pois fomos à praça com um bolo de chocolate ainda na forma. claro que as crianças logo foram pros balanços, andar de skate e correr. comi um pedaço do bolo sozinha. tomei muito chimarrão e caminhava pra lá e pra cá, contando um, dois, três e cadê o quatro? achei.

foi uma tarde doce. mas quando cheguei em casa os quatro queriam tomar banho de banheira e o banheiro não podia ser molhado por causa de uma aplicação de rejunte nas pastilhas. e meu deus do céu. nesse ínterim fico sabendo que o açúcar acabou e que era só eu dar dinheiro pra Nalva e ficar com quatro crianças cansadas em casa que ela ia comprar pra fazer o bolo que eu havia pedido para o fim de semana.

cancela o bolo. banho nos quatro. jantar pros quatro. e socorro! dei tchau pra eles, fechei a porta da cozinha, joguei os meus na cama (história, escovação de dentes, gritos da minha filha que estava exausta, músicas para o clima vamos dormir, bolsa de água quente pro meu filho e ah, mamãe, você pode trazer um copo d'água?). abri uma cerveja preta. mentira! a cerveja preta já estava aberta na sessão eu quero pão, me dá queijo?, minha pera é com casca, quem quer suco?

tá. abri minha segunda cerveja preta. e que deus abençoe todas, t-o-d-a-s as mães do mundo.

ah, estou melhorando. falei pouquíssimo das babás.

só andando para enxergar (ou almoço com a goretti)

por que sair de casa andando e deixar o carro na garagem? hoje fiz isso por três nobres motivos: fui almoçar com uma amiga num lugar perto de casa (uns trinta minutos a pé), neste lugar os poucos estacionamentos costumam estar lotados e, mais importante de tudo, eu não tinha pressa.

como é bom sair assim andando de casa. só assim para me fazer lembrar que andar é bom. e que só andando vejo coisas escondidas que fazem parte dos caminhos de todos os dias, aparentemente tão conhecidos.

mas não são só surpresas para os olhos: há cheiros bons e ruins também, boas compras e bizarrices também. ei-las:

– um cartaz escrito à mão, grudado numa parede junto à calçada: "precisa-se de pessoas para trabalho extra". meu deus, o que seria isso?

– uma barraca de camelô numa rua movimentadíssima – portanto um camelô que atrapalha muitíssimo a vida dos pedestres – vende um cinto verde musgo incrível por oito reais. e eu compro.

– numa janela que dá para uma calçada, uma placa anuncia: "cuida-se de crianças. inclusive nas férias".

– todos, literalmente todos os botecos servem dobradinha, de acordo com as placas colocadas na calçada para anunciar o cardápio.

– meu bairro tem uma galeria antiga, daquelas com corredores largos e com muitas lojas. algumas fechadas. falidas, imagino.

– um sapateiro que trabalha numa loja da tal galeria, cuja porta dá pra calçada, onde ele pendura centenas (ou milhares?) de pares de sapatos e atende os clientes.

– uma empresa que vende peixe elogiada numa revista que acabo de ler.

– as nuvens se movimentando no céu, indicando que vem chuva.

– várias lojas fechadas.

– o laguinho de um restaurante japonês seco.

– um casal belíssimo, alto, magro, negro, que com certeza sabe de suas admiráveis qualidades.

– uma loja que vende fumo (que é cortado na hora) e charutos, tudo organizado sobre um balcão de madeira e num armário envidraçado.

todas essas surpresas que encontrei no meu curto passeio me fazem lembrar de um livro que li há cerca de vinte anos e que já reli algumas vezes. o autor diz que as pessoas que viajam de carro não sentem o mesmo que as que viajam de moto. ele diz que dentro dos carros as pessoas parecem entediadas, com cara de quem segue um cortejo fúnebre. já quem anda de moto sente tudo o que está acontecendo na estrada: as mudanças de temperatura, a umidade, o ar, as mudanças na paisagem, a chuva, o vento. desde então, sempre que pego a estrada, me sinto mais boboca do que os que seguem em motos, apesar de não achar que eu tenha cara de quem segue um cortejo fúnebre quando viajo de carro. mas tenho de concordar com Robert Pirsig, autor de *Zen e a Arte da Manutenção de Motocicletas*, quando me dou conta de que quando ando a pé eu enxergo, sinto e cheiro o que fica escondido quando estou dentro do meu adorado automóvel.

eu estava certa. eu dormi

criar um blog pode parecer simples, mas depende da configuração dos neurônios em cada cérebro. eu, na minha singela condição de webmonga, adoraria conseguir colocar um título sobre o texto, incluir imagens, melhorar a cara desta página. mas, por enquanto, isso é tudo que consegui fazer.

mas voltando ao que interessa (será que algum desavisado vai achar que escrevo sobre insônia???), dormi maravilhosamente depois de ter criado este blog.

agora vem a explicação. depois de parar de fumar e, consequentemente, reduzir consideravelmente a ingestão de bebidinhas à noite; e depois de me livrar de uns quilos que eu vinha carregando em excesso no meu corpo desde o verão, eis que não dormi mais as noites inteiras. a ideia do blog, que me foi sugerida pelo pediatra das crianças, não saía da minha cabeça. mas só durante a madrugada. durante o dia, tudo acontecia na mais aparente normalidade. mas, como diz um amigo meu, a insônia, se não serve para resolver as coisas, serve para NOS fazer resolver as coisas.

como eu não acreditava em insônia, pensei que fosse falta de ingestão de calorias, consequência de uma dietinha medieval de desintoxicação e emagrecimento a que me submeti. nada! não era falta de calorias coisa nenhuma. era falta do blog. o trem foi criado e eu dormi. pronto.

agora só falta eu mandar o endereço para minha lista de emails. porque ter um blog e não contar pra ninguém é muito fim de linha. ou não?

vou criar coragem e vou também escrever sobre o que versa este espaço. sim, ele tem de ter uma razão de existir, e NÃO é a minha insônia, que já se foi.

agora vou dormir em paz

eu nunca pensei em ter um blog até o dia em que não consegui mais dormir à noite. isso faz pouco tempo. é uma coisa insuportável. eu gosto de dormir, preciso dormir muitas horas para ser uma pessoa feliz no outro dia e meus outros dias sempre começam entre seis e meia e sete, dependendo do humor dos meus dois filhos pequenos.

então aqui está o *meu vaso de orquídea** e com essas linhas eu espero ter o sono dos justos. isso significa dormir a noite toda, feito uma criança.

depois eu explico por que eu não estava conseguindo dormir. ou melhor, o que o blog tem a ver com isso.

* Nome do primeiro blog, criado em 2008. dois anos depois foi criado o *sozinha é o dobro.*

Alameda nas redes sociais:

Site: www.alamedaeditorial.com.br
Facebook.com/alamedaeditorial/
Twitter.com/editoraalameda
Instagram.com/editora_alameda/

Esta obra foi impressa em São Paulo
no verão de 2019. No texto foi utiliza-
da a fonte Electra LH em corpo 11 e
entrelinha de 16 pontos.